谷根千ミステリ散歩

中途半端な逆さま問題

東川篤哉

目次

第1話　足を踏まれた男

1

　それは黄金週間もとっくに過ぎた五月中旬の、とある金曜日。大学での講義を終えて帰宅した私は、店の手伝いに出ようとフロアに足を踏み入れるなり、「あれぇ!?」と驚きの声をあげた。古びた木製のカウンター席に、よく知る顔を見つけたからだ。

「沙織さんじゃありませんか。どうしたんです?」

　名前を呼ばれて顔を上げたのは、私よりひとつ歳上の先輩、高村沙織さん。エプロン姿の私に目を留めると、「やあ、つみれちゃ〜ん、久しぶりぃ〜」と間延びした声を発して、手にした大ジョッキを顔の高さまで持ち上げる。完全に酔っ払いのテンションである。

　呆れる私に見せ付けるかのように、沙織さんは中身のビールをグビリと飲んだ。

　高村沙織さんは私が高校時代に所属した文芸部の先輩。現在も近所の同じ大学に通う仲だが、所属する学部もサークルも別々なので、最近は昔ほどつるむことはない。

　そんな沙織さんは鰯の唐揚げと鰯のお造り、鰯のなめろうを肴にしながら、すでに頬を赤くしている。大ジョッキのビールは、もう三分の一ほどしか残っていない。酔った先輩は空いている隣の席を掌でバシバシと叩きながら、

「良かったぁ、ひとりで退屈してたのよぉ～。ほら、座って座って。つみれちゃん、もう飲んでいい歳だよねぇ。だったら一緒に飲もうよぉ～」

といって二十歳になったばかりの私を強引に飲みの席へと誘う。十人も入れば満員になるような狭い店内に、客の姿は彼女ただひとり。それもそのはず、いまは平日の午後三時。お店が最も閑散とする時間帯なのだ。私はいわれるがままに沙織さんの隣に腰掛けたが、昼飲みの誘いは丁重にお断りして、むしろ先輩に対して苦言を呈した。

「いいんですか、沙織さん。こんな時間にお酒なんか飲んでて……」

「お酒じゃないもん。ビールだもん」

「同じです。同じアルコールです！」

ピシャリと断言した私は、あらためて周囲に客の姿がないことを確認して声を潜めた。「駄目じゃないですか、沙織さん。平日の真っ昼間からビールだなんて、そんなの、やさぐれた不良オヤジたちがやることですよ」

「うッ、確かに、そうかもしれないけど……」と気まずそうに俯く沙織さんは、横目で私を見やりながら、「じゃあ、あんたの店は、なんで平日の真っ昼間に営業してんのよ？」

「わ、私の店じゃないですもん。お兄ちゃんの店ですもん」

「同じでしょ。同じ家族の店でしょ！」先ほどのお返しとばかりに、先輩はピシャリ。

「そりゃ、まあ、確かに……」今度は私が俯く番だ。

なぜ居酒屋が真っ昼間から営業中なのかといえば、それは近所で暇そうになさっている素敵なオジサマたちに快適な昼飲みの場を提供してさしあげることで、店として相応の対価を得るためである。――だって、そういう商売なんだもん。何か問題ありますか？　ありませんよね！

心の中で何度も自問自答しつつ、私は再び先輩のほうを向いた。

「でも沙織さんは、酒好きの不良オヤジとは違うはず。ピッチピチでキッラキラの女子大生じゃないですか。それがこんな場末の酒場でひとり飲みなんて、沙織さん、何か悪いことでも……」

「こらこら、待て待て！　どこが《場末の酒場》だい！」

私の発言をぶった切るように、いきなりカウンターの向こう側から響いてくる怒鳴り声。見ると、白い調理服を着て厨房に立つ兄が、柳刃包丁を手にしながら殺し屋のような視線を私に向けている。私が魚類なら刺身にされる恐怖を感じたに違いない。

幸い、私は人類（妹）なので、兄の手で捌かれることはない。ただ笑みを浮かべながら「嘘だよ、お兄ちゃん、『吾郎』は場末の酒場なんかじゃないよ」といって、なんとか許しを請う。

兄は包丁をまな板に置くと、「んなこと、当たり前じゃねーか」といって、短く刈り上げた頭を左右に振った。「そもそも、いまどきの谷中に《場末》なんか、ねーっての！」

実際、兄のいうとおり。居酒屋『吾郎』は、けっして場末とは呼べない町、谷中にある。

JR日暮里駅を出て、御殿坂と呼ばれる坂道を西へ向かいながらゆっくり歩くこと、しばらく。おいおい、もうちょっと近い最寄り駅って、なかったのかよ、ちっとも着かねーじゃんか！　と誰もが不満の呟きを漏らすころ、前方に大きな階段が見えてくる。これがテレビの街歩き番組でお馴染み、『夕やけだんだん』と呼ばれる大階段。下った先が散歩好きの聖地『谷中銀座商店街』だ。下町風情の残るお店が五十軒以上も軒を並べる、谷中のメインストリート。そこを真っ直ぐ進んでアッチに曲がってコッチに曲がって、最終的にもうここが谷中なのか根津なのか千駄木なのか、どうでもよくなったあたりの寂しい路地に、ひっそり現れる縄暖簾の古びた店。それが鰯ひと筋ウン十年を誇る下町の迷店『鰯の吾郎』だ。

常連客の間では単に居酒屋『吾郎』の名で通っている。

　まあ、早い話が鰯料理をメインにした海鮮居酒屋だ。店名の由来となった先代の吾郎（私の死んだ父）は三十代で脱サラして、ここ谷中の場末――じゃない谷中の町外れに店を構えたのだとか。では、なぜ鮪ではなく鰤でもなく、敢えて鰯専門の居酒屋を選んだのか？

「当時、鰯が安く手に入ったから」とか「吾郎さんは無類の鰯好きだったから」とか「鰯を専門に扱う競合店がなかったから」とかとか、もっともらしい理由は様々あるのだが、実際はどれも正解であり、どれも間違っている。

　父が鰯専門の店を開こうと考えた最大の理由。それは父の名字が『岩篠』だったからに他ならない。すなわち父の名前は岩篠吾郎――いわしのごろう――『鰯の吾郎』ということで、要するに父はオギャアと生まれたその直後から、やがて漁師か鮮魚店、もしくは鰯料理の店を開くしかない、そんな将来を宿命付けられていたわけだ。

　まあ、理由はどうあれ、父のフルネームを看板に掲げた『鰯の吾郎』は、そこそこ繁盛して谷中の町に根付いた。それで、かえって父の《鰯愛》に火がついたのだろう。父はやがて生まれてきた娘に、あろうことか『つみれ』という名を付けた。それが私、岩篠つみれ。女の子の名前というより完全に居酒屋の料理である。実際、メニューを覗き込みながら酔客が発する「鰯のつみれ！」の声に、私自身うっかり「はい!?」と返事をしてしまったことも一度や二度ではない。

なぜ父は娘にこんなヘンテコな名前を付けたのか？　真顔で私に問われたとき、母は遥か遠くを見るような目をしながら、「あの人は鰯への愛情が並じゃなかったからねえ」と答えてくれたが、むしろ私は「娘への愛情が並以下だったのでは？」と密かに疑ったものだ。その疑惑はいまだに解消されていないのだが、事のついでにいちおう説明しておくと、私よりひと回り先に生まれた兄の名前は『なめ郎』という。これは、まあ、ピッタリなんじゃないかしら。岩篠吾郎の息子で岩篠なめ郎。うん、全然まったく少しも違和感ないよね！

　では、あらためて昼間から酒に溺れている高村沙織さんの話に戻ろう――

「ねえ、話を戻すけど、沙織さん」私は先輩の顔を覗き込みながら、「平日の真っ昼間からビールだなんて、やさぐれた不良オヤジたちのすること……」

「こらこら、つみれ、どこまで話を戻してんだ!?」カウンター越しになめ郎兄さんの鋭いツッコミの声が響く。「そのくだりはもうとっくに済んだじゃねーか」

「あ、そっか」だったら、やり直し、やり直し――「ねえ、沙織さん、何か悪いことでもあったんですか。飲まなきゃやってられないようなことでも？」

　すると私の言葉は空手の正拳突きのごとく、彼女の弱いところを打ち抜いたらしい。沙織さんは突然「うッ」と感極まった表情。次の瞬間には湧き上がる感情を涙もろないので、私も自分のジョッキを傾け、残りのビールを一気に飲み干す。そして「フーッ」と大きく息を吐いた沙織さんは、「同じやつ、もう一杯」と、なめ郎兄さんに注文してから、あらためて私に向きなおった。「つみれちゃんのいうとおりよ。悪いことがあったの。――私、倉橋先輩に冷たくされちゃった。ひょっとして嫌われてるのかもしれない！」

「倉橋先輩……えーっと、誰ですか、その人？」

「ああ、つみれちゃんは知らないよね。法学部の倉橋稜さん。私が所属するシーズンスポーツ同好会の一個上の先輩よ。ええっと、シーズンスポーツ同好会っていうのはね……」

「あ、それは知ってます。前に沙織さんから聞きましたから」

シーズンスポーツ同好会とは、季節ごとに違う競技を楽しむ同好会。春は高原でテニス、夏はビーチで海水浴、秋は温泉地で卓球、そして冬は雪山でスキー、というのが定番のローテーションらしい。温泉旅館でおこなう卓球が果たしてスポーツに含まれるか否か、その問題はさておき、シーズンスポーツ同好会が、我が大学において最も軟弱なサークル活動のひとつであることは論をまたないところだ。

ついでに説明すると私や沙織さんが通う大学は、谷根千エリアから徒歩圏内にある真っ赤な門でお馴染みの某有名国立大学――なんてことは全然なくて、そこからちょっと離れたところにある無名の私立大学だ。もちろん無名といっても名前はあるのだが、とりあえず『D大学』と呼んでおく。『D大学』のDは、江戸川乱歩の名作『D坂の殺人事件』と同じD。その小説の舞台となった有名な坂道が、大学のすぐ傍にあるのだ。

「昨日の夕方、その同好会のメンバーが大学に集まって、恒例のBBQ大会が催されたの。場所は部室の裏の中庭、ていうか学内の単なる空き地ね。みんなで食材を持ち寄って、その場で調理しながらワイワイいって食べるの。――え、コンロや燃料、食器はどうするのかって？　そんなの普段から部室に置いてあるよ。だってシーズンスポーツ同好会だもん」

「………」へえ、BBQって五月におこなうスポーツの一種だったのか。私は少し賢くなった気分で、沙織さんに話の続きを促した。「楽しそうですねえ、仲間たちとBBQだなんて」

「うん、みんなも盛り上がっていたしね。私も楽しかったよ。――途中までは」

「てことはBBQの最中に何かあったんですね。――あ、ひょっとして、その倉橋先輩って人が持ってきた最上級のお肉を、沙織さんが燃やして炭に変えちゃったとか？」

「おい、つみれ、おまえ真面目に聞いてやれよ。――はい、沙織ちゃん、これ！」

　カウンター越しに追加注文のビールを差し出しながら、なめ郎兄さんは私を横目でジロリと睨むが、まったく失敬な兄である。私はこれ以上ないほど真剣だ。普通BBQでの失敗といったら、《肉を燃やすこと》だろう。違うかしら？　視線で問い掛けると、沙織さんは悲しげに首を振った。

「そういう失敗じゃないのよ、つみれちゃん」沙織さんは受け取ったビールをグビリと飲む。そして口許に付いた泡を手で拭い、吐き出すようにいった。「私、何かを踏んだの」

「踏んだって……いったい何を？」

「それが倉橋先輩の足なのよ。――たぶん」

「たぶん⁉」

「ええ。BBQが盛り上がっている最中、私、女子の友達とお喋りしていたの。ビールも結構飲んでいたから足許がふらつき気味だった。その状態でお喋りに夢中になったのね。それで私、馬鹿みたいに居酒屋のガールズトークみたいなノリで、『やだー、ジュリアって、そうなんだー、超ウケるー、マジ、キモーい！』とか、わちゃわちゃ騒いでたわけ」

「はあ……」いったい、どういうノリ？　超ウケるマジキモい話って、どんなの？　ジュリアって誰　聞きたいことはいくつもあったが、とりあえず私が質問したのは、「ジュリアって誰ですか。海外からの留学生とか？」

「ううん、キラキラネームで見た目ギャルっぽい日本人。サークルの一員なんだけど、たまたま昨日のＢＢＱには欠席してたから、恰好の話のネタにされてたってわけ」

「なるほど、そういうことですか。——それで？」

「ほら、仲間同士で盛り上がっているときって、周囲が見えなくなるでしょ。で、私がゲラゲラ笑いながら二、三歩ほど後ろに下がったら、いきなり何かを踏んだような感触があったのね。パンプスを履いた私の左足に」

「あらあら……」

「私が『あッ』と声をあげると同時に、背後で男の人の小さな悲鳴が聞こえたの。『ぎゃッ』っていうような、情けない感じの声だった。驚いて振り返ると、目の前にいたのが倉橋先輩ってわけ。先輩は靴紐を結ぶような恰好で、右足を押さえる仕草をしてた。その口許からは『痛テテテ……』っていう声が漏れていたみたい」

「ふうん、相当痛かったんですね。——でも、沙織さんはその場で謝ったんでしょう？」

「もちろんよ。咄嗟に『ごめんなさい』って頭を下げて、『大丈夫ですか』っていいながら先輩の右足に手を伸ばそうとしたの。ところが倉橋先輩ったら——こうよ！」

といって、沙織さんは目の前の蠅を追っ払うように、右手をブンと振る。要するにその場面、倉橋という人は沙織さんの差し出した善意の手を、無情にも振り払ったわけだ。

「私、もう悲しくて泣きそうになっちゃったぁ」

と沙織さんは嘆く。そしてまたビールを飲むと、「はぁーッ」と深い溜め息。

「なるほど、そういうことだったんですか」と私は深く頷いた。彼女の嘆きは、よく判る。昼間からビールを欲する気持ちも、多少なりと理解できた気がする。私は我が事のように憤慨しながら、握った拳をブンブンと振り回した。「——にしても、なんですか、その男の態度は！　ちょっと足を踏まれたからって、そんな邪険にすることないでしょーに！　その倉橋って男、いったい何様ですか！」

「何様かって？　倉橋先輩は我が同好会の王子様よ。某大手芸能事務所に所属していても不思議じゃないほどのイケメンで、しかもスポーツ万能。うちのサークルに所属している女子のほとんどは倉橋先輩が目当てといっても過言じゃないほどよ。——え、私はどうかって？　ななな、何をいってるのよ、つみれちゃん。わわわ、私は、ちちち、違うわよ。わわわ、私はたまたま入ったサークルが、くくく、倉橋先輩と一緒だっただけなんだからねッ」

と沙織さんは、とっても判りやすく王子様への熱い思いを《自白》した。

私は思わずニヤリとしながら、「で、王子様に冷たくされて、その後、どうなったんですか。愉快なBBQ大会が気まずい雰囲気になったとか？」

「確かに、そうなりかけたんだけれど、そのとき近くで見ていた町田孝平さんっていうお調子者の先輩が、みんなに聞こえるような大声でいったの。『おい、大丈夫か、稜！　いま高村の全体重が、おまえの右足に乗っかってたぞ。爪先、潰れなかったか？』って大袈裟なことをね。そしたら、みんなの中から『わあッ』って笑いが起きたの。倉橋先輩も笑顔になって、『いや、潰れてなんかいないよ。平気へーき』っていいながら、ようやく立ち上がった。それから私にも優しい声で『大丈夫だよ。ちょっとビックリしたけどね』って冗談っぽくいってくれたの。普段どおりの素敵な笑顔だった。それで私はもう一度『本当に、ごめんなさい』って謝ったんだけれどね」

「まあ、謝るしかねーよな」と、なめ郎兄さんがカウンターの向こう側で腕組みしながらウンウンと頷いた。「その倉橋って先輩、マジで痛かったんだろうと思うぜ。だって、沙織ちゃんは、まあまあ痩せてるほうだけど、それでも体重五十キロぐらいはあるだろ」

「ないですッ、ありませんッ」目を剝きながら沙織さんは猛烈抗議。なめ郎兄さんは、その迫力に押されたように数歩後ずさりして、厨房の床でコケそうになる。沙織さんは追い討ちを掛けるように胸を張って宣言した。「私、公称四十八キロですからッ」

「たいして違わねえだろッ！」

「いいえッ、大違いですッ！」

その僅か二キロ差に沙織さんの強烈なプライドが込められているらしい。――てことは、いまは四十九キロぐらいかしら？　すでに彼女の胃袋に収まったであろう料理とアルコールの総量から、私はそのように計算した。

いずれにせよ、それぐらいの体重が爪先にかかれば、誰だって痛くて飛び上がる。あまりの痛みゆえに、普段は紳士的なイケメン王子様も、足を踏みつけた沙織さんに対して、咄嗟に冷たい態度を取った。でも、すぐに元どおりの優しい先輩の顔に戻った。要するに昨日の一件は、そういうことだったのだろう。

だが、そうだとすると今日の沙織さんの様子は、あらためて奇妙に思える。

「どうも、よく判りませんねえ。沙織さんが謝って、倉橋先輩は最終的に許してくれたんですよね。だったら、何が問題なんですか。沙織さんが昼間からお酒に溺れる理由なんて、どこにもないような気がしますけど……」

「うむ、つみれのいうとおりだな。そもそも、お喋りに夢中になって、王子様の足を踏んづけた沙織ちゃんのほうに非があるんだしよ」

「違いますッ」

沙織さんは、もどかしそうに頭をブンと振ると、いきなり拳でカウンターをドン。そして、すがるような目で私に訴えかけた。「違うのよ、つみれちゃん！」

「はあ、違うって、何が？」

小首を傾げる私の隣で、沙織さんは大ジョッキを持ち上げ、喉を鳴らしながら一気飲み。それから「ぷふぁーッ」と盛大に息を吐くと、その勢いのまま意外な言葉を吐き出した。

「私はね、本当は倉橋先輩の足なんか、全然踏んでないの。私は無実なのよ！」

2

高村沙織さんの無実の訴えと昼飲みは、その後もしばらく続いた。結局この日の沙織さんは大ジョッキのビールを四杯とツマミの料理五品（鰯に換算すると十尾以上）を、その広大な胃袋の中に収めて『吾郎』を出ていった。雲の上を歩くような足取りで、夕暮れ迫る路地を谷中銀座方面へと去っていく彼女。

私は「車に気を付けてね～」と手を振りながら、その後ろ姿を見送る。それから店内に戻ると、あらためてなめ郎兄さんに尋ねた。

「ねえ、どう思った、お兄ちゃん？　さっきの沙織さんの話……」

兄はカウンターに残された空っぽの大ジョッキや小皿などを片付けながら、

「うむ、公称四十八キロは完全に嘘だな。少なくともいまは五十キロ以上あるはず」

と、もっともらしく頷く。けれど私が聞きたいのは、そんな馬鹿みたいな感想ではない。

「なんか、沙織さんの話、途中から変な感じだったよねえ」

「ああ、『倉橋先輩の足なんか、全然踏んでない』っていうあたりから、なんだか自己弁護に走ってる印象だったな。あるいは現実を認めたくない心理が働いてるっていうか……」

そう、確かに兄のいうとおり。状況を素直に眺めるなら、沙織さんが倉橋稜という先輩の右足を踏みつけたことは、まず間違いないように思える。ところが、沙織さんは自分の無実を訴えて、何度もこう繰り返したのだ。

「私が踏んだのは倉橋先輩の右足じゃなくて、傍に落ちていた石ころのほうなの！」

だが、そんなことが果たして、あり得るだろうか？

沙織さんが踏んだのが石ころのほうで、にもかかわらず、倉橋先輩が足を押さえて『痛テテテ……』と呻いたのだとするならば、それは彼が痛がる演技をしたということになる。では倉橋先輩は、悪意をもって沙織さんに濡れ衣を着せようとしたのか。敢えて沙織さんに《王子様の足を踏んだ迂闊な女》の烙印を押そうとしたのか。だが、そんな振る舞いをすることで、王子様にいったい何の得があるというのだろう？

私はそんな疑問を覚えたが、沙織さんの確信は揺るがない。「私は倉橋先輩に意地悪されたの。きっと私は彼から嫌われているのよ」というのが、沙織さんの下した結論だった。その結果、悲しくてやりきれない彼女は、飲まずにいられない、という気分に陥った。彼女が『吾郎』での昼飲みに至った理由は、そういうことだったらしい。「だけどさぁ」といって、私はなめ郎兄さんを見やった。「アルコールの力で沙織さんのモヤモヤが解消されたとは到底思えないよね」

「そうだな。そもそも、ありゃあ一方的な被害妄想なんじゃねーか。沙織ちゃんは好きな男子に対して、足を踏んづけるっていう失態をやらかした。悪いのは彼女のほうだ。だが、それを認めたくない彼女は、自分のほうが彼から意地悪されていると思い込んだ。そう思い込むことで、自分を被害者の地位にしておきたい。そんな感覚じゃねーのかな」

実際は、沙織さんが倉橋先輩の足を踏んだだけ。そして踏まれた彼が一瞬、不愉快そうな態度を取っただけ。おそらく、そんな単純な出来事に過ぎないのだろうと、私も思う。

「でも、お兄ちゃんのいうとおりだとすると、沙織さんと憧れの王子様との仲は、これから先もギクシャクするばかりなんじゃないかしら」

「だったらスッパリ別れりゃいいじゃねーか」

「そんなの無理だよ。だって、二人は付き合ってるわけじゃないんだから、別れるなんてそもそも不可能。これからも沙織さんの片思いが続くばかりだと思う」

「あ、それもそっか」迂闊な兄は小さく肩をすぼめながら、「でもまあ、つみれが悩むことでもねーだろ。そんなの、ほっとけ、ほっとけ！」

「ほっとけないよ。私、沙織さんがこれ以上、酒に溺れる姿なんて見たくないもん」

「ん、そうか？　俺はもうちょっと見たいが……」

と兄の口から不埒な本音が漏れる。沙織さんの不幸が長引き、今後も昼飲みを続けてくれるのならば、その分『吾郎』としては儲かるという姑息な計算だ。阿漕な商売を目論む兄を、私はキッと睨みつける。その視線の強さにたじろいだのか、兄は慌ててアサッテの方角を見やる。そして唐突に、私の知らない固有名詞を口にした。

「そういや、つみれ、おまえ『カイウンドウ』って知ってるか」

「え、カイウンドウ⁉」聞き覚えのないカタカナは、しかし即座に私の頭の中で『開運堂』と漢字変換された。「『開運堂』って、お店の名前？　何を売ってるの？」

「開運グッズを扱う専門店だ。よくあるだろ、招き猫とか水晶玉とか金色の財布とか魔除けの数珠とか黄金の観音像とか幸せを招く壺とか。——こら、待て、つみれ。最後まで聞け。怪しい店じゃないんだ。『カイウンドウ』っていっても、そう怪しくはないんだ」

話の途中で立ち去ろうとする私を、兄は慌てて呼び戻す。私は振り向きざまにいってやった。

「怪しいよ。どうせ《悪霊退散》って書かれたお札とか売ってるんでしょ？」

「うん、確かにそれも売ってると思うが。──まあ、待て待て、つみれ！　怪しいことは怪しいけれど、その店は案外と評判の店なんだ。どういう訳だか知らないが、その店で開運グッズを買い求めたところ、実際に運が開けた、良縁に巡り合った、災難から免れた──そういう客が結構いるらしいんだ。評判は口コミで広がり、わざわざ遠方から店を訪れる人もいるんだとか」

「つまりご利益があるってこと？　特別なお守りでも売ってるのかしら。それともお店の主人が、何か霊的な力を宿しているとか？」

「さあ、扱っている開運グッズについては、俺もよく知らない。店主に関していうなら、実は俺の古い友達だ。まあ、ちょっと変わった人間には違いないけど、霊力があるとか神秘的な術を用いるとか、そんなオカルト的なタイプではないと思う」

「ふうん。──で、その店の開運グッズで、落ち込んでいる沙織さんを救えるってわけ？」

「いや、救えるか否かは、正直よく判らん。あんなものは占いや都市伝説と一緒で、信じるか信じないかは、その人次第だからな。でも、要するに沙織ちゃんの一件は恋の悩みだろ。『好きな先輩が自分のことを嫌っているのかも……』って、突き詰めれば、そういう悩みじゃねーか。だったら、俺やつみれがアレコレ考えるより、そっち方面の力にすがるほうが、よっぽどいいと思ってな。恋愛成就のお守りか何か買って、毎日毎晩ロマンスの神様に祈ってりゃ、少しは前向きな気持ちになれるかもだ」

「ロマンスの神様ねえ。まあ、確かにアルコールの神様に頼るよりかは、多少なりともマシかもね」といって私は控えめに頷く。「でも、なんだか意外だなあ。お兄ちゃんがそんな店を知ってるなんて。私、お兄ちゃんは開運グッズとか全然信じない人だと思ってた」

「ああ、実際そんな怪しげなグッズの力なんて、本気で信じちゃいねえさ。俺が信じるのは、根津権現と鰯の頭だけだからよ」

といって、なめ郎兄さんは調理服の胸を張る。

ちなみに『根津権現』とは根津神社に祀られたスサノオノミコトのこと。『鰯の頭』は信じれば願いが叶うとされる、我が家において最も身近な開運グッズだ。それはともかく、話を聞くうち徐々に関心を抱きはじめた私は、兄に向かって頷いた。

「判った。じゃあ、明日にでもいってみるよ。――で、どこにあるの、その店？」

すると、なめ郎兄さんは「うーん、ちょっと判りにくいところにあるんだけどよ」と困ったように呟くと、短い髪の毛を掻きながらL字形のカウンターを指差した。

「いいか、つみれ。このL字の縦棒が仮に谷中銀座商店街だとするだろ。縦棒を真っ直ぐいったところが、『夕やけだんだん』だ。すると、こっちのL字の角(すみ)っこ付近にあるのがドーナッツの店で、ええっと、だから開運グッズの店は、うん、ちょうどあのへんだな」

といって兄はフロアの隅にあるトイレの扉あたりを指で示す。私は笑顔で頷いた。

「うん、判った。明日、自分で探してみる」

「うむ、そうしてくれ」申し訳なさそうな様子は微塵(みじん)も見せずに、兄は頷く。そして大事な事実を付け加えた。「ちなみに『カイウンドウ』のカイの字は、『開く』のほうじゃなくて立心偏のやつだからな。間違えるなよ」

「え、『開く』じゃなくて、立心偏!?」ということは『開運堂』ではなくて、敢えて『快運堂』と書くってことか。そう理解して、私は「うん、判ったよ」と頷いた。

だが、このときの私は開運グッズの購入が、沙織さんの身に起きた些細(ささい)な、しかし本人にとっては深刻な事態に、マトモな解決をもたらしてくれるなどとは、まったく思っていなかった。

なぜなら私はオカルトを信じない。なめ郎兄さんの信奉する鰯の頭だって、私にとっては単なる生ゴミに過ぎないのだ。

3

　翌日は土曜日で大学の講義もお休み。そこで私は昨日の自分の言葉どおり、『快運堂』なる店を探してみることにした。ピンクのパーカーにチェックのミニスカート。髪をポニーテールに纏めた私は、とりあえず愛用のスマートフォンを手に、五月晴れの町へと飛び出す。

　だが道すがら、いくら検索してみても、それらしい情報はヒットしない。――おやおや、これはなかなか手強いぞ。本当にあるのかしら、『快運堂』って？

　大いなる不安と多少のワクワク感を覚えながら、とりあえず日暮里の駅の方角へと歩を進める。路上で目に付く商店の看板を片っ端から見て回りながら、「カイウンドウ快運堂カイウンドウ快運堂……」と馬鹿みたいに口の中で繰り返す私。やがて、その呟きが「ウンドウカイ運動会ウンドウカイ運動会……」とナチュラルに変化したころ、いきなり野太い男性の声が、背後から私の名を呼んだ。

「やあ、つみれちゃん、何してるんだい？」

「えッ!?」と思わず声をあげて振り向くと、目の前には紺色の制服に身を包んだ長身の巡査の姿。わ、ヤバい――と思って条件反射的に身構えたものの、よくよく見れば見知った顔だし、そもそも私には警官相手にヤバいと感じる心当たりなど微塵もない。パーカーの胸を撫で下ろしつつ、私は彼の名を呼んだ。

「なんだー、斉藤さんかー」

斉藤巡査は近所の交番に勤務する若い警察官。お酒が好きで『吾郎』にもときどき飲みに訪れるので、お互い面識があるのだ。そんな彼はこちらに歩み寄ると、

「どうしたの、つみれちゃん？　大学で春の運動会でもやるのかい？」

と実にトンチンカンなことを聞いてくる。私は首を傾げながら、

「はあ、運動会って何のこと⁉　違いますよ。私、開運グッズのお店を探してるんです。『快運堂』っていう店なんですけど、斉藤さん、知りません？」

ちなみにカイウンドウのカイは立心偏のほうね――とキッチリ言い添えて、私は上目遣いで反応を待つ。

すると斉藤巡査はポンと手を打ち、得意げに右手の親指を立てた。

「ああ、それなら知ってる。一部で評判になってる、あの店だろ」

「え、知ってるんですか！　わーい、教えて教えて！」

ピョンピョン飛び跳ねる私の頭上で、結んだ髪もブンブンと勢いよく揺れる。

「うーん、教えてあげてもいいけれど――その前に」

といって若い巡査は急にプロの目つきに変わると、正面から私を見据えた。

「ちょっと質問させてもらっていいかな？」

「えー、急に何です？　職務質問とか？」

「いや、職務質問じゃないよ。つみれちゃんがどこの何者かは、よく判ってるからね。そうじゃなくて、実は一昨日の木曜の昼間、この近所にある石材店に泥棒が入ったんだよ」

「へえ、石材店に泥棒ねえ」

　何を隠そう実は谷中は墓の町。日暮里駅を出て、すぐのところに広がる『谷中霊園』には、徳川慶喜から森繁久彌に至るまで歴史上の偉人たちが数多く眠っている。それ以外にも行く先々に古い寺院があり、それに隣接するように墓地がある。墓地がある以上、墓石の需要があることは必然。というわけで谷中には石材店が実に多いのだ。とはいえ石材店に侵入する泥棒の話は、あまり聞いたことがない。

　私は興味を持って尋ねた。

「で、何が盗まれたんです？　やっぱり墓石？」

「そんなもの奪っていく泥棒なんていないよ」

「そっか。重いもんね」

「軽くても盗まないと思うけどね」

「じゃあ何なんですか。金庫の中の売上金がゴッソリ――とか？」

「確かに普通の窃盗事件なら、そんな感じだよね。でも今回の事件は、そうじゃない。どうやら、この泥棒、何も盗らずに逃げたらしい。石材店の人が調べてみても、これといって無くなったものがないらしいんだ。金庫の売上金も無事だったし、店主のたんす預金も手付かずのまま。従業員の財布や貴重品が奪われた形跡もない」

「だったら、そもそも泥棒が入ったかどうか、それ自体が疑わしいのでは？」

「いや、泥棒が侵入したことは事実らしい。怪しい人物が裏口から出ていくところを、偶然、二階の窓から顔を出した奥さんが目撃しているんだ。彼女の証言によると、犯人は男性。だが顔は判らない。奥さんは逃げていく犯人の姿を上から見たので、角度的に顔は確認できなかったんだな。奥さんは咄嗟に『ドロボーッ』と叫んで、近隣住民の協力を求めたが、これは案外と逆効果でね。誰だって、そんな危険な奴、相手にしたくないだろ」

「むしろ『火事だーッ』って叫べば、話は違っていたでしょうね」

そうすれば、近所の人は窓から顔を出す。そして逃げる泥棒の姿を、誰かが目に留める。そんな可能性も大いにあったことだろう。「——で、逃げられた後になって、被害を調べてみたら、べつに何も盗まれていなかった？」

「そういうこと。もともと裏口は施錠されておらず、扉は開いていたらしい。そこで犯人はシメシメと思って、侵入したんだろうな。ところがカネ目のものを物色する間もなく、近くに人の気配を感じるか何かしたんだろう。慌てた犯人は何も盗らずに逃げ出した。要するに、ありふれた窃盗未遂事件だな」

「ふうん、それで斉藤さんは、私に何を聞きたいんです？」

「一昨日の昼、だいたい午後三時前後のことなんだけど、この付近で怪しい男の姿を見なかったかい？　男はグレーのパーカーを羽織って、下は青いズボンを穿いていた。たぶんデニムパンツだろう。背中に黒いリュックを背負っていたらしい」

「ふうん。だけど、この季節、そういう恰好した男子は、うちの大学にだって大勢いますからねえ。それに一昨日の午後三時なら、私はもう大学を出て家に帰り着いていたはず。この付近をうろついたりはしてないから、残念だけど、お役に立てそうもありませんね」

「そうか。それじゃあ、仕方ないなあ」

でも、もし何か気付いたことがあったら交番まで報せてよ——と付け加えて斉藤巡査は自分の話を終えた。ならば、今度はこっちの番だ。

「さあ、教えてくださいね。評判の開運グッズの店って、どこ？」

「うーむ、口で説明するのは、なかなか難しい場所なんだけどね」といって斉藤巡査は周囲を見回すと、「じゃあ、つみれちゃん、この信号機を見てごらん」

「はぁ⁉」ポカンと口を開けて、私は頭上を見やる。「この信号機が何？」

「ほら、この信号機、ちょうどLの字を逆さまにしたような恰好だよね。仮に、この長い縦棒が谷中銀座商店街だとするだろ。すると、ちょうど赤信号のあたりが有名なドーナッツの店で……そうすると、ええっと……開運グッズの店は、だいたい……」

「もう、地図を見せてッ、ちゃんとした地図を！」――L字形のカウンターとか信号機とかじゃなくて、ちゃんとした谷中の地図で、誰か私に説明して！

4

マトモな地図を求める私は、斉藤巡査に連れられて彼の勤務する交番を訪れた。そこで地元の地図を前にしながら、商店街と目的地の正しい位置関係を把握。「ふむふむ、商店街を真っ直ぐいって突き当たりをL字形に曲がったとすると、『快運堂』はこのあたりかぁ」

意外とそれは、なめ郎兄さんや斉藤巡査が教えてくれたとおりの位置にあるらしい。

「はいはい、だいたい判りました」だいたいしか判っていないのに、全部判った気になるのが、私の悪いところだ。「ありがとう、斉藤さん。――墓石泥棒、早く捕まえてくださいね！」

「うん、まあ、墓石泥棒ではないんだけどね」と苦笑いして手を振る斉藤巡査。

　ペコリと頭を下げて交番を後にした私は、再び「カイウンドウ快運堂カイウンドウ快運堂……」と口の中で繰り返しながら、脇目も振らずに目的地を目指す。その呟きがやはり「ウンドウカイ運動会ウンドウカイ運動会……」と変化したころ、私は一軒の古民家風の建物の前を通り過ぎた。

　瞬間、視界の片隅に映り込む何か。「――ん!?」と思わず声をあげた私は、その建物を五歩ばかり行き過ぎたところでピタリと足を止めた。

　そこは谷中のメインストリートから少し離れたところにある、静かで狭くて、どこか懐かしい感じの路地。立ち並ぶ家々はどれも古ぼけた感じ……いや、レトロな趣がある。そう、昭和の風情があるのだ。失われた時代の空気感があるのだ。モノはいいようなのだ。

　とにかく私は行き過ぎた距離を引きかえして、先ほど視界に映った《何か》を確認。それは玄関に掲げられた看板だった。いや、看板と呼ぶにはあまりに小さい、まな板に文字を書いたような代物だ。素人が彫刻刀で雑に彫ったような文字が、そこに三つ並んでいた。

『怪運堂』――と読める。私はムッと眉(まゆ)をひそめた。

「立心偏のカイウンドウって……『快い運』じゃなくて『怪しい運』なのね……」

　そういえば昨日、なめ郎兄さんは私に対して『カイウンドウっていっても、そう怪しくはないんだ』と、わざわざ《怪しくないアピール》をしていた。あれは、この怪しすぎる店名を念頭に置いての発言だったのだろう。だが実際に目にする『怪運堂』は店名から連想されるとおりの怪しげな店だ。いや、そもそも本当にこれは店舗なのだろうか。正直、私には空き家になった木造二階建ての古民家にしか見えない。窓という窓はすべてピッタリと閉じられている。窓に嵌まった磨りガラスに顔を寄せてみても、室内の明かりや人の気配などは、いっさい感じられない。玄関の引き戸はもう何年も開閉されていないのではないか。そんな懸念すら覚えるほど、建物全体が死んだように静まり返っている。

――ははーん、きっとこれは《評判の店にきてみたら、とっくに閉店してた》っていう、毎度よくあるパターンだね！

そう解釈した私は玄関先に『某月某日に閉店しました。長らくのご愛顧ありがとうございました』という例の張り紙を探してみる。だが結局それも見当たらない。

「……てことは、まさか営業中!?　はは、まさか、そんなわけないよね……」

思わず半笑いになる私は、意を決して玄関の引き戸に手を掛ける。その引き戸が想像以上に滑らかに動くのを知って、私はこの建物が空き家でないことを実感した。

「わ、開いちゃった……」ていうか、自分で開けたのだが。「ご、ごめんくださ～い」

どんな他人の家でも挨拶しながら入れば不法侵入にはならない。そんな独自理論を信じつつ中に足を踏み入れてみると、果たしてそこは別世界。いや、ひょっとして異世界か？

いきなり私を迎えたのは、成人男性ほどの背丈がある巨大な招き猫が二匹。いや、二体だ。

向かって右側の招き猫は左手を挙げ、左側の招き猫は右手を挙げている。左右対称の巨大招き猫は、かなりの威圧感。お客様を招こうとしているのか、追い払おうとしているのか、サッパリ判らない。少なくとも私はその場で回れ右して、ダッシュで逃げ出したい気分に陥った。

だが、くるりと背中を向けた瞬間――

「いらっしゃいませ」

奥のほうから、いきなり男性の声。安定感のある響きを耳にして、私の両足がピタリと止まる。その背中へ向けて、男性の柔らかな声が一方的に話しかけてきた。

「それらの巨大招き猫は、とあるお屋敷の正門の両側に置かれていたものなのですが、持ち主に不幸がありましてね。数奇な運命をたどった挙句、この店に引き取られたのです。ここへきた当初は、やはり玄関先の両側に置いていたのですが、近隣住民から『あまりに目障り！』なんて、いわれましてね。仕方がないので、店内に置くようにしたのです」

「はあ……」

店内に置いても、やっぱり目障りなのでは……？

そんなふうに思った私はもう一度、店内へと向きなおり、巨大招き猫の向こう側へと恐る恐る視線を送る。

間接照明に照らされた薄暗いフロアは板張りの床。そこに陳列棚やガラスのショーケースが置かれている。目に付くのは比較的まともなサイズの招き猫たちだ。右手を挙げているもの、左手を挙げているもの。中には両手を挙げている変わり種もある。他にも達磨や七福神の置物、うねくる龍や滝登りする鯉を描いた絵画などの縁起物が並ぶ。赤い馬をかたどったオブジェは、一日千里を駆けるといわれる赤兎馬だろう。

なるほど確かに、ここは開運グッズを扱う専門店らしい。しかも閉店中ではない。

それが証拠にフロアの奥、床から一段高くなった畳敷きの小上がりに、店主らしき若い男性の姿があった。薄い座布団の上で綺麗に正座している姿は、それ自体が置物かと見紛うばかり。ピンと伸びた背中はまるで定規を当てたようだ。

「ご、ごめんください」

ペコリと頭を下げながら、さっきと同じ言葉を繰り返すと、

「はい、いらっしゃいませ」

と向こうも再度、同じ言葉を口にした。

クラシックな店の雰囲気に合わせたのか、男性は若いながらに茶色の作務衣姿。若いといっても私よりは遥かに上だろう。兄と昔馴染みということだから、やはり三十チョイ過ぎあたりか。目許に掛かる長めの髪の毛。尖った鼻と尖った顎。大昔の喜劇俳優を思わせる丸い眼鏡が印象的だ。レンズの奥の切れ長の目は、まるで値踏みをするかのように、油断なく私を見詰めている。

「この店は初めてでいらっしゃいますね」作務衣姿の眼鏡の店主は、正座したまま穏やかな声で聞いてきた。「何かお探しのジャンルなどございますか」

「は、ジャンル⁉」

「ええ、例えば招き猫とか達磨とか縁起物の掛け軸、あるいは幸せになれる壺とか悩み解消の壺、さらには金運を呼ぶ壺とか身体の痛みが嘘のように消える壺とか……」

「………」キタ、キタ、壺キタァ――ッ！

心の中で恐怖の悲鳴をあげた私は、詐欺師を糾弾するような目で、丸眼鏡の店主を睨み付けながら、「いいえ、ないです、ありません。べつに悩みとかないですし、身体の痛みとかもありません。そもそも幸せになろうなんて思っていませんから！」

「そういう方は、この店を訪れないと思いますが」

店主は怪訝な表情で私を見やると、「ひょっとして、どなたからか評判を聞いて、ここへいらっしゃったのでは？」

ああ、そうそう、危うく忘れるところだった。いまさらのように私は大事な名前を口にした。

「ええ、この店のことは兄から聞きました。兄は『吾郎』という居酒屋で板前をやっている、なめ郎という男なのですが」

「え、なめ郎……」瞬間、店主の顔色が一変した。「じゃあ、君のお兄さんは岩篠なめ郎？」

「そうですそうです」私は何度も首を縦に振って、「兄とは、お友達なんですよね？」

「ん、友達⁉ 僕となめ郎が⁉ は、はは……」しばしの間、乾いた笑い声を店内に響かせた店主は、いきなり真顔になって「いいや、べつに友達ではないよ。昔から知ってはいるけどね」と、あまりに素っ気ない返事。

私はここにいない兄のことを心の底から憐れんだ。――ただの知り合いだってさ！友達と思っているのは、お兄ちゃんだけみたいよ！

意外な成り行きに戸惑う私。すると店主は不躾にこちらを指差しながら聞いてきた。

「そういう君は、なめ郎の妹さん？ てことは君、名前は？ いや、待てよ。他人に名前を聞くときは、まずは自分から名乗るのが礼儀だな」勝手にそう思いなおした店主は、座布団の上で居住まいを崩して――正して、ではなく崩してから――その名を告げた。「僕の名前は竹田津優介。見てのとおり『怪運堂』の店主だ。ちなみに竹田津は大分県の竹田津と同じ漢字。優介の《優》は自分でいうのもおこがましいけど《優しい》の《優》だよ」

それとあと《優秀》の《優》でもある――と店主は本当におこがましく付け加えた。案外、自意識過剰なところがあるらしい。

ところで彼は大分県の竹田津という地名を、まるで誰もが知る観光地か何かのごとく説明に用いたが、そんなローカルな地名にピンとくる者が、ここ谷中にいったい何人いるだろうか。だが私は偶然その名を知っていた。大分県の竹田津といえば国東半島にある港町。鰯が獲れるかどうかは知らないが、お陰で私は彼から聞いた名前を頭の中で即座に『竹田津優○』までは思い浮かべることができた（最後の『介』の字は後々彼から教えてもらった）。

「竹田津さんですね。私の名前は岩篠つみれ。つみれは平仮名です」

「ふうん、なめ郎の妹が、つみれちゃんか。ははッ、そりゃあいい」と竹田津さんの口から遠慮のなさすぎる笑い声。「――んで、そのつみれちゃんが、この店に何の用？　商売繁盛の壺でも買いにきたのかい？　ま、そんな壺なんて、この世に存在しないけどね」

といって竹田津さんは、こちらを向いてニヤリ。さっきは、あれほど怪しい壺を売りつけようとしていたくせに――と心の中で呟きながら、私は小さく溜め息だ。

「壺の話は、もういいですから」

「判った。じゃあ、つみれちゃんは、どんな開運グッズがお望みなのかな？」

ついさっきまで、『怪運堂』の店主として「〜でいらっしゃいますね」とか「〜でございますか」などと丁寧すぎる応対をしていた竹田津さんが、いまはもう『なめ郎の身内ごときに敬語を用いるなど、もったいない』とばかり、客であるはずの私に対して《ちゃん付け》のタメ口でぞんざいに聞いてくる。——いったい、なんで？　お兄ちゃん、この人に何かしたの？　ひょっとして借りた金、返さなかったとか？

そんな疑惑を覚えつつ、とりあえず私は左右に首を振った。

「いいえ、開運グッズを必要としているのは、私じゃありません。大学の先輩なんです。その人、つい先日、なんだか妙な目に遭って、憧れの王子様との仲が悪くなりそうで……」

「ほう、妙な目に遭った……というと？」

「先輩、足を踏んだんです。王子様の右足を。でも本当は足なんて踏んでいないらしいんです。踏んだのは近くにあった石ころで……でも王子様はなぜか酷く痛がって、結局のところ先輩は踏んだってことにされてしまって、謝らされて……えーと、判りますか、この話？」

「ううん、サッパリだね」

お手上げ、というように両手を広げた竹田津さんは、「まあ、僕だけ座っているのも不公平だ。ちょっと君も上がりなさい」といって掌で小上がりの畳をポンと叩く。そして座布団から腰を上げながらいった。「とりあえず茶でも淹れるとしよう。それから、いまの話、もう少し詳しく聞かせてもらいたいな。そうすれば相応しい開運グッズも見つかる……かもしれないからね」

5

靴を脱いだ私は、いわれるままに畳の小上がりへとお邪魔した。竹田津優介さんは慣れた手つきで湯沸かしポットと急須を用いて、二人分のお茶を淹れる。古いちゃぶ台に置かれた湯飲み茶碗を覗き込むと、そこに見えるのは緑色の澱んだ液体だ。大学にある古池が、藻の繁殖する夏の期間だけ、こういう色をしていたっけ――などと余計な連想を働かせながら、意を決してその怪しい液体をひと口啜る。瞬間、私は思わず顔をしかめた。

濃い。実に濃い。濃くて苦い。苦くて渋い。渋くて、やはり濃い。が――美味い！

こんな泥水みたいな緑茶が、『吾郎』で客に出すほうじ茶よりも美味しいなんて信じられない。

私は激しいショックを受けたが、しかしいまは濁ったお茶の感想など、べつにどうだってよろしい。それよりも足を踏まれた王子様の話が先だ。

私は昨日、高村沙織さんから聞かされた奇妙な出来事の詳細を、丸眼鏡の店主に語った。黙り込んだ彼は時折、自分の湯飲み茶碗を傾けながら、私の話を聞いている。

やがて話が終わると、竹田津さんはちゃぶ台の向こう側から難しい顔を私へと向けた。

「結局、その沙織さんという女性、倉橋稜っていう王子様の足を踏んでいないんだね。実際に踏んだのは、傍に落ちていた石ころのほうなんだね？」

「ええ、沙織さん本人は、そういっています」

「でも、なぜそう断言できるんだい？　べつに沙織さんだって、自分の足許をずっと見ていたわけではないんだろ。君の話によれば、沙織さんはBBQ大会を欠席したジェシカちゃん……」

「ジュリアちゃんです」

「ああ、そうそう、その娘の噂話に夢中になりながら、二、三歩後ろに下がったところで、何かを踏んだはず。なぜ、それが王子様の足ではなくて、石ころのほうだと判るんだい？」

「それは判りますよ。靴と石ころでは、踏んだときの感触が全然違いますから」

「では、沙織さんの足の裏には石ころを踏んだような感触が、確かにあった——

と?」

「ええ、そうらしいですね。だけど、彼女が何かを踏んだ直後に、倉橋先輩が悲鳴をあげて痛がる素振りを見せるから、最初は沙織さんも、自分が彼の足を踏んづけたんだと、思い込んだようです。ところが少しして彼女、ふと気付いたんですね。しゃがみ込む倉橋先輩の足許に、握り拳ぐらいある大きめの石が転がっていることに。で、よくよく考えてみると彼女自身、何かを踏んだときの印象は、石ころを踏んだ感触に近かった。少なくとも他人の靴を踏んだような感触ではなかった。そう思いなおしたんだそうです」

「なるほど、そういうことか」小さく頷いた竹田津さんは、自分のお茶をひと口啜ってから、「ちなみにそのとき、王子様はどういう靴を履いていたのかな?」

「ごく普通の白いスニーカーだったそうです」

「では沙織さんのほうは?　ひょっとしてハイヒールとか?」

「まさか。そんなんじゃありませんよ。底の平べったいパンプスだったそうです」

「そうか。それじゃあ、何かを踏んだ感触はダイレクトに足の裏に伝わるわけだ。てことは、やっぱり彼女が踏んだのは拳大の石ころってことか。だが、それじゃあ、王子様の痛がる意味がサッパリ判らないな」

「ええ、そうなんです。それで沙織さんは自分が倉橋先輩から意地悪されたんだと思い込んで、すっかり落ち込んでしまって、真っ昼間から飲んだくれて……まったくもう、お陰でこっちの商売大助かり……って、まあ、兄は大いに喜んでいますけどね」

「だったら、べつに問題ないんじゃないの？」

ニヤリと皮肉な笑みを覗かせた竹田津さんは、すぐさま話を元に戻した。

「うーん、しかし意地悪ねえ。そんな子供っぽい真似をして、イケメンの王子様に何か得することがあるだろうか」

「私もそう思います。倉橋先輩が沙織さんに意地悪する理由がありません」

「ちなみに、なめ郎の奴は何かいっていたかい？」

「えー、『なめ郎の奴』ですかぁ」私は苦笑いを浮かべながら、「ええっと確か、沙織さんの被害妄想じゃないかって――自分のミスを認めたくない沙織さんは、自分が倉橋先輩から意地悪されている、自分こそが被害者なんだと、そう思い込もうとしているんじゃないかって――兄貴の奴はそんなふうにいっていましたよ」

「そうかい。しかし君が奴のことを『奴』っていっちゃ駄目なんじゃないか。そこは、いちおう『お兄ちゃん』と呼んであげなきゃ、奴があんまり可哀想――」と竹田津さんは自分の発言を丸ごと棚に上げて、私のことをたしなめる。そして真顔で聞いてきた。「ところで、君はどう考えているんだい、つみれちゃん？　今回の件について」

「え、私ですか⁉」話を振られた私は、両手を身体の前でバタバタさせながら、「いえいえ、私は何も考えない人ですから。頭、悪いですから。現役D大生ですから」

とプライドの欠片もない逃げを打つ。すると丸眼鏡の店主は心底納得した表情で、

「D大生!?　ああ、君、D大学なのか。じゃあ聞いても無駄だな」

と聞き捨てならない問題発言。

たちまち心の中の何かを刺激された私は「むッ」と口許を歪めながら、「ちょっと、無駄とは何ですか、無駄とは！　世の中いって良いことと悪いことがありますよ！」

「いま君が自分でいったんだよ。D大生ですからぁ、アホですからぁ——って」

「アホとはいってません！　頭が悪いといっただけ。それだってハッキリいって謙遜ですから。兄よりか、だいぶマシですから！」

と、ここにいない兄を引き合いに出して、私は懸命に《アホじゃないアピール》。

すると竹田津さんは、さらに挑発的な口調になって、「ふうん、だったら聞かせてもらおうか。なめ郎の奴より、ちょっとはマシな考えってやつを」

「いいですとも、望むところですよ」と強気に胸を叩いた私は、「でも、ちょっと待ってくださいね」といってシンキング・タイムを要求。腕組みしながら《ちょっとはマシな考え》を懸命に追い求める。そうして熟考を続けること約十分。ついに閃きの天使が頭上に舞い降り、私は声をあげた。「——ととッ、整いましたッ」

そういって顔を上げると、目の前では待ちくたびれた様子の竹田津さんが、あぐら

を掻きながら浅い眠りに落ちていた。私は彼にずいと顔を寄せて、

「整いましたぁッ！」

大きな声で訴えると、驚いた彼は「わあッ」と叫んで、その場で数ミリほど空中浮揚。傾いたレンズの奥で両目をパチパチさせながら、「ん、な、何が整ったって⁉」

「例の《ちょっとはマシな考え》って奴です」

私は店主の丸い眼鏡を覗き込むようにして断言した。「私は沙織さんの言葉を信じます。彼女は王子様の足など踏んでいません」

「へえ、そうなのかい？　では、なぜ王子様は痛がる素振りを？」

「実は、倉橋先輩は痛がってなど、いなかったんですよ」

「ほう――というと？」

「沙織さんは石ころを踏んだ。でも、そのとき彼女のパンプスの一部分は、確かに倉橋先輩のスニーカーにも軽く触れてはいたんです」

「触れていた？　踏んだわけではないけれど、軽く触れていた……？」

「そうです。そして倉橋先輩はしゃがみ込んだ。べつに足が痛かったわけではありません。お気に入りの白いスニーカーが沙織さんのパンプスと触れ合うことで、ほんの僅か汚れてしまった。それがショックで、彼は思わず情けないような悲鳴をあげてしまった。そして、その僅かな汚れを拭うため、咄嗟に彼はその場にしゃがみ込んだん

です」

「——ということは、つまり？」

「そう、倉橋先輩という人、実はかなりの潔癖症だったんですね。そう考えれば、彼が沙織さんの伸ばした手を邪険に振り払った理由も判ります。要するに『汚い手で俺のスニーカーに触るな！』という意思表示だったのでしょう。潔癖症の人は自分が大切にしている物に関して、他人が素手で触ることを酷く嫌がりますからね」

「なるほど。女子たちの憧れの的である王子様は、実はドを越した潔癖症だった。いや、待てよ。ひょっとするとドを越したスニーカー偏愛者っていう可能性も考えられるな」

独り言のように呟いた竹田津さんは、しかし次の瞬間には、急にいままでの話に興味を失ったかのようにガックリと肩を落として、「でもまあ、いずれの説が真相だとしても、所詮そう大した話じゃないか……」

「ちょ、ちょっと、『大した話じゃない』とは何ですか！　沙織さんにとっては重大な恋の悩みなんですからね。——こら、寝ないでください。私これでも、いちおう客ですよね。悩みに相応しい開運グッズを選んでくれるんじゃないんですか。——ほら、起きて！」

だが畳の上で怠惰に横たわった彼は、作務衣の背中を私に向けながら、

「そういうけどね、つみれちゃん、仮にも君はなめ郎の妹なんだろ。そんな君にインチキなグッズを売りつけるってのは、さすがの僕も気が咎めるよ」と、またしても問題発言。

「インチキって⁉　ここ開運グッズの店ですよね。——え、インチキなんですか⁉」

「いや、まあ、インチキといっては、さすがに身も蓋もないか。ならば、とりあえず《鰯の頭》と同等のご利益が期待できるレベル——とでもいっておこうか」

「なんですか、それ。呆れた……」私は思わずハァと溜め息をつくと、「いったいなんで、この店、良い評判が立っているのかしら？」と、つくづく不思議に思う。

すると、その言葉を耳にした丸眼鏡の店主は、「へぇ、良い評判が立っているのかい、この店に？　ふうん……」と横になったまま、どこか他人事のような呟き声。

「ええ、少なくとも兄はそういっていましたよ。それとあと、斉藤巡査も」

「巡査？　なんで、おまわりさんが僕の店の評判を？」

「大したことじゃありません。ここにくる途中、斉藤さんっていう巡査と偶然、道端で出会ったんですよ。なんでも、一昨日の昼に石材店に泥棒が入ったらしくて……」

「ん、石材店に泥棒⁉　しかも一昨日の昼だって……」それらの言葉の何にどう反応したのだろうか。竹田津さんは再び畳の上でむっくりと身体を起こしながら、「なかなか面白そうな話じゃないか。ひょっとして墓石でも盗まれたのかい？」

先ほどの私とまったく同じ思考レベルだ。私は若干の嬉しさを滲ませながら、

「うふふッ、まさかー。あんな重いもの、泥棒は盗みませんよー」

「そうか。まあ、軽くても盗まないと思うけどね。——じゃあ泥棒は、いったい何を？」

「そうそう、それが変なんですよねえ……」

と声を潜めながら、私は斉藤巡査から入手した情報を『怪運堂』の怪しい店主へと伝えた。すると話を聞くうち、なぜだか彼の顔色が一変。皮肉屋っぽいニヤニヤ笑いは影を潜め、いままでにない真剣な表情が浮かび上がる。私が語り終わると、彼は呻き声を発して首を傾げた。

「ふーむ、泥棒は何も盗んでいかなかった……いや、そんなはずはない……」

そして何を思ったのか、竹田津さんはすっくと立ち上がると、外出の支度を整えながら、

「ちょっと僕は出掛けてくる。悪いが君は、ここで店番していてくれたまえ」

「え、店番って⁉」いやいや、一方的に『してくれたまえ』といわれても、そう簡単に『してさしあげる』わけにはいかない。私はちゃぶ台の上に手を突いて叫んだ。

「駄目ですよ、店番なんて！　できるわけないじゃないですか」

しかし戸惑う私をよそに、彼は悠然と草履を履きながらヒラヒラと手を振った。

「なーに、大丈夫だよ。客なんて、そう滅多にこないからさ」

「そういう問題じゃありません。他人の店でひとりにされちゃ困ります」

「そうか。だったら、君も僕と一緒にきたまえ。店は臨時休業ってことにすればよろしい」

「え、え!? どういうことですか」そう尋ねながら、ついつい立ち上がる私。慌てて自分の靴を履くと、「いったいどこへ連れてく気ですか」

「もちろん石材店だよ。奇妙な泥棒に入られた間抜けな店だ。——えッ、どこにあるのかって?」瞬間、竹田津さんは呆気に取られたような表情。そして私の顔をシゲシゲと覗き込みながら、「あれ!? 君は、知ってるんじゃないのかい、その店のこと」

「いいえ、斎藤巡査からは、ただ石材店としか聞いてませんけど……」

そういって首を左右に振ると、竹田津さんは長い髪の毛を右手で掻き回しながら、

「なんだよ、そりゃ困ったな。——じゃあ僕ら、どこにいけばいいんだ?」

そんなこと聞かれても困る。私はハァと短い溜め息で応えるしかなかった。

6

しかしまあ、谷中がいくら墓の町だといっても、墓石を売る店が飲食店並みに林立

しているわけではない。

「だから、その気になって探せば、泥棒に入られた石材店ぐらい、きっと見つかるさ」と希望的な観測を述べながら、『怪運堂』の店主は店を出る。玄関に自ら施錠して、まな板みたいな小さな看板を裏返すと、その瞬間から店は《休業中》となった。

「――うむ、これでよし」

満足そうに呟いて、作務衣姿の竹田津優介さんは狭い路地を歩き出す。仕方がないので私も彼の後に続く。こうして二人は泥棒被害に遭った石材店を探す旅に出た。いや、《旅》といっては大袈裟だから、《散歩》とでも呼ぶべきか。それはともかく、

「やはり餅は餅屋だろうね」

という竹田津さんの考えに従って、とりあえず私たちは近所の石材店に出向く。入口のガラス戸から二人で顔を覗かせながら、

「あのー、ひょっとして、こちらの店……」

「最近、泥棒に入られたなんてことは……」

などと、間抜けな質問をしてみたところ、意外にこれがニアピン。顔面が石みたいな初老の店主は、こちらの問いが終わらないうちに、「それなら、うちじゃなくて『浅田石材』じゃねーかな。そういう話を耳にしたぜ」と即答してくれた。同じ地域の同業者同士だけあって、噂は簡単に広がるらしい。竹田津さんは「ありがとうござ

います」といって店を出る。

私はさっそくスマートフォンの画面上に指を滑らせながら、

「あった、『浅田石材』……なんだ、この店のことか……これなら、うちの大学の近所ですよ。案内しますね」

こっちです、こっち——と手招きしながら自ら先頭を切って歩き出す私。今度は竹田津さんが後に続く番だ。

ところでピンクのパーカーを着たミニスカートの可愛い女子と、茶色の作務衣を着た丸眼鏡の三十男。二人が谷中の路地を並んで歩く姿は、町の住人の目にどう映っていたのだろうか。正直よく判らないが、少なくとも道行く外国人観光客の中には、私たちにカメラを向ける者が数名ほど存在した。彼らは口々に「オー、ニンジャ、ニンジャ！」と歓声をあげていたから、たぶん竹田津さんの作務衣姿が忍者コスっぽく見えたのだろう。私は《くノ一》に間違われていないことを祈りつつ、彼から少しだけ距離を取る。その一方で、当の竹田津さんはピースサインと手裏剣投げのポーズで、外国人たちの勘違いをさらに増幅させていた。

——この人、本当は馬鹿なんじゃないの？

そのような疑念が、私の胸にふつふつと湧き上がった。

　そうして歩き続けること、しばらく——。いくつかの寺院と墓地とを通り過ぎた私たちは、ようやく目指す『浅田石材』に到着した。その建物は丁字路の角に位置する鉄筋二階建て。屋上に掲げられた看板には《墓石の製造・販売・設置》とある。店頭の陳列スペースには、まだ何の文字も彫られていない様々な墓石が並んでいた。「これ、おひとつ、くださいな」と気軽に指を差せば、トマトやキュウリのように売ってくれるのだろうか。べつに買う気はないけれど、なんだか気になる。

　そんな中、竹田津さんは丁字路の角を曲がり、建物の裏手へと歩を進めながら、

「ふむ、表は店舗だけど、裏は墓石を加工する工場らしい。まさに町工場だな」

　そういえば斉藤巡査の話によると、泥棒は建物の裏口から出入りしたらしい。

「てことは、泥棒は工場の側から侵入して出ていったんですね……」

　そう呟いた私の視線の先。いきなり工場の勝手口みたいな引き戸が開く。中から姿を現したのは、作業服を着た若い男性だ。この店の従業員であることは、作業服の胸に縫い付けられた『浅田石材』のロゴで判る。男性は喫煙のため外に出てきたらしい。建物の壁に背中を預けながら、ひとり煙草を吸いはじめる。

　竹田津さんは迷うことなく、その男性に声を掛けた。

「——ああ、ちょっと、君」

　呼ばれた従業員は一瞬、怪訝そうな表情。それから火のついた煙草を慌てて背後に

隠すと、「あ、何かお探しですか。だったら、どうぞ店舗のほうへ。専門のスタッフがご相談を承りますよ」

と、いきなり流暢な営業トーク。どうやら墓石の購入を考えている二人連れだと思われたらしい。なかなかレアな勘違いだ。

竹田津さんはキッパリ首を真横に振ると、「いや、墓石を買うのは何十年か経ったまたの機会に、きっとお願いするよ」と相当に気の長い約束を交わしてから、「それより今日は、ちょっと聞きたいことがあってね」

「はあ、なんです?」

お客ではないらしいと判って、男性は堂々と喫煙を再開。煙草の灰が白いスニーカーを履いた男性の足許に落ちる。竹田津さんは構う様子もなく続けた。

「ひょっとして一昨日の昼間、この店に泥棒が入らなかったかい?」

相手が初対面の男性であるにもかかわらず、竹田津さんの口調は完全なタメ口――というより、むしろ上からモノをいうような感じである。これで相手の男性は腹を立てたりしないのだろうかと、ハラハラして見守る私。その前で若い従業員はむしろ、よくぞ聞いてくれました――と、いわんばかりの嬉しそうな表情。上から口調の竹田津さんに負けず劣らずのタメ口で捲し立てた。「そうそう、そうなんだよ。こないだ、うちの工場に泥棒が入りやがってよ。警察とかきて、大変だったんだぜ。——あんた、よく知ってるね」

「そりゃあ、知っているとも。だって、このところ谷根千界隈（かいわい）の町という町、家という家では、ふたり以上の人が顔をあわせさえすれば、まるでお天気のあいさつでもするように、その泥棒のうわさをしているくらいだよ」

——あれ、石材店に入った泥棒って『怪人二十面相』だったのかしら？

首を傾げる私をよそに、竹田津さんは滑らかな舌の動きで軽快に話を続けた。

「いや、しかし最近は谷中も物騒になったもんだねえ。こりゃきっと大手テレビ局や有名出版社が谷根千ヤネセンって馬鹿みたいに騒いで、そういうタイトルの番組とか本とかを次々と作っちゃったせいだ。ブームに便乗しすぎなんだよ、まったく。まあ、中には面白いやつもあるけどね」と辛口ながらも気を遣ったメディア批判を展開した竹田津さんは、ようやく本題に戻って彼に質問した。「ところで、その泥棒、いったい何を盗んでいったんだい？」

「いや、実はそれが間抜けな泥棒でさ……」

若い従業員は元来お喋りなタイプらしい。斉藤巡査が話したとおりの内容を、煙草片手に繰り返す。竹田津さんは、さも初めて聞いた話のごとく、「ふんふん、へえ！」と相の手を入れながら、判りきった話を最後まで聞き終えると、「じゃあ、その泥棒、何も盗まずに逃げたってわけだ。だけど本当に何も？　事務所の棚にある本一冊、工場にある物差しひとつ、ロッカーの作業服一枚、盗まれなかったっていうのかい？」

「え、いや、そこまでは、なんとも……」といって作業服の男性は煙を吐いた。「少なくともカネ目のものは無くなっていないって話をしているだけで、そりゃあ、よくよく捜せば何か無くなってるって可能性はゼロじゃねーだろうよ」

うんうん、そうだろうねえ——と嬉しそうに頷いた竹田津さんは、先ほど男性が出てきたサッシの引き戸を指差して聞いた。「その泥棒が出入りした裏口っていうのは、この引き戸のことだね。ここからリュックを背負った泥棒が逃げていくのを、二階にいたおかみさんが偶然目撃したってわけだ」

そういって竹田津さんは真上を指差すと、「ははん、確かに、おあつらえ向きの窓があるねえ」などと呟きながら上を向く。そして、そのまま二、三歩前進。すると次の瞬間、踏み出した竹田津さんの足が壁にもたれる男性の足と交錯。「——あッ、こりゃ失礼！」

咄嗟に叫んだ竹田津さんは、慌てて自分の足を引っ込めながら、

「も、申し訳ない。痛くなかった？」

「いや、べつに……」

気にするな——というように男性は軽く手を振る。白いスニーカーを履いた彼の右足は、何も問題なさそうだ。竹田津さんは「ああ、良かった」といって胸を撫で下ろ

す。その仕草に若干の違和感を覚えた私は、密かにムッと眉をひそめる。しかし竹田津さんは何食わぬ顔で再び質問に戻った。

「事件の際、この引き戸は施錠されていなかったんだね」

「ていうか、引き戸は全開だった。一昨日の昼間は暑かったから、網戸だけにして風通しを良くしてたんだ。まだクーラー使う時期じゃねーもんな。たぶん、その泥棒、網戸越しに中の様子を窺って、誰もいないのを確認してから中に忍び込んだんだぜ。俺たちは作業場のほうにいて、泥棒の侵入に気付かなかった。事務のおばちゃんは、たまたま給湯室でお茶を淹れてて、やっぱり何も気付かなかったってわけ」

　そういって、また男性は煙草をプカリ。そして、いまさらながら疑念に満ちた視線を丸眼鏡の三十男に向けた。「なあ、随分と事件のことを知りたがってるみたいだけれど、ひょっとして、あんた、刑事さん？　それとも探偵とか？」

「ん——君、面白いことというね。この僕が刑事や探偵に見えるかい？」

　竹田津さんは笑いながら、ホラよく見てごらんよ、とばかりに作務衣の袖を左右に大きく広げてみせる。すると若い従業員は煙草を持つ手を軽く振って、

「いいや、正直、刑事にも探偵にも見えねえ。じゃあ、いったい何者なんだよ、あんた？」

「そんなに知りたい？　じゃあ特別に教えてあげようか、本当のことを……」といっ

て竹田津さんは、煙草をくわえた男性の耳許に自ら口を寄せる。そして囁くような声で、ついに驚きの正体を明かした。「――実は僕、ニンジャなんだよ」

7

そんなこんなで、私たちが石材店の従業員に、感謝の言葉とサヨナラを告げた直後。路地を歩く私は、とうとう痺れを切らして『怪運堂』の怪しい店主に問い掛けた。

「さっきのアレ、いったい何だったんですか？」

すると竹田津優介さんは前方を向いたまま、僅かに首を傾げて、「ん、アレって⁉ ああ、アレのことか。いや、もちろん僕はニンジャではなくてだね……」

「知ってます。誰も、そんな馬鹿みたいなこと聞いてません」

私はピシャリといって、彼の戯言を無理やり遮る。いま話題にしたいのは彼の《ニンジャ発言》ではなくて、先ほど彼が見せた奇妙な振る舞いのことだ。

「さっき竹田津さん、あの人の足を踏みましたよね。――しかも、わざと」

「え、わざと⁉ おいおい、つみれちゃん、あんまり人聞きの悪いこと、いってもらっちゃ困るな。わざとだなんて、とんでもない。君は僕のことを極悪非道な悪党だとでも？ 掟破りのならず者だとでも？ はは、冗談じゃない。あくまでも僕は、正真正銘ウッカリ不注意で、あの人の足を踏んづけたんだ。――わざと踏んだりしたら犯罪だろ」と一気に捲し立てて竹田津さんはニヤリ。その横顔には『わざとですけど、それが何か？』と書いてある。

サッパリ訳が判らない私は、ゆるゆると首を横に振るばかりだ。

「まあ、いいです。で、これから、どうするんですか。いったん店に戻ります？」

「ん、戻りたいなら、君はひとりで戻っていてくれたまえ」

「………」なぜ私が他人の店に戻ってなくちゃならないのか？　なぜ『～したまえ』口調で命令されなくてはならないのか？　釈然としない思いで「ハァ」と溜め息をつく私。その隣で竹田津さんは、いきなり意外なことを言い出した。

「僕はね、これから例のお調子者に会いにいこうと思うんだ」

「ん、例のお調子者って……ぇッ、なめ郎兄さんに？」

ビックリ仰天する私の隣で、竹田津さんは大変判りやすくコケた。

「なんで、このタイミングで僕が君の兄貴に会わなくちゃならないんだい!?　そんな時間の無駄、体力の浪費以外の何物でもないだろ」

と相変わらず竹田津さんは兄に対して、ことのほか辛辣だ。そんな彼は、私の顔を覗き込むようにしていった。「違うよ。僕がいってるのは、もうひとりのお調子者のことだ。――ほら、高村沙織さんの話に出てきただろ。彼女と王子様の仲が悪くなりそうなところで、咄嗟に冗談を飛ばした同好会の人気者が」

「ああ、確か町田孝平さんとかいう男子学生ですね」記憶を喚起された私は、しかしすぐに怪訝な表情を浮かべた。「だけど、その男子に会って、どうするんですか。その人は今回の件に、あんまり関係ないような気がしますけど……」

「いやいや、そんなことはないさ。ひょっとすると彼こそは最も重要な目撃者かもしれないよ。――ええっと、シーズンスポーツ同好会の町田クンだね」

そういって竹田津さんは再び勢いよく歩きはじめる。向かおうとする先は、当然ながらD大学の部室棟だろう。

私は後れを取るまいとして、彼の背中を慌てて追いかけた。


そうして歩くこと数分。たどり着いたD大学のキャンパスは、土曜日ということもあり閑散としている。だが、それでも部室棟だけは別世界。講義のない週末だというのに、いったい何が目的で集まってくるのか。鉄筋の建物の中に足を踏み入れると、そこには大勢の学生たちの姿があった。無言で擦れ違う男子もいれば、「つみれちゃーん、久しぶりー」と手を振ってくれる女子もいる。そんな中、私たち二人を遠くから眺めながら「誰だ……？」「陶芸部の……？」「偉い人かな……？」と囁きあう声もチラホラ。どうやら作務衣を着た三十男の姿が、彼らの目には偉い陶芸家の先生か何かのように映っているらしい。

みなさん大間違いですよ――と心の中で訴えながら、私は思わず苦笑い。その横で当の本人は何を思ったのか、「そうそう、君、知ってるかい。常滑焼の特徴はね……」と唐突すぎる焼き物の話。私は咄嗟に叫んだ。

「なに無理やり、陶芸家に寄せていこうとしてんですか！」

「いや、まあ、それも恰好いいな、と思っただけ……」

申し訳なさそうにいって、『怪運堂』店主はポリポリと頭を掻く。

――意外に俗物だな、この人！

と彼への評価を下げながら、私は部室棟の廊下を進んだ。

やがてたどり着いたシーズンスポーツ同好会の部室には、幸いにも人の気配。ノックして引き戸を開けると、そこは実に雑然とした空間だ。テニスのラケットの横にピンポン球が転がりビーチパラソルの隣にスキー板が立て掛けてある、といった具合。そんな中、部員と思しきトレーナー姿の女子が一名、椅子に腰掛けてスマートフォンを操っている。竹田津さんは室内を覗き込みながら、

「あの、ちょっとお聞きしたいんですが……」

「はい!?」

ようやくスマホから顔を上げた女子は、彼の姿を目にするなり「ああ！」と声をあ

げると、「陶芸部は、この隣の隣ですよ。さっきユキちゃんが捜しにきてました」

「え、ユキちゃんが僕を？　そりゃ申し訳ない。早くいってあげなきゃ……」

「なに乗っかろうとしてんですか！」

私は陶芸部のユキちゃんのもとへ向かおうとする《ニセ陶芸家》の背中を、むんずと摑(つか)んで引き戻す。そして彼の耳許に素早く囁いた。「会いたいのはユキちゃんではなくて、町田孝平さんだったはずですよね！」

「あ、ああ、そうだった。忘れるところだった」

「………」もうッ、あなたがそれを忘れちゃったら、私たち、ここにきた意味がゼロになるんですよ！

すると私たちの会話が耳に届いたのだろう。スマホを持つ女子が口を開いた。

「町田さんでしたら、もうすぐここにきますよ。ついさっき彼からメールがきましたから」

「そうかい。だったら待たせてもらおうかな。——ところで、君はこのサークルの人？　ひょっとしてジェシカちゃん？」

「誰ですか、ジェシカって⁉　そんな部員いませんよ。ジュリアちゃんならいますけど、このところ見かけないですね……え、私？　私ですか……え、なんで見ず知らずのオジサンに、この私が名前を教えてあげなくちゃいけないんですか？　必要ないですよね？」

「う、うん、そうだね。確かに君のいうとおりかもだ……」現役女子大生の繰り出す容赦ない正論に、さすがの竹田津さんもタジタジである。「そ、それじゃあ、つみれちゃん、僕らは廊下で待たせてもらうとしようか」

「そうですね。――どうも、お邪魔しました―」

そういって部室を出た私たちは、二人揃って廊下で待機。すると間もなく廊下の向こうから、五月にしては珍しい半袖Tシャツ姿の男子が登場。その胸には『柴犬って さ、よく見るとキツネっぽいよね』と誰かの名言がプリントされている。それを見るなり、私はすぐさまピンときた。

竹田津さんも何らかの直感を得たのだろう。即座に彼を呼び止めると、

「――ああ、君、町田君だね」

するとTシャツの彼は「え、なんで僕のこと知ってるんスか⁉」と心底驚いた表情。だが驚くには当たらない。そんな面白くもない面白Tシャツを着ている時点で、《サークルーのお調子者》確定である。さっそく竹田津さんは質問の口火を切った。

「ちょっと君に聞きたいことがあってね。いや、陶芸部の部室はどこか――なんてことを聞きたいわけじゃないんだ」

「え、違うんスか⁉」と意外そうな町田さんは、「じゃあ、他に何っスか？」

「うむ、ちょっとした確認事項さ」と意味深にいって、竹田津さんはズバリと本命の質問を口にした。「実際のところ、どうだったのかな？　高村沙織さんは倉橋稜クンの足を本当に踏んだんだろうか。それとも実際は踏んでないけど、君が面白おかしく大袈裟なことをいっただけなんだろうか。——どっちだい？」

すると問われた町田さんは一瞬キョトン。だが即座に質問の意図を悟ったらしい。

「ああ、BBQ大会の話っスね」と頷いた彼は、考えるまでもなく即答した。「ええ、あのとき高村さんは、確かに倉橋の右足を踏んづけたっスよ」

「しっかりと、思いっきり……？」

「ええ、思いっきり、しっかりと」

「全体重が掛かるくらいに……？」

「ええ、そんなふうに見えたっス」

「ちょ、ちょっと待ってください」私は黙っていられなくなって、男性二人の会話に横から割り込んだ。「本当ですか、それ？　沙織さんの足は、まともに倉橋先輩の足を踏んでいたんですね？」

「ああ、そうだよ」なに判りきったことを聞くんだ——といいたげな顔の町田さん。

それでも私は尋ねずにはいられなかった。「足を踏んだんですね？　傍に転がっていた石ころではなくて、倉橋先輩の足のほうを？」

「はあ、石ころ⁉　そんなもの転がってたっけ。僕は気付かなかったけど」といって僅かに首を傾げた町田さんは、あらためて面白シャツの胸を張った。「とにかく間違いないって。高村さんの足は完全に倉橋の右足に乗っかってた。それで倉橋は右足を押さえて痛がったんだ。何か腑に落ちないことでもあるのかい？」

そういって町田さんは、またキョトンとした表情。それで私はもうそれ以上、何もいえなくなった。確かに彼の目から見れば、それは何の不自然さも感じさせない光景だったろう。足を踏まれた男子が、足を押さえながら痛がっている。当たり前のことだ。だが私は不思議でならない。

町田さんの話が事実だとするなら、沙織さんの話はいったい何だったのか。彼女は『吾郎』の昼飲みの席で確かにいったのだ。『私は倉橋先輩の足なんて踏んでいない』『私が踏んだのは、傍に落ちていた石ころのほうだ』『私は倉橋先輩に意地悪されたのだ』――と。

では、これらの主張は沙織さんの思い違い？　べつに彼女は王子様から意地悪されたわけではなかった？　てことは意外や意外、なめ郎兄さんが唱えた《被害妄想説》が最も正鵠を射ていたってこと？　混乱する私は、助けを求めるように竹田津さんに尋ねた。

「いったい、どういうことでしょうか？」

すると彼は丸いレンズ越しに、怜悧な視線を私へと向けながら、

「おや、まだ判らないのかい、つみれちゃん？　僕はもう、おおよそ見えた気がするよ、この事件……」

そういう竹田津さんの表情は、いままでになく真剣そのもの。例のニヤリとした皮肉屋っぽい笑みは微塵も見られない。

そんな彼は目の前の男子に向きなおると、また新たな質問を投げるのだった——

8

部室棟での用事を終えた私と竹田津優介さんは、揃ってＤ大学の正門を出る。すると彼の足は、すぐさま新しい目的地へと向けられた。目指すべき場所については、つい先ほど町田さんから情報を得たところだ。ここから歩いてすぐの距離だが、黙って歩いていられる気分ではない。

私は隣を歩く竹田津さんに対して真面目な顔で訴えた。

「どういうことなんですか、《この事件》のことがおおよそ見えたって。竹田津さん、さっきそういいましたよね。でも何ですか、《事件》って。石材店の泥棒のことですか。私にも判るように説明してください」

「ふむ、そうだな。では歩きながら話せるだけ話すとしようか。――だけど、どこから始めればいいのかな？」

考え込むように顎に手を当てた竹田津さんは、おもむろに口を開いて説明を始めた。

「要するに問題なのは、高村沙織さんは倉橋先輩の足を踏んだのか否かだ。だがこれは、さっきの町田君の話で明らかになったと思う。沙織さんは確かに倉橋先輩の右足を踏んだんだ。実際、町田君の話し振りには、まったく曖昧(あいまい)なところがなかっただろ。だから、これはまず信用していい証言だと思う」

「でも、そうだとすると沙織さんの話は？　彼女は倉橋先輩の足ではなくて、石ころを踏んだんだと主張していますよ。あれは嘘ってことですか」

「嘘というより勘違いだな。そもそも彼女は自分の足許を目で追っていたわけじゃない。女友達との会話に夢中になっていた彼女は、『二、三歩後ろに下がり』そこで、何かを踏んだんだ。実際に何を踏んだのかは、彼女自身も最初は判らなかったはずだ。だが倉橋先輩が痛がる素振りを見せたから、彼女は自分が彼の足を踏んだと思った。その直後、傍に転がる石ころを見て、自分は石ころを踏んだのだと思いなおした。要するに沙織さんの話は町田君の話に比べれば、酷く曖昧ってことだ。勘違いの余地は充分にあるだろ」

「それは、そうかもしれません。けれど沙織さんの足には石ころを踏んだような感触が、確かにあったといいます。それも彼女の勘違いですか」

「そう、そこに矛盾がある」竹田津さんは歩きながら独り言のように続けた。「沙織さんは倉橋先輩の足を踏んだ。正確には彼の履いている靴の爪先あたりを踏んだんだ。にもかかわらず彼女の足の裏には、まるで石ころを踏んだような感触があった。つまり石のように硬い感触だ。これは、どういうことだろうか」

「さあ、判りません。倉橋先輩はごく普通の白いスニーカーを履いていたはず。石を踏むのとスニーカーの爪先を踏むのでは、まるで感触が違う気がしますけど……」

「なぜ、そう思うのかな？」竹田津さんが唐突に私へと視線を向ける。

「はあ、なぜ――って!?」私は思わずキョトンだ。

「なぜ、彼の履いていた靴が《ごく普通の白いスニーカー》だって、そう思うんだい？」

「だって、それは沙織さんが、そういっていたから……」

「確かに、沙織さんの目には倉橋先輩の履いている靴が《ごく普通の白いスニーカー》に映っていたんだろう。だが実際には、彼女は彼の靴には指一本、触れさせてもらえなかったはずだよね。だったら、その靴が普通かどうか、彼女にだって判らないじゃないか」

竹田津さんの指摘に、思わず「あッ」と声が出た。そうだった。沙織さんが倉橋先輩の足に手を伸ばそうとしたとき、彼はその手を振り払った。あれは腹立ち紛れに邪険な態度を取ったのではない。彼は自分の靴に触れられたくなかったのだ。

「てことは、つまり彼が履いていた靴は、見た目は《ごく普通の白いスニーカー》だけど、実際は普通じゃなかった？」

「うむ、普通の靴じゃない。爪先が石のように硬く作られた特殊な靴だ。中に鉄板が入っているんだよ。いわゆる《安全靴》ってやつだな」

「あ、安全靴……⁉」

「そう。一般に安全靴といえば、いかにも作業用って感じの黒くてゴツい靴を連想するけど、実際はいろいろと種類があってね。スーツに似合う革靴風のものもあれば、お洒落(しゃれ)なスニーカーとしか見えないものもある。彼が履いていたのは、たぶんそれだろう」

「そうか。だから、沙織さんの足の裏には石を踏んだような硬い感触が残ったんですね。それで彼女は、まさしく石ころを踏んだものと、そう思い込んだ。まさかスニーカーの爪先がそんなに硬くできているなんて、想像もしないことだから」

「そういうこと」竹田津さんは深く頷いた。「もちろん、偶然その場に拳大の石が転がっていたことも、彼女の勘違いを後押ししただろうけどね」

「そうだったんですか。——でも待ってください。そもそも、そのとき倉橋先輩は、なぜ安全靴なんか履いていたんです？　ＢＢＱ大会で安全靴を履く理由なんてないですよね」

「うむ、もっともな指摘だね。では、僕も別の疑問点を挙げるとしよう。——なぜ倉橋先輩は、安全靴を履いているにもかかわらず、足を踏まれて痛がる素振りを見せたのか？」

「ああ、それもそうですね」

安全靴を履いているなら、仮に沙織さんの全体重が爪先に乗っても、それほど痛みを感じることはないはず。しかし倉橋先輩は実際、堪えきれずに痛がる素振りを見せたのだ。これは、どういうことなのか。考えるうちに、私の頭にもようやく閃くものがあった。

「あッ、ひょっとして倉橋先輩は、そのときすでに右足を怪我していたのでは？　だから少しの衝撃でも痛みを我慢できなかった……」

私の推測に、竹田津さんは嬉しそうに頷いた。

「僕もそう思う。彼は右足の爪先に怪我を負っていた。だからこそ安全靴を必要としたんだよ。本来、安全靴というものは怪我をしないよう、用心のために履くものだろう。だが彼はすでに怪我した足をガードするために、それを履いたんだな。靴の先端を覆う鉄板が、怪我した爪先を衝撃から守ってくれる。実際、沙織さんに足を踏まれた際も、彼は痛がる素振りを見せる程度で、なんとかやり過ごすことができた。もしも彼の履いていた靴が、正真正銘《ごく普通の白いスニーカー》だったなら、その場面で彼は絶叫して悶絶していただろう。仲間たちからは奇異の目で見られたに違いない。ひょっとしたら、その場で靴を脱がされていたかもだ。彼はまさしくそういう事態を避けたかったんだろうな」

「なるほど」と頷く私。だが、ひとつの疑問が解けると、その傍からまた新たな疑問が湧いてきた。「でも、どうして？　足を怪我しているなら、仲間たちにひと言そういえばいいじゃないですか。それなのに、わざわざ安全靴を履いてまで、それをヒタ隠しにしようとする理由は、いったい何でしょうか」

「いい指摘だね」と竹田津さんは歩きながら頷く。「でも疑問点は、それだけかい？」

「いや、まだ他にもあったような……ええっと」腕組みしつつ考え込む私は「あッ」と声をあげてポンと手を叩いた。「考えてみれば、そもそも普通の大学生が安全靴なんて持ってるわけないじゃありませんか。彼はどこでそれを手に入れたんですか。『ワークマン』で買ったんですか」

ちなみに『ワークマン』とは労働者たちから絶大な支持を集める作業服の専門店。当然、安全靴も各種取り揃えているだろう。「だけど、谷中に『ワークマン』はないか……」

「うん、確かに君のいうとおり、安全靴はそういう専門店で買うイメージだね。谷根千あたりだと、どこで手に入るんだろうか。正直よく知らないけど、べつに買わなくたって、安全靴を手に入れることは不可能じゃないだろ」

「というと――？」

私が首を傾けると、隣を歩く竹田津さんの横顔に悪党っぽい笑みが浮かんだ。

「なーに、簡単なことさ。日常的にそれが使われている場所から、こっそり盗むんだよ。では、それはどこか。一般的にいって安全靴というのは、重たいものを扱う危険な現場で使用されるものだ。例えば建築現場とか自動車修理工場、貨物の運搬に関わる現場とか、あるいは墓石の製造・販売・設置……」

「ああッ」咄嗟に私の口から声が漏れた。「石材店……まさか『浅田石材』のこと⁉」

「そう、その『まさか』だと思うよ。BBQ大会があったのは木曜日の夕刻。『浅田石材』に泥棒が入ったのは、同じ木曜日の昼間のことだ。石材店から安全靴を盗み、それを履いてBBQ大会に現れることは、時間的には充分に可能だ。――え、泥棒は何も盗まなかったはずだって？　それについては、例の従業員もいっていただろ。確かにカネ目のものは何も盗まれていないけれど、お店の人たちだって、あらゆる備品をチェックしたわけじゃない。安全靴の一足くらい無くなっていても、たぶん誰も気付かないよ。ていうか、まさかそんなものを盗んでいく泥棒がいるなんて、考えもしないだろ」

「それもそうですね。——あッ、そうか」瞬間、私の中で保留になっていた疑問が、たちまち氷解した。「それで竹田津さん、あのとき、あの従業員の足をわざと踏んでみたんですね。彼の履いている靴が、どんなものか確かめようとして！」

「おいおい、何度もいってるだろ。わざとじゃないって。あれは偶然、踏んでしまっただけさ」

と、あくまでシラを切りながら、竹田津さんはニヤリと笑った。「でもまあ、そんなことはどうだっていい。ところで君も気付いたと思うけど、あの従業員が履いていた靴は、見た感じ白いスニーカーとしか思えなかった。だが、僕が自分の足で踏んだ感触からすると、その先端は石のように硬かった。まさしく白いスニーカータイプの安全靴だ。実際、彼は僕に足を踏まれても、まったく平気な顔だったろ」

「ええ、確かに」——でも万が一、彼の履いていたのが普通のスニーカーだった場合、あなた、その場で彼からぶん殴られているところですよ！　随分と危険な賭けでしたね！

呆れるような感心するような、そんな複雑な気持ちを抱きながら、私は話を戻した。

「では、その安全靴を盗んだ張本人が、倉橋先輩ってことなんですね」

「あくまで推測だよ。いまは、まだ仮定の話だ。だが実際に『浅田石材』の従業員は白いスニーカータイプの安全靴を履いていた。一方、ＢＢＱ大会に参加した倉橋先輩も、密かに同じタイプの安全靴を履いていたらしい。これは偶然だろうか。僕は偶然じゃないと睨んだ。倉橋先輩は足の怪我を仲間に悟られまいとして、わざわざ盗んだ安全靴を履き、何食わぬ顔でＢＢＱ大会に参加した。そうまでして足の怪我を秘密にしておきたかったんだ。だが盗みという罪を犯してまで隠しておきたい秘密って、いったい何だと思う？　当然、それは盗み以上の重大な犯罪を連想させるだろ」

と、そこまで説明したところで、竹田津さんはピタリと足を止めた。気が付けば、五月の太陽は大きく傾き、西の空は茜色。古びた住宅が軒を並べる路地は、すでに薄暗くなりつつある。

そんな中、私たちの目の前には昭和を感じさせる木造モルタル造りの二階建てアパート。『あさがお荘』と書かれたプレートを確認した竹田津さんは、

「間違いない。町田君の教えてくれたアパートだね」

そういって二階の一室を見上げる。そして感慨深げな口調でいった。

「やれやれ、ちょっと店を空けるつもりが、随分と長い散歩になっちゃったな……」

彼の言葉は、この場所が長い散歩の最終地点であることを告げていた。

錆びついた外階段を上って二階へ向かう。四つの玄関扉が並ぶ中のいちばん奥の部

屋。ネームプレートに住人の名前は書かれていないが、空室でないことは玄関先の傘立てを見れば判る。扉の前で足を止めた私と竹田津さんは、ごく自然に顔を見合わせた。まずは竹田津さんが扉をノック。だが応答はない。強めのノックを繰り返してみても、結果は同じだった。

「ちッ、仕方がないな……」

そういって彼は右手をドアノブへと伸ばす。ハラハラしながら見守る私の目の前で、その口許から「おや」という声が漏れた。「鍵は掛かっていないみたいだな」

「だ、駄目ですよ、竹田津さん！」私は彼の背後から慌てて警告した。「鍵が掛かっていないからって、知らない人の部屋を勝手に開けちゃ……」

「不法侵入になるってかい!?　うーん、そうか」

彼はドアノブから手を離すと、「よし判った。じゃあ、つみれちゃん、君に頼むとしよう。君は高村沙織さんの友達だろ。その沙織さんは彼女の友達なんだから、『友達の友達はみな友達』という昭和の古い理論からすると、間違いなく君は彼女の友達ってことだ。それなら勝手に部屋の扉を開けることだって、ギリギリ許されるじゃないか。――さあ、頼む。僕は無関係な男を演じながら、ここから谷中の夕焼け空でも眺めているとしよう。その隙に君はその扉を開けてくれたまえ」

「え、えッ、『開けてくれたまえ』って、そんな無茶な！」

戸惑う私の前で、彼はくるりと反転。作務衣の背中をこちらに向けると、沈みゆく春の夕日を眺めながら、「やあ、夕暮れ時の谷中の町も、なかなかの風情だなあ」

「…………」この期に及んで、竹田津さんは本当に無関係な男を演じはじめたらしい。こうなったら仕方がない。腹を括った私はドアノブに右手を伸ばす。確かに彼のいったとおり、鍵は掛かっていない。手首を捻るとノブは滑らかに回転した。「お、お邪魔します……」


挨拶しながら入れば不法侵入にはならない。この独自理論を頼りにして他人の玄関を開けるのは、本日二度目だ。私は恐る恐る中を覗き込む。靴脱ぎスペースの向こうは板張りの台所。その奥は和室らしいが、畳の上には水色のラグが敷いてある。典型的な昭和の間取り。その西日に照らされた畳の間に、明らかな異変があった。

「た、た、竹田津さん……」

「ふーん、どうやら、ここからじゃ富士山は見えないみたいだなあ……」

「竹田津さん！」私は思わず声を荒らげた。「もう、いつまで夕日を眺めてるんですか。――ほら、あれ！　あれを見てください！」


開け放った扉越しに部屋の奥を指差す。竹田津さんはようやく夕焼け空からアパートの室内へと視線を移す。やがて畳の間の異変に気付いた彼の口許から「むッ」という声。次の瞬間、彼は素早く靴を脱ぐと、挨拶もせずに室内へと上がり込む。私も彼の後に続いた。

　畳の間にはピンクのカバーが掛けられたベッドと白いクローゼット。そしてテレビやローテーブルなどが置いてある。そのテーブルの横に、若い女性が横たわっていた。

　茶髪の巻き髪に日焼けした肌。派手めな化粧が似合いそうなギャル風の女性だ。いまはスウェットの上下を着ているが、クローゼットの周囲に脱ぎ散らかされた洋服は、やはりギャルっぽい。

　そんな彼女は水色のラグの上に長々と横たわったまま微動だにしない。その首筋には、何かで絞められたようなどす黒い痕跡がハッキリと残っている。

「ひぃッ」と叫んで思わず目を逸らした私は、竹田津さんの背中に隠れるようにしながら、ワナワナと唇を震わせた。「し、死んでるんですか、その娘……？」

「ああ、間違いない。随分と前に死んでいる……ていうか、殺されてるね」

「……ジュリアちゃん……ですよね？」

「だろうね。ここは彼女の部屋なんだから」

　ジュリアちゃん――町田さんの話によれば、本名は大橋樹里亜というらしい。D大学のシーズンスポーツ同好会の一員だ。だが木曜日のBBQ大会は欠席。そして私たちが部室で会った女性部員も『このところ見かけない』といっていた。それもそのはずジュリアちゃんは、アパートの自室で人知れず冷たくなっていたのだ。

だが彼女の遺体を眺める竹田津さんの表情に、さほど驚きの色はない。彼の頭の中では、このような状況が、ある程度予想できていたのだ。そんな彼に、私は震える声で尋ねた。

「つ、つまりこれが……倉橋って人の秘密……だったんですね」

「そう。倉橋がジュリアちゃんを殺したんだ。殺害は木曜日の昼間のことだろう。だが、その代償として倉橋は右足を怪我した。激しく抵抗するジュリアちゃんから、爪先を踏んづけられたんだな。ひょっとすると指の骨が折れたのかもしれない。だが怪我した原因が原因だから病院にいくわけにはいかない。しかもBBQ大会の時刻は迫っている。欠席すれば、仲間からの疑念を招くだろう。だから仕方なく彼は足の怪我を隠してBBQ大会に参加したんだ。石材店から盗んだ安全靴で、怪我した爪先を文字どおり覆い隠しながらね。もしも怪我していることがバレると、後々になってジュリアちゃんの変死事件との関連を疑われることになりかねない。そのことを彼は嫌がったんだろうな」

「そうですね。きっと、そうだと思います」

現に死体が発見されたいまとなっては、もはや信憑性を疑う理由は何もない。ここを訪れる道すがら、竹田津さんが私に語ってくれた推理は、やはり正しかったのだ。

その慧眼に舌を巻きながら、私は呟くようにいった。

「王子様の足を踏んだのは、沙織さんじゃなくて、ジュリアちゃんのほうだったんですね……」

9

それからのことは、いろいろ目まぐるしかったので簡潔に要点のみ。

まず私と竹田津優介さんは現場を荒らさないようにと、いったん部屋の外へ出る。

そして彼は例の『～したまえ』口調で、私に一一〇番通報を要請。だが一一〇番に不慣れな私は次善の策として、唯一自分の携帯に登録されている警察関係者に直接電話した。

斉藤巡査が白い自転車に跨りながら飛んできたのは、それから数分後のことだ。

アパートの部屋に転がる女子大生の変死体を見て、斉藤巡査は啞然呆然。「こりゃあ、どういうことだい、つみれちゃん⁉」と目を剝く彼に、私はここに至るまでの経緯を簡潔に説明してあげた。すると斉藤巡査は「なるほど、そういうことか」と、ようやく納得した様子。その間、竹田津さんはアパートの外廊下の手すりにもたれて「やあ、もう星が出てきたみたいだなぁ……」などと呟きながら、とっぷり暮れた谷中の夜空を眺めるばかり。結局、最後までロクな発言をしなかったから、ひょっとすると斉藤巡査は丸眼鏡の怪しい三十男ではなくて、この私こそが神のごとき推理力で秘められた事件の真相を暴いたものと、そう勘違いしたかもしれない。

実際には私の語った推理は、すべて竹田津さんの受け売りだったのだが――とにもかくにも、そういうわけで『谷中女子大生殺害事件』は公のものとなった。

倉橋稜が殺人の容疑で逮捕されたのは、それから数日後のことだ。

報道によると、倉橋は罪を認めているらしい。殺害の動機はいわゆる痴情の縺れ。実は倉橋稜は大橋樹里亜と男女の関係にあった。ところがモテ男の倉橋に別の恋人が出現。そちらに乗り換えようとした倉橋は、樹里亜に別れ話を持ちかけたのだが、彼女はそう簡単に引き下がる女性ではなかった。激昂した樹里亜が「その泥棒猫に会って話をつけてやる！」と直談判に及ぼうとしたところで、倉橋の中に殺意が芽生えたらしい。なぜなら、その新しい恋人は社長令嬢。倉橋は彼女の父親の会社に就職が決まっていたのだ――

こうして今回の事件は動機も含めて、いちおうの解決を見た。――でも、ちょっと待って。今回の事件って、そもそも何だっけ？

よくよく考えてみると事の発端は、そう、高村沙織さんだ。私が真に解決を願ったのは、沙織さんの恋の悩みだったはず。では、憧れの王子様の逮捕は沙織さんにとって良い結末だったかというと、もちろんそんなことはない。

それが証拠に、王子様の逮捕された翌日、再び真っ昼間から『吾郎』を訪れた沙織さんは、鰯の唐揚げ、鰯のお造り、鰯の蒲焼、そして鰯のなめろう（もちろん料理のほう）を肴にしながら、ビール五杯をガブ飲み。なめ郎兄さんを歓喜させたものの、やはりサークル仲間の死と憧れの先輩の逮捕は、彼女にとって相当にショックが大きかったらしい。顔を赤くした沙織さんは最後まで言葉数が少なかった。

「大丈夫ですか、沙織さん。元気出してくださいね」

帰り際、心配して声を掛けると、彼女はカラ元気とも思える陽気な表情。自分の胸を拳でドンと叩きながら、「なーに、平気よ、平気。むしろ、あんな男に本気で惚れなくて良かったって、マジでそう思ってる。だってヘタに付き合ってたりしたなら、こっちがどんな目に遭ってたか判らないもんね、それ考えるとゾッとするわー」

ひょっとして強がりかもしれないけれど、ある意味ポジティブな感想を口にした沙織さんは、キッチリ飲み代を払って『吾郎』を後にした。右に左にふらつく彼女の足取りを、複雑な思いで見送る私。その背後から、なめ郎兄さんの声が唐突に響いた。

「おい、つみれ、結局あんまり効き目なかったみたいだな、例の店」

「ん、例の店って⁉」

「ほら、俺の友達がやってる開運グッズの店。そう、『怪運堂』だよ。おまえ、あの店で何かグッズを買って、沙織ちゃんにプレゼントしたんだろ？」

「あ、いや、そうしようと思って、お店には入ってみたんだけどね。なんやかんやで買いそびれちゃって……って、ねえ、お兄ちゃん」私は先日来、胸にわだかまっていた疑問を、ここぞとばかり口にした。「あのお店の人とお兄ちゃんって、本当に友達なの？」

――向こうは、全然そう思ってないみたいだったけど、ホントに？

疑念に満ちた視線を向ける私。すると調理服姿の兄は腕組みしながら胸を張った。

「んなもん、友達にきまってるだろ。竹田津さんちの優介くんといえば、俺の幼稚園時代の同級生でよ。それ以来、ずーっと続く幼なじみさ。昔風にいうなら竹馬の友っつーか、要するに腐れ縁っつーか、お互い『竹ちゃん』『なめちゃん』って呼び合った仲よ。まあ、親友っていや親友だな。竹ちゃんだって俺のこと、きっとそう思ってるに違いねーって。いいか、つみれ、そもそも俺と竹ちゃんの絆はよぉ……」

――もう、やめて、お兄ちゃん！　聞いてるこっちが、つらくなるから！

私は自分の耳を両手で押さえて、兄の話をシャットアウト。そして今度もし、あの怪しい名探偵と《散歩》する機会があったなら、もう少し兄のことを聞いてみようと思うのだった。

第2話　中途半端な逆さま問題

1

それは谷中の路地を彩るアジサイの花も鮮やかさを増し、梅雨入りも間近と囁かれはじめた、六月初旬の日曜日。眩しかった初夏の陽射しも、ようやく西に傾きつつある午後四時過ぎのことだ。

東京都文京区に住む七十代女性、滝口久枝は仲間たちとの小旅行を終えて、JR日暮里駅にひとりたどり着いた。一泊二日の伊豆への旅行は充実したものだった。宿に着いて早々、まず温泉に入り、それから美しい海辺を散策し、また温泉に入ってから、郷土料理に舌鼓を打ち、またまた温泉に入った後には、寂れたスナックのカラオケで大いに盛り上がって、またまたまた温泉に入って、旅館の分厚い布団でぐっすり眠って、翌朝はまたまたまたまた温泉に入って——

「いったい、どんだけ温泉に浸かってたのかしら、私……」

久枝は旅行鞄を手にしながら自嘲気味に呟いた。宿のお風呂は何度入っても宿泊料に影響がないから、ついつい入りすぎてしまうのだ。人間だからいいようなものだが、もしも自分の身体が生タマゴだったなら、お湯の中で熱々トロットロの半熟状態になっていたことだろう。温泉タマゴになった自分の姿を想像しながら、久枝は思わず苦笑する。

そんな彼女は駅を出ると、ゆっくりとした足取りで千駄木方面へと歩を進めた。

晴天の休日、しかもここ最近の谷根千ブームも手伝ってか、谷中銀座商店街は大変な賑わいよう。旅行鞄を持った久枝の姿などは、ハタから見れば完全な観光客に見えたことだろう。実際は観光地から地元に戻ってきたところなのだが、なんだかちょっと面白い状況なので、久枝はわざとミーハーな旅行者のフリをして、道行く《谷中猫》を写真に撮ったりなどして楽しんだ。元来、茶目っ気のあるタイプなのだ。

結婚して以降、久枝はこの界隈に暮らすようになり、夫が他界したいまも、同じ場所に住み続けている。もちろん谷中の猫など珍しくも何ともない。そんな彼女の自宅は谷中銀座を抜けて郵便局を通り過ぎ、不忍通りを渡ったあたり。須藤公園の傍に建つ二階建て住宅だ。

その古ぼけた玄関先にたどり着いた久枝は、持っていた鍵で自宅の玄関を開けた。

かつて夫が存命だったころ、家族旅行から戻った久枝は自宅に足を踏み入れるなり、『あー、やっぱり自分の家がいちばんねー』という禁断の台詞を堂々口にしては、夫を大いに憤慨させる——というのがお決まりのパターンだった。

夫にしてみれば、『せっかく家族旅行に連れていってやったのに、〈やっぱり自分の家がいちばん〉はないだろ。だったら旅行なんて、もう連れていってやらないからな！』といった気分だったのだろう。久枝にしてみれば、家族旅行などというものは《我が家がいちばんという事実を思い起こすための確認作業》に他ならないと信じて疑わないのだが、その感覚は最後まで夫には理解してもらえなかったようだ。

その夫もいまはなく、ひとり娘もとっくに嫁いで家を出た。生まれた孫娘は、この春から花の女子大学生だ。したがって久枝は現在、悠々自適のひとり暮らし。誰にも気兼ねする必要はない。

玄関を入った久枝は、「あー、疲れた！」とひと声叫ぶと、短い廊下を真っ直ぐ進んで居間へと向かった。そこは純和風の畳敷きの八畳間に円形のラグを敷いて、ソファやテレビを置いた和洋折衷の空間。久枝はクラシカルな円形の和風ローテーブル――要するに、古ぼけたちゃぶ台――その脇に旅行鞄を置くと、まずは窓辺のカーテンを全開にした。薄暗かった居間が一気に明るくなる。そしてソファにドスンと腰を下ろした久枝は、誰はばかることなく、

「あー、やっぱり自分の家がいちば……」

と、大きな声で例の台詞を口にしかけたのだが――　「ん!?」

その台詞を言い終える寸前、ふと口を噤んだ。

「………」

呑気に自宅の素晴らしさを賛美している場合ではない。この部屋はどこか変だ。い

つもとは何かが違う。言葉にならない違和感を覚えて、彼女は静かにソファから立ち上がった。

最初に気付いたのは、テレビ台の端に置かれた孫娘の写真がおかしい、ということだった。

それは大学の入学式でのひとコマ。ピースサインをしながら可愛く微笑む孫娘の全身が写っているのだが、なぜか彼女の頭がフレームの下側にある。必然的に、スカートから覗く両脚が上を向いている。まるで写真立ての中で孫娘が逆立ちしているかのようだ。

久枝は一瞬ギョッとなり、そしてその直後には、

「あらあら、私としたことが、なんて間抜けなのかしら……」

と口に出して呟いた。写真立ての天地が逆になっているのだ。旅行に出掛ける前に、自分がウッカリ間違った置き方をしたのだろう。当然のようにそう考えた久枝は、これまた当然のようにテレビ台へと歩み寄り、逆さまになった写真立てを正しく置きなおした。

その直後に彼女の目に留まったのは、テレビ台の隣に置かれた小さな本棚だ。一見すると何の変哲もない本棚。彼女の愛読する書籍や雑誌、お気に入りの映画のＤＶＤなどがギッシリと並んでいる。だが間近で見ると、そこにも明らかな異変があった。

「ん……『だいじせいや』……?」

久枝は目の前にある雑誌の背表紙を一文字一文字、声に出して読み上げた。だが、もちろん『だいじせいや』などというタイトルの雑誌は、この世に存在しない。『野性時代』というお馴染みの雑誌名が、ひっくり返って『代時性野』となっているのだ。しかも、ひっくり返っていたのは、その雑誌だけではない。並んだ単行本や文庫本、DVDのパッケージなどもすべて逆さまになっており、本棚はなんとも奇妙な光景を晒していた。さすがにこれは、久枝がウッカリ間違った置き方をしたものではない。

「いったい、どういうこと……何の悪戯なの!?」

戸惑いながら、さらに周囲を見回す。すると奇妙な状態に置かれた品々が、次から次へと彼女の視界に飛び込んできた。本棚の上の時計は夕方五時ごろを示しているはずが、なぜか十一時半あたりを示しているように見える。やはり逆さまなのだ。箱型の置時計の天地が逆になっているため、五時を示す針が十一時半に見えたのだ。時計の横に置かれた一輪挿しの花瓶は口を下にした状態で、ひっくり返されていた。画鋲でもって壁に貼られたカレンダーも、わざわざ逆さまに貼りなおされている。ちゃぶ台の上に置いてあった来客用の灰皿も、よく見れば伏せた状態で置いてある。久枝は灰皿をこのように置くことは絶対にない。

「テ……テレビは……?」

久枝はあらためてテレビ台の上に置かれた大画面テレビを確認するが、そこに動かされた形跡はなかった。だが、その一方でテレビ台の下に置かれたDVDプレーヤーは、やはり逆さまだった。といっても天地が逆というわけではない。正面を向いているはずのDVDディスクの挿入口が、壁のほうを向いているのだ。したがって配線を繋ぐコネクターなどが、剝き出しのまま正面を向いていた。これではDVDが観られない。

「で、電話は……？」

固定電話は専用の台の上に置かれていたが、これは台ごと向きが変えられていた。プッシュホンの数字が壁のほうを向いている。やはり逆なのだ。ゾッと寒気を覚えた久枝は、事ここに至って、この居間における最も重大な物体へと思いを馳せた。

「そ、そうよ、金庫……まさか金庫まで……？」

久枝は慌てて金庫へと視線を向けた。それは電話台のすぐ隣。居間の一角にぴったりと寄せる形で、畳の上に直に置かれている。いかにも重量感のある家庭用金庫だ。そう簡単に逆さまにできるような代物ではない。久枝は祈るような思いで、金庫の前にペタンとしゃがみ込む。そして震える眸で恐る恐る金庫の扉を確認。すると次の瞬間、彼女の口からは、ほとんど絶望的とも思えるような悲痛な叫び声があふれ出た。

「あぁッ、金庫が……金庫が逆さまになっている〜〜ッ」

2

「んで、んで？　それでどうなったの、瑞穂ちゃん？」

ピンクのエプロンを身につけた私は、カウンター席に座る古い友人、足立瑞穂ちゃんに対してワクワク気分で話の続きを促した。「金庫、大丈夫だったの？　何か大事なものとか、盗まれてなかった？」

「それがね、不思議なんだよ、つみれちゃん」

といって充分に期待をあおった瑞穂ちゃんは、隣に座る私のことをチラリと横目で見やって、意地悪く沈黙。手にしたザク切りレモンサワーのジョッキを傾けながらグビリグビリと二回ほど喉を鳴らすと、「プファ〜ッ」と妙にオヤジっぽい吐息を漏らす。そして彼女は、あらためて意外な事実を語った。「おばあちゃんがいうにはね、金庫の中身は、まったく無事だったらしいのよ」

「えぇー、無事だったのー？　なーんだ……」

と馬鹿な私がリアクションを間違えたので、瑞穂ちゃんは不満げな表情。太めの眉を八の字に寄せ、手にしたジョッキをカウンターに置くと、「ちょっとぉ、『なーんだ』じゃないでしょ、つみれちゃん。そこは『無事で何より』でしょ！」

「うんうん、そうだね、『無事で何より』だったよ、瑞穂ちゃん」

これ以上、友人の機嫌を損ねないようにと思って、私はテキトーに話を合わせた。

関東地方に梅雨入りの発表があってから数日が経過した、とある平日の夕刻。場所は台東区谷中界隈のゴチャゴチャッとした路地の某所にある鰯料理メインの居酒屋、その名も『鰯の吾郎』。

会社帰りのサラリーマンが訪れるには早すぎる時間帯ということもあり、狭い店内は閑散としている。客と呼べるのは、女子大生になったばかりの足立瑞穂ちゃん、ただひとりだ。

ちなみに私は客にはカウントされない。なぜなら私こと岩篠つみれ、弱冠二十歳は、この店の人間。自分でいうのもおこがましいが、居酒屋『吾郎』の看板娘だ。近所の無名私立D大学に通いながら、ときには店の手伝いにも精を出し、常連客の間では《三杯ほど飲めば、だんだん可愛く見えてくる》と滅法評判の女子大生である。

そんな私は、瑞穂ちゃんに当店自慢のザク切りレモンサワーを勧めながら、つい先日、彼女のおばあちゃんの周辺で起こった奇妙な出来事について、詳細を聞かせてもらっているところなのだ。――と、こう書くと、いまどきの真面目なオトナたちの中には眉をひそめて、このように指摘する向きもあるだろう。『こらこら、その瑞穂ちゃんて娘は、大学生になったばっかりなんだろ。だったら居酒屋で堂々とレモンサワーなんて飲んでちゃ駄目じゃないか。ちゃんと隠れて飲みなさい、隠れて！』とか何とか愉快なことを……

だけど大丈夫。なぜなら足立瑞穂ちゃんは大学生になるまで二浪もした苦労人だから、六月現在でキッチリ二十歳。髪はサラサラのショートボブ──っていうか、むしろ前髪パッツンのオカッパヘアで目鼻立ちも童顔。着ている服もグレーの半袖Tシャツにデニムパンツという具合で、なんだか少年っぽいから、実年齢より下に見られがちだけど、お酒は飲んで構わない年齢だ。レモンサワーを堂々と飲もうがテキーラを隠れて飲もうが、まったく何の問題もない（ちなみに彼女が二浪してまで入った大学というのは、もちろん私が通う私立D大学などとはレベルが違う別の学校だ。本人の名誉のため付け加えておく）。

さてと、コンプライアンス上の問題も綺麗にクリアできたところで、さっそく話題を元に戻そう。確か、瑞穂ちゃんが『金庫は逆さまにされていたけれど、中身は何も奪われてはいなかった』というような話をして、友人である私が『無事で何よりだったねえ』と心から安堵するリアクションを示した──そんな場面だったはずだ。

瑞穂ちゃんは、またレモンサワーをひと口飲んで、話を続けた。

「でもね、金庫だけじゃないのよ。部屋にあった品物の中には、多少なりと値打ちのあるものもあった。テレビは新品だったし、ＤＶＤプレーヤーもまだ使えるものだった。置時計も貰い物だけど値の張るものだった。でも、そういったものも、いっさい手が付けられていない――いや、手が付けられていないって言い方は不正確ね――もちろん手は付けられているのよ。逆さまにするためには、手を触れないわけにはいかないもんね。だけど犯人はいろんなものを逆さまにしただけで、何ひとつ持ち出していない。犯人は盗もうと思えば何だって盗めたはずなのに、結局は何も盗らずに立ち去ったらしいの。――ね、なんだか薄気味悪いでしょ、つみれちゃん？」

「確かに気味の悪い話だねえ」

いっそ何か盗まれていたほうが、気色悪さは緩和されていただろう。私は少しの間考えてから質問の口を開いた。

「平凡な解釈だけどさ、誰かの悪戯っていう線はないの？」

「うん、悪戯じゃないと思う。だって悪戯だとするなら、それをおこなう可能性があるのは、おばあちゃんにとってただひとりの孫娘。すなわち、この私をおいて他に考えられないもん」

妙に得意げな顔で、瑞穂ちゃんは自分の胸を指差す。そして、すぐさま首を真横に振った。

「でも残念ながら――いや、残念っていうのもアレだけど――私はそんな悪戯はやってない。やってないという証拠はないけれど、ここはとりあえず信じてね、つみれちやん」

「判った。信じるよ」私は確信を持って頷いた。「だって瑞穂ちゃんは悪戯した後には、必ず自分で顔を出して『やーいやーい、引っ掛かった、引っ掛かった！』って派手にやるタイプだもん。悪戯するだけして、知らん顔するような娘じゃない。そうだよね、瑞穂ちゃん？」

「う、うん……そういうふうに思われてるんだね、私って……」

軽くショックを受けた様子の友人に、私は無邪気に微笑みかけた。

そもそも瑞穂ちゃんのことを疑うならば、いままで彼女から聞かされてきた長い話が、すべて疑わしく無意味なものになってしまうのだ。とりあえず友人は無実であり、被害者である久枝さんの話を、あくまで忠実に再現して語ってくれているだけ。私としては、そう考えるしかない。

だが、そうだとすると、やっぱり私は首を傾げざるを得ない。――いったい犯人は何の目的があって、久枝さんの自宅の居間に、そのような奇妙な細工を加えたのかしらん？

居酒屋の手伝いなどすっかり忘れて、私は提示された謎に没頭して腕組みする。

と、そのときこちらの思考を大いに掻き回すがごとく、男性の威勢のいい声が狭い店内に鳴り響いた。

「――ハイよ、鰯のなめろう、お待ちぃ！」

カウンター越しに差し出されたのは、鰯のつみれと並んで、この店の看板メニューであるなめろう、一皿四百円。それを差し出したのは看板メニューと漢字違いの岩篠なめ郎、三十二歳独身。板前として居酒屋『吾郎』を切り盛りする、不肖の兄である。

どうやら、なめ郎兄さんは自分と同じ名前の料理を作りながら、こちらの会話に聞き耳を立てていたらしい。カウンターから身を乗り出すと、無理やり話に首を突っ込んできた。

「聞いてて思ったんだけどよ、愉快な悪戯じゃないとしたら、むしろ悪意のこもった嫌がらせってことなんじゃねーか。そう考えるほうが普通だろ。――なあ、瑞穂ちゃん？」

友人は、さっそく鰯のなめろうを箸で摘んで口に入れると、レモンサワーをひと口。それから、なめ郎兄さんの問い掛けに答えた。

「ええ、嫌がらせというのは、正直あり得ることだと思いますよ。だけど単なる嫌がらせにしては、ちょっと手が込んでいるんですか。だって犯人は、たぶん合鍵を使って祖母の家に忍び込んでいるんですから」

「え、合鍵を使って忍び込んだのかい!?」正義感の強い兄の顔に、あらためて憤然とした表情が浮かんだ。「なんて酷ぇ奴だ。それじゃあ完全に泥棒じゃねーか！」

「違うって。泥棒じゃないってば、お兄ちゃん！」

私は妹らしく冷静にツッコミを入れた。「なに聞いてたの？　その侵入者は何も盗んでいないいんだよ。だから不思議なんじゃない」

「う、うむ、それもそうか。だったら泥棒とは呼べねーな。それでも犯罪は犯罪だ。住居侵入罪に当たることは間違いないだろ。まあ、花瓶やら時計やらをひっくり返す行為は、ナニ罪に当たるのか、サッパリ判んねーけどよ」

「それは私も、よく判んないよ」

ひょっとすると実害がないから、罪には当たらないのかもしれない。だが被害に遭った久枝さんの驚きと恐怖は、並ではなかったはずだ。「ひょっとすると、久枝さんを怖がらせること、それ自体が犯人の目的だったんじゃないかしら？」

「そうかもしれないね。だけど、少し回りくどいと思うのよねえ」

ほっそりとした腕を組みながら友人は首を傾げた。「居間にあるいろんなものを逆さまにするって行為は、確かに気味が悪いけど、ちょっと中途半端だと思う。いっそ大事なものを奪ったり壊したりするほうが、相手に与えるインパクトは大きいでしょ。たとえば可愛い孫娘の写真をメチャクチャにするとか……あ、《可愛い》っていうのは、おばあちゃんから見て《可愛い》っていう意味ね」

――大丈夫だいじょーぶ、一般的に見ても瑞穂ちゃんは充分可愛いって！

私は「うふふ……」と笑って、童顔の友人を見やった。確かに、このカワイ子ちゃんの写真をどうにかされるほうが、おばあちゃんとしてもショックは大きいはず。だが犯人はそうはしていない。写真立ては逆さまにされただけ。これでは大した嫌がらせにもならないだろう。

「それじゃあ瑞穂ちゃんは、どう考えているの、今回の逆さま事件？」

「なにいってんのよ、つみれちゃん」友人はジョッキのレモンサワーを、またひと口飲んでから、こう断言した。「私の頭じゃ何も考えが浮かばないから、まだ明るいうちに、わざわざこんな店にきたんじゃないの。――あ、いや、《こんな店》ってのは、あの、えーと、つまり、お酒とお料理の味が判る、素敵なオジサマたちが集まるツウ好みの店って意味だよ」

「うんうん、判ってる判ってる」――要するにキラキラしたピッチピチの女子大生がお酒を飲むには、ちょっと場末感がありすぎる店って意味だね。間違ってないよ、瑞穂ちゃん！

ニヤリとして何度も頷く私。それをよそに、カウンターの向こう側では、なめ郎兄さんが照れくさそうに短い髪の毛を掻きながら、「いやあ、ツウ好みの店だなんて、嬉しいこといってくれるじゃねーか、瑞穂ちゃん。――だけどよ、店の大将である俺がいうのもナンだが、その手の小難しいミステリをうちに持ってきたところで、知恵を貸してくれる賢者なんて、この店にはたぶんひとりもいねーぜ」

数少ない『吾郎』の常連客たちを無意識にディスって、なめ郎兄さんは「わははははッ」と高笑い。私は誰かがどこかで聞き耳を立てていないかと、ハラハラして店内を見回す。

しかし瑞穂ちゃんは、兄の言葉にキッパリ首を振ると、

「いやいや、いるじゃありませんか、賢者が。噂の名探偵が。――ほら」

そういって隣に座る私のことを指差す。それから探るような視線を、こちらに向けながら、

「聞いたよ、つみれちゃん、ちょっと前に起きた石材店のコソ泥事件、あれを解決したの、つみれちゃんなんだってね」

「えぇー!?」私は思わず両目をパチパチさせながら、「そんな話、いったい誰に聞いたの……って、そっか、ひとりしかいないよね。斉藤巡査だ。そうでしょ？」

問い掛ける私の前で、友人は可愛くコクンと頷いた。

谷中といえば墓の町。そんな谷中の某所にある石材店に泥棒が入ったのは、つい先月のことだ。そういえば、あの犯人も当初は、何も盗まずに立ち去った奇妙な泥棒と目されていた。ひょっとして谷根千界隈では、《何も盗らない泥棒》というのが最近

のトレンドなのだろうか。

それはともかく、私は友人の誤解を解こうと、両手を顔の前で振った。

「いやいや、違うってば。私は関係ないんだって。あれは斉藤巡査が自らの優れた推理力で解決……」

「そんなわけないじゃん！」

「…………」うん、まあ、そんなわけないよね……

私はガックリと肩を落として、自分のヘタクソな嘘を引っ込めるしかなかった。

斉藤巡査は近所の交番に勤務する若い警察官で、谷中の治安は自らの双肩に掛かっていると信じて疑わない、正義感旺盛(おうせい)な普通の人。だけれど優れた推理力の持ち主かというと、《?》が五、六個ほど付きそうなタイプだ。実際、五月の事件を解決に導いたのも斉藤巡査ではない。かといって、それは私の手柄というわけでもなかった。実のところ、あの事件の解決の裏には、まったく別の人物の優れた活躍があったのだ。

もっとも、その人物の活躍する様子は、ハタから眺めたなら、ただ谷根千界隈をぶらぶら散歩しているようにしか見えなかったことだろう。私はその人の《散歩》に、たまたま付き合わされただけなのだ。

だが当時の事情を何も知らない――というか、むしろ間違いだらけの《斉藤さん情報》のみを聞きかじったらしい――瑞穂ちゃんは、五月の事件の真相を、この私がズ

バリ見破ったと勘違いしているのだ。そんな彼女は私のことを拝むかのように、顔の前で両手を合わせると、

「ねえ、お願いだから、ちょっと知恵を貸してくれないかなあ。このままだと、おばあちゃん、夜も安心して眠れないと思うんだよね」

「うーん、そういうことかぁ」おばあちゃんの身を案じる瑞穂ちゃんの気持ちは尊いし、できることなら期待に応えてあげたい。——でも残念、私は名探偵じゃないんだよなあ！

しかし誤解だろうが六階だろうが、こうなってしまった以上は仕方がない。ここは友人として、ひと肌脱ぐしかあるまい。そう決意した私はエプロンの胸をドンと拳で叩くと、

「判ったよ、瑞穂ちゃん。この私に任せといて！」

と、よせばいいのに結構な安請け合い。そして私は約一ヶ月ぶりに、あの人のいる『怪運堂』に足を運ぶことを、心に決めたのだった。

3

『怪運堂』は数多のパワースポットが存在する谷中にて、その名のとおり怪しげな開

運グッズを売りさばいては、暴利を得ている悪徳商法の店である。——というのは嘘、あるいは冗談。実際は、招き猫とか七福神の置物とか龍の掛け軸とか、ごくごく平凡な商品を扱う、まあまあ普通の店だ。一部では《高いご利益がある》との評判を得ているらしいが、その真偽は不明。客も滅多にこないみたいだから、暴利を得ているなんてこともないだろう。

お店の場所は細い道が迷路みたいに交錯する、この地域特有の判りづらい一角。ほとんど観光客も寄り付かない路地裏に、ひっそりと看板を掲げる隠れ家みたいな店舗である。

——でも大丈夫。私、この前はちゃんとたどり着けたもんね。土地鑑あるもんね。

と余裕綽々の私は、さっそく翌日の午後、D大学での講義を聞き終えたその足で『怪運堂』を目指した。だが、あっという間に小一時間が経過したころ、綽々だったはずの余裕は吹っ飛び、あったはずの土地鑑は綺麗サッパリ消滅。私はKOを喰らったボクサーのごとく道端で四つん這いになりながら、アスファルトの地面を虚しく拳で叩いていた。

「なぜ……どうして!? どうしてたどり着けないの、『怪運堂』……この前に私が見たアレは蜃気楼だったとでもいうの……？」

自分の置かれている理不尽な状況に納得がいかず、私は途方に暮れるばかりだ。ピンクのパーカーにチェックのミニスカート。トートバッグを肩にしたポニーテールの女子大生が地面にうなだれているというレアな光景を、たまたま通りかかった谷中の猫だけがジッと眺めている。

我が身の不甲斐なさとともに、あらためてこの町の奥深さを思い知る私だった。

――ううむ、恐るべし、谷中！　地元民をこうまで道に迷わすとは！

そんな私の傍らに、今度は谷中の猫に代わって突然、人の気配が忍び寄ってきた。

「どうされました？　ご気分でも悪いのですか……」

穏やかで優しげな声が、四つん這いになった背中へと投げかけられる。若い男性の声だ。

シマッタ――と心の中で舌打ちしつつ、下を向いた顔が一瞬強張る。『道に迷って、うなだれておりました……』などと本当のことはいいづらい。これが昭和の時代劇なら『持病の癪が……』といって胸を押さえるところだが、令和の時代にその答え方はナシだろう。そもそも癪って何なのか、よく判らない。仕方がないので、私は何事もなかったかのように勢いよく立ち上がると、

「いえいえ、平気です。ちょっと転んだだけでして……ご心配をおかけしました」

と早口に捲し立てて「エヘヘ」と照れ笑い。ポニーテールの頭を指先でポリポリと掻きながら、顔を上げて相手の男性を見やる。すると意外にも、目の前に立つのは茶

色の作務衣を着た長身の男性。喜劇役者を思わせるような丸い眼鏡を掛けた知的な風貌に見覚えがある。驚きとともに自然と私の口が開いた。

「――ああッ、竹田津さん！」

私は安堵と歓喜のないまぜになった声で、約一ヶ月ぶりにその人の名を呼んだ。

竹田津優介さん。彼こそは捜し求めていた『怪運堂』の店主であり、先月の事件を解決に導いた知恵者である。私は行きたい店を見つけることはできなかったが、会いたい人にはちゃんと出会えたのだ。『怪運堂』も竹田津さんも、やはり蜃気楼ではなかったのだ。

私はポニーテールを弾ませながら、その場でピョンピョンと歓喜のジャンプを披露した。

「良かったぁ！　捜してたんですよぉ、竹田津さんのことぉ！」

一方、いきなり名を呼ばれた彼はキョトンとした表情。そして次の瞬間には、

「ああッ、そういう君は……！」

と、こちらを指差しながら丸い眼鏡の奥で両目をパチパチさせる。私は再会の嬉しさからウンウンと何度も頷く仕草。ところがその直後、竹田津さんは「んーっ」と、いきなり言葉に詰まり、私の顔を指差したまま、なぜか硬直。レンズ越しの眸は気の毒なくらいに泳いでいる。やがて何かを諦めたかのように指を下ろした彼は、気まず

そうな口調で辛うじてこう続けた。

「ええっと、確か君は……《なめ郎の妹さん》……だよねえ？」

「え、えぇー!?」落胆の声をあげつつ、思わず私は両の頬をプーッと膨らませた。

「えーと、鰯のフライじゃなくて、鰯の唐揚げでもなくて……鰯のお造り、鰯の握り……じゃないよね……鰯の干物、鰯のカルパッチョ……ん、カルパッチョ!?」

「違います。イタリアにだって、そんな名前の女の子いませんから」

「だ、だよねえ……じゃあ鰯のグラタン、鰯のリゾット……おかしいぞ、全然出てこないな……」

困惑した顔の竹田津さんは長い髪の毛を右手で掻き、丸い眼鏡を指先で押し上げた。

結局、架空のメニューも含めて十種類以上の鰯料理の名を挙げたところで、竹田津さんの口から『鰯のつみれ』という料理名が飛び出し、ようやく彼は私の名前を思い出すに至った。

「そうそう、つみれだ！　岩篠つみれちゃん。――もちろん、ちゃんと覚えてるとも！」

「ちゃんと忘れてましたよね！」私はムッとした顔で叫んだ。

だが、まあいい。とりあえず《岩篠カルパッチョちゃん》にされずに済んだだけ、まだマシというものだろう。そう思うことにして、私はちゃぶ台に置かれた湯飲みに手を伸ばし、熱い緑茶をズズッと啜った。

場所は数々の開運グッズが並ぶ『怪運堂』の店内。その奥にある畳敷きの小上がりだ。そこに薄い座布団を敷いて、私と竹田津さんは腰を下ろしていた。路地の地べたで途方に暮れていた私を偶然目に留めた彼が、『まあ、せっかく会ったんだ。名前を思い出すまで、お茶でも飲んでいきたまえ』といって、この店まで連れてきてくれたのだ。

ちなみに、私が四つん這いになっていた場所から『怪運堂』までは、路地をひとつ曲がってすぐの近さだった。なぜ自力でたどり着けなかったのか、まったく謎である。

だが、いまここで話題にしたい謎は、そんなものではない。

話のキッカケを窺う私に、竹田津さんは気安い口調で聞いてきた。

「ところで、つみれちゃん、今日はいったい何の用だい？　なめ郎の奴に、何か買ってくるようにいわれたとか？」

「いいえ、『なめ郎のやーつ』に、何かいわれたわけではありません」

相変わらず兄に対して妙に冷たい竹田津さんに、皮肉っぽく言葉を返す。そして私はいきなりこう切り出した。「部屋の中に置かれた様々な品物が逆さまにされている。そういう現象って、どう思いますか？」

「どう思うって……」竹田津さんは丸いレンズの奥から疑わしそうな視線を私に向ける。そして慎重な口ぶりで聞いてきた。「それって有名な探偵小説の話では？」

いやいや、小説ではない。現実に起こった事件である。そのように告げると、作務衣姿の『怪運堂』店主は、俄然興味を惹かれたらしい。両の眸に好奇心に満ちた輝きを宿すと、ちゃぶ台の向こうで居住まいを正しながら、

「ほう、なかなか面白そうじゃないか、つみれちゃん。その話、ぜひとも僕に詳しく聞かせてくれたまえ」

「そう⁉　うふふ、どーしようかなー」

などと気を持たせながら、もちろん私は最初から話す気マンマンなのだった。

それから、しばらくの後。ひと通りの話を終えた私は、ちゃぶ台の向こうに座る竹田津優介さんに、さっそく意見を求めた。彼は尖った顎を指先で撫でながら、まるで独り言を呟くかのように、淡々とした口調で答えた。

「ふむ、僕が真っ先に思い浮かべたのは、エラリー・クイーンというアメリカのミステリ作家が書いた『チャイナ橙の謎』という探偵小説だ。いわゆる《逆さま問題》とか《アベコベ問題》とか呼ばれるような種類の作品なんだがね。いま聞いた話は、その小説に似ていなくもない」

「え⁉　そういう探偵小説が存在するんですか」ミステリに詳しくない私は、ちゃぶ台の上に両手を突いて、思わず腰を浮かせた。「だったら、その『チャイナナントカのナントカ』っていう作品が、今回の事件を解決する上で何らかのヒントに……」

「いや、ならないね、たぶん何のヒントにも」

前もって期待の芽を摘み取るように、竹田津さんは即座に言い切る。私はいったん浮かせた腰を、座布団の上にストンと落とした。

「えー、ならないんですかぁ、何のヒントにもぉ？」

「うん、無理だね。詳しい説明はネタバレになるから避けるけど、要するに『チャイナ橙の謎』という作品は、いわゆる《逆さま問題》の嚆矢とも呼ぶべき古典的な名作には違いない。だけど、その解決は現代の我々が読んだときに、いささか首を傾げるようなものでね。正直、いまどきの谷根千界隈で起こった事件においては、あまり参考になりそうもないってことなのさ」

「そうなんですか。それは残念……」

「それに今回、滝口久枝さんの身に起きた事件は、一般的な《逆さま問題》とも少し様子が違うような気がするんだ」

「はあ、そうですか」そもそも《逆さま問題》の一般的なやつ、というのが私にはサッパリ判らないのだけれど――「何がどう違うっていうんです？」

「そうだな。例えば、そう、コレだ。――このクラシカルな和風ローテーブル」

「ちゃぶ台ですね。そういえば久枝さんの自宅の居間にも、ちゃぶ台があったそうですが」

「ああ、ちゃぶ台の上には灰皿が置かれていて、それは伏せられた状態だった」

「つまり、逆さまだった」

「そう。ところが、ちゃぶ台そのものは、ひっくり返されていなかった。ちゃぶ台なのに、だ」

「はあ⁉」――『ちゃぶ台なのに』って、どういう意味⁉

目をパチクリする私の前で、竹田津さんは自らに問い掛けるように語った。

「なぜ犯人は、ちゃぶ台をひっくり返さなかったんだろう？　ちゃぶ台なんて、この現代においては、もはや《ひっくり返されるためにある》。そういっても過言ではない代物だというのに、いったいなぜ。――そう思わないか、つみれちゃん？」

「な、なるほど！」

考えてもみなかったことだが、いわれてみると確かに彼のいうとおりかもしれない。

コツコツ積み上げてきたストーリーを根底から覆して台無しにすることを、俗に《ちゃぶ台返し》といったりするように、いまやちゃぶ台なんて、ひっくり返してナンボ。この『怪運堂』のように、普通にテーブルとして利用されているちゃぶ台のほうが、むしろ少数派だろう。実際のところ、ちゃぶ台の多くは昭和を舞台にしたマンガやドラマ、コントなどの中で何度も何度も《ひっくり返される》。もはやそのためのアイテムと断言していい。「――確かに、竹田津さんのいうとおりです。それなのに、この事件の犯人ときたら！」

「うむ、この事件の犯人は、居間にある様々なものをひっくり返しておきながら、なぜか肝心のちゃぶ台は、ひっくり返していない。その点に僕は引っ掛かりを覚えるんだよ」

「ううむ……」

その点に引っ掛かりを覚える竹田津さんは、紛れもない天才か、もしくはそれと紙一重の存在であるに違いない。思わず唸り声をあげる私の前で、彼はさらに続けた。

「事はちゃぶ台に限らない。今回の現場にはソファとか大画面テレビとか、逆さまにされていないアイテムも結構あるようだ。しかし本来、この手の《逆さま問題》というやつは、部屋の中で目に付くものは片っ端から逆さまにされている――というのが通常のパターンなんだよ。それに比べると今回の事件は、いかにも不完全。どうも中途半端の謗りを逃れられないように思える。ということは、いわばこれは《中途半端な逆さま問題》とでも呼ぶべき事件なのかもしれないね。――さてと」

そういって竹田津さんは突然、畳の上にすっくと立ち上がると、

「いずれにしてもだ、こんな辛気臭くてカビ臭い店内でウダウダ喋っていたって、何にもいいことなんて起こりゃしない。きっと優れたアイデアも浮かばないだろう」

「えぇー、『何にもいいことなんて起こりゃしない』って、それ、竹田津さんがいっちゃ駄目なんじゃないですか!? だってここ、いちおう開運グッズの店だし……」

「なーに、開運グッズで良いアイデアが浮かぶなら、誰も苦労はしないさ」

と身も蓋もないことを堂々口にした『怪運堂』店主は、畳の小上がりから降りると、愛用の草履を履いて外出する構え。私も慌てて自分の靴を履きながら、

「あッ、出掛けるんですね。――これから、どこへ？」

「そうだな。まず被害者に会って、直接話が聞きたい。それに現場となった居間の様子も、この目で見てみたいところだが……そういうことって可能かな？」

「うーん、そうですねえ」私は彼の怪しい作務衣姿を眺めながら、「竹田津さんが、その恰好でひとりでいっても、たぶん無理でしょうね。でも私がいれば大丈夫です」

そういって私はパーカーの胸を親指で示した。

「だって私、滝口久枝さんの孫娘の友人ですから。足立瑞穂ちゃんに一本、電話を入れておいてもらえば、きっと会ってもらえるはずです」

「そうか。だったら、君も僕と一緒にきたまえ」

竹田津さんは彼特有の命令口調で私にいうと、さっさと玄関の引き戸を開けて、外

へと出ていく。私も彼の背中を追うようにして玄関を出た。

竹田津さんがたったひとりで切り盛りする『怪運堂』は、彼が外出してしまえば、無人の店舗になってしまう。当然、その間の売り上げはゼロだ。そんなことで本当に店の経営が成り立つのか。ひょっとして来月には潰れて跡形もなくなっているのではないか。もうちょっと真面目に働いたらどうなんだ、この人――と思わないでもなかったが、そのような現実に、竹田津さんはいっさい頓着しない。《中途半端な逆さま事件》の謎に興味を惹かれる彼は、採算度外視で事件解決に乗り出す構えらしい。申し訳ないけれど、私としては『シメシメ、こちらの思うツボ……』といったところである。

そんな私の気持ちを知ってか知らずか、竹田津さんは店の玄関に鍵を掛けると、玄関先にぶら下がった『怪運堂』の小さな看板をくるりと裏返す。開運グッズの店は、この瞬間から《休業中》となった。「――うむ、これでよし」

「………」ホントにいいのかしら？

首を傾げる私に向かって、臨時休業を決めた店主は呑気な口調でいった。

「では、ぶらぶら歩いていくとしようか。とりあえず千駄木方面だね――」

こうして竹田津さんと私は、奇妙な逆さま事件の現場を目指して、二度目の《散歩》に出掛けたのだった。

4

外に出てみると、曇りがちな空模様ではあるが雨の心配はなく、気温もそこまで高くない。のんびり散歩するには、ちょうどいい塩梅だったが、それにしても、この人は《のんびり》の度合いが過ぎるようだ。『怪運堂』を出発した竹田津優介さんの足取りは、まさに時間を持て余す暇人のそれに近かった。

路地を横切る白猫の姿を認めては、しゃがみ込んでジッと観察。

——で結局、白猫に睨まれる。

お寺の境内で黒猫の親子を発見しては、「おいで、おいでー」と無駄な手招き。

——で結局、親猫に指を嚙まれる。

竹田津さんって、前世で猫をいじめた悪ガキの生まれ変わりかしらん、と私はそう思わずにはいられない。

あるいは外国人観光客に片言の日本語で駅への道を聞かれたときなど、彼は身振り手振りを交えて、「ヤア、日暮里ステーション、デスカ……オゥ、ソウデスネ……コノ道ヲマッスグ進ンデ突キ当タリヲ右ニ……」などと懸命に教えてあげようとするのだが、傍らで聞いている私は彼の様子に首を捻るばかりだ。——なぜ、あなたが片言の日本語になるんです？　むしろそこは片言の英語で教えてあげるべきでは？

万事そんな調子だから私たち二人の《散歩》は、ちっとも前に進まない。結果、千駄木にある滝口久枝さん宅にたどり着いたころには、もう随分と時間が経っていた。

そこはごく平凡な二階建ての古い民家。小さな門を通り抜けると、庭木やら鉢植えやらで彩られた狭い庭があり、その先に引き戸の玄関がある。私は迷うことなく呼び鈴を押した。

ちなみに竹田津さんが猫や外国人観光客と戯れている間、私は足立瑞穂ちゃんに電話を入れて、彼女のおばあちゃんに前もって話を通しておいた。お陰で久枝さんは自宅で私たちのことを待っていてくれた。いや、正直ちょっと待ちくたびれていたのかもしれない。

目の前の引き戸が開かれると、顔を覗かせたのは白髪の老婦人。滝口久枝さんに間違いなかった。茶色の半袖ニットにベージュのルームパンツ。背筋のシャンと伸びた彼女は、ホッとしたような声でいった。

「随分と遅かったねえ、心配したよ。ひょっとして道に迷ってるんじゃないかと思って……」

するとと竹田津さんは丸い眼鏡を指先でくいっと持ち上げながら、

「いいえ、逆です、逆。道に迷っている観光客を助けようとして、その分だけ遅くなりました。すみませんね」

「………」その分だけではなかった気がするが、私は黙って苦笑いするしかない。

そんな私に久枝さんは興味津々といった視線を向けると、「孫から電話で聞いたよ。あんただね、名探偵のお嬢ちゃんっていうのは？」

「え……!?」どうやら瑞穂ちゃんは、このおばあちゃんに間違った情報を伝えたらしい。私は慌てて身体の前で両手をバタバタさせると、「ち、違うんです。名探偵はコッチの彼……」

といって隣に立つ作務衣姿の『怪運堂』店主を指差そうとしたのだが、それより一瞬早く彼のほうが、「ええ、そうなんです。この娘、なかなか鋭いんですよ」と余計なことをいうので、結局おばあちゃんの勘違いは訂正されることなく、むしろ増幅された。

そんな久枝さんは不思議そうに竹田津さんのことを指差すと、「ところで、この人は誰？　孫からは何も聞いてないけど……ひょっとして、お嬢ちゃんの彼氏かい？」

「いいえ、違います！」

クソ馬鹿なこと、いわないでくださいね、おばあちゃん。「この人は付き添いです。いえ、散歩仲間です。いえいえ、助手です、そう、探偵助手！」

慌てた私は勢いでそう答える。すると久枝さんは納得の表情を浮かべて、

「ああ、つまりワトソン役ってことだね」

この瞬間、彼女の頭の中で私たちは《可愛い女子大生の名探偵》と《怪しい三十男のワトソン》という探偵コンビとして認識されたらしい。すっかり疑問が解けた様子の久枝さんは、

「それじゃあ、さっそく居間を見てもらおうかねえ。――さあ、上がっておくれ、名探偵のお嬢ちゃん」

「岩篠です。岩篠つみれ。《名探偵のお嬢ちゃん》とかじゃなくって……」

そう訴えながら私は靴を脱いで、おばあちゃんの家に上がり込む。竹田津さんはノホホンとした笑みを浮かべながら、私の後に続いた。

問題の居間に足を踏み入れるのは、もちろん私にとって初めてのこと。だが、すでに瑞穂ちゃんから室内の様子を詳しく聞いていたので、あんまり初めてのような気がしない。

そこはクラシカルなちゃぶ台が置かれた和洋折衷の部屋だ。二人掛けのソファがあり、壁際にはテレビ台と大画面テレビ。その隣には本棚もある。もちろん事件発覚の直後と異なり、いまでは本の背表紙もＤＶＤのパッケージも上下正しく収納されている。部屋のおおまかな状況は、瑞穂ちゃんの話を聞いたときに想像したものと大差なかった。

ただひとつだけ意外だったのは、この居間に結構大きなサッシ窓があるということだ。瑞穂ちゃんの話を聞く限りでは、私は昔の日本家屋にありがちな《昼なお薄暗くジメッとした日当たりの悪い八畳間》みたいなものを勝手に想像していたのだ（偏見である）。

実際にはサッシの掃き出し窓が庭のほうを向いており、居間全体が明るい。透明なガラス越しに外を眺めると、軒先には階段状になった飾り棚があって、そこに数々の鉢植えが置かれている。鉢植えのひとつひとつは、窓から手を伸ばせば触れるぐらいの距離だ。見ごろを迎えたアジサイが、ひと際鮮やかな紫色の花を咲かせていた。

「へえ、綺麗なお庭ですね……」

一方、竹田津さんはアジサイなどに興味を示すことなく、窓とは反対側の壁際に佇（たたず）みながら、コーナーに置かれた金庫を見詰めている。居間の中央に立つ久枝さんが、あらためて事件発覚当時の状況を語った。内容は私が瑞穂ちゃんから聞いた話と同じものだ。金庫が逆さまになっていることに気付いた久枝さんが、悲痛な叫び声を発したところで、彼女の回想シーンは一段落。久枝さんは当時を思い出したのか、顔をしかめて身震いした。

「正直、あのときは『畜生、やられたー』って思ったね。これはもう絶対に中身も無事じゃないって観念したよ」

「でしょうねえ」私は軽く頷いてから、「で、観念した久枝さんは、その後どうしたんです？　すぐに警察を呼んだんですか」

「いや、警察を呼ぶのは、もう少し後のことだよ。とにかく被害を確認しなくちゃと思って、金庫の扉を開けてみたんだ。私にしてみりゃダメモトだったんだがね、開けてビックリさ。金庫の中身は手付かずだったんだからねえ！」

「それ、本当に間違いないんですか、おばあちゃん？」私はかねて疑問に思っていた点を、ここぞとばかりに問いただした。「金庫の中のものがゴッソリ盗まれていたら、誰だって一発で気付くはず。だけど、いろいろある中で何かひとつのものだけが盗まれたような場合、盗まれたこと自体に気付かない。そういう可能性もゼロではないと思うんですが」

「ああ、つみれちゃんがいってることは、私にもよく判るよ。だけど本当に何も盗られていないんだ。何度も確認したから間違いはないよ。それに考えてみりゃ、この金庫は最新の耐火金庫だからね。どんな泥棒だって、そう簡単に開けられるわけがないんだよ」

得意げにいって、久枝さんは自慢の家庭用金庫を指差す。私はサッシの窓辺を離れると、「どれどれ……」と呟きながら、真っ直ぐ正面の壁際に歩み寄った。

隅っこに置かれたそれは、電子レンジよりひと回り大きい程度。家庭用の金庫としては、ごく普通のサイズだろう。鋼鉄の扉に鍵穴が一個ある。ただし金庫を象徴するダイヤルの類（たぐい）は見当たらない。その代わりに前面の扉に備わっているのは、テンキーだ。金庫の前にしゃがみ込んだ私は０から９までの数字と「＊」や「＃」の書かれたボタンを見やりながら独り言のように呟いた。

「なるほどー、鍵で開錠した後、このテンキーで暗証番号を打ち込むと扉が開くんですね。つまりダブルロックってわけか……」

「ああ、本来はそうだよ。ただし、鍵でするロックは常に開錠された状態なんだ」

「ん⁉」と意外そうな声をあげたのは竹田津さんだ。「ではダブルロックではない⁉」

「そう、鍵は必要ない。七桁（けた）の暗証番号だけで開くようにしてあるんだよ。そっちのほうが面倒くさくないだろ。ただし七桁の暗証番号は、私の脳ミソの中にしかないけどね」

「本当に？　本当に番号だけで開くんですか？」丸い眼鏡の奥で彼の眸が意地悪く光る。「じゃあ念のため、やってみましょう。ちなみに、その暗証番号というのは？」

「ええっと、そうそう、３１４１５９２だよ」

「ふむふむ、３１４１……」金庫に正対した竹田津さんはテンキーに向かい、そのボタンを確実に操作していく。「……５９２っと、よーしッ」

竹田津さんの右手が扉の引き手を摑（つか）み、それを手前に引く。だが扉が開くことはなく、彼の右手が引き手から虚しくスッポ抜けただけ。すぐさま彼は不服そうな顔を久枝さんへと向けた。

「あのー、扉、開きませんけど……?」

「当たり前だろ。円周率みたいな判りやすい番号じゃ、簡単に開けられちゃうじゃないか」

呆れ顔の久枝さんは、隣に佇む私に小声で耳打ちした。「ねえ、あんたの助手は見た目のわりにデキが悪いみたいだねえ」

そうですねえ、そうかもしれませんねえ——といって頭を掻く私は《見た目のわりにデキの悪い助手》の隣に、肩を並べてしゃがみ込む。そんな私に今度は竹田津さんが耳打ちした。

「あのばあさん、結構したたかなタイプだな。あの調子ならウッカリ他人に暗証番号を漏らすこともなさそうだ」

「なるほど、確かに。——でも駄目ですよ、お年寄りのこと、《ばあさん》だなんて!」

私は横目で彼の顔をキッと睨みつける。しかし彼は涼しい顔。金庫の前ですっくと立ち上がると、あらためて久枝さんを見やった。「ちなみに、ばあさ……いや、おばあちゃんが異変に気付いてこの金庫を開けたとき、傍に誰かいましたか。それとも、ひとり？」

「もちろん、ひとりさ。花の独身女性だからね」――でもなんで、そんなことを聞くんだい？　それから、あんた、いまウッカリ私のこと《ばあさん》って呼ばなかったかい？　そう問いただすように、久枝さんは訝しげな視線を竹田津さんへと向ける。

しかし彼は平然と作務衣の腕を組みながら、「ひとりか。じゃあ違うのかな……？」

「ん、何ですか、『違うのかな』って？」

「うん、ひとつ思い出したことがあってね。昔のミステリでお馴染みの古い手口なんだが」

「また昔のミステリ？　今度は何ですか。『フランスナントカのナントカ』みたいなやつ？」

「そういう作品もあるけど、今回のは違う。正直、具体的な作品名は忘れたけどね、『怪盗ルパン』シリーズなんかを読んでいると、ときどき出てくる金庫破りの常套手段だよ」

「金庫破り!?　あるんですか、何か上手いやり方が」

「いや、実際には金庫なんて、そう簡単に破れるもんじゃないさ。だからこそ、これは有効な手段ともいえるわけだがね。要するに、何者かによって金庫が破られたのではないか、密かに開けられたのではないか、そう思えるような状況を作り出すわけだ。

例えば『お宝は確かにいただいたぜ、とっつぁん！』みたいな犯行声明文を、犯人が敢えて現場に残すとするだろ……」

「はあ、『とっつぁん』って!?」それは『怪盗ルパン』じゃなくて三代目を主人公にしたマンガのほうだろう。まあ、どっちでもいい話だけれど——「それで？」

「そんな声明文を見せられたら、誰だって不安になる。金庫の中身を確認したくなるだろ。慌てて金庫の扉を開けようとするはずだ。だが扉を開けた瞬間、背後から勝ち誇った声が聞こえてくるんだよ——『ふっふっふっ、引っ掛かったね、明智君！』みたいにね」

「今度は『怪人二十面相』ですか！」もはや何の物語だか理解不能。だが竹田津さんがいわんとするところは、私にもよく判った。「つまり金庫の持ち主に自ら扉を開けさせておいて、犯人が直後に襲い掛かるパターンですね」

「そういうこと。久枝さんが慌てて金庫を開けたとき、傍に誰かがいたのなら、そのパターンを狙った犯行かもしれない。そう思ったんだが——どうやら違ったみたいですね？」

「ああ、違うね。まさしく私は、あんたがいうようなケースもあり得ると思ったから、誰も人を呼ばず、完全にひとりの状態で金庫を開けたんだ。それに——」といって久枝さんは、あらためて問題提起した。「仮に、あんたがいうような古い手口を使う気だったとして、なぜ犯人は部屋のものを逆さまにする必要があるんだい？」

「それはもちろん、おばあちゃんに金庫を開けさせるためですよ。実際、部屋の異変に気付いたあなたは、不安になって金庫を開けた。そうですよね？」

「でも、それが目的なら、普通に部屋を荒らしておけば、いいだけのことだろ？　いかにも泥棒が入りましたっていう具合にさ。べつに重たい金庫やら本棚の本を、ひっくり返す必要なんて全然ないはずだよ。そんなの面倒くさいだけじゃないか」

「は、はは……いや、まったく、おばあちゃんのいうとおりですよ。どうやら僕の考えが浅かったらしいですね……ははは」引き攣った笑みを浮かべる竹田津さんは、次の瞬間、くるりと彼女に背中を向ける。そして再び私に耳打ちした。「ううむ、このばあさん、なかなか理屈っぽいな。案外と手強いぞ」

「いったい誰と戦ってるんですか、竹田津さん⁉」――それとあと、《ばあさん》って呼んじゃ駄目ですってば！　好感度、下がりますよ！

再びキッと横目で睨みつけるが、やはり彼は涼しい顔。私はハァと溜め息をついてから、無理やり話題を転じた。

「ところで、おばあちゃん、犯人の心当たりはないんですか。こういう妙な事件を引き起こしそうな怪しい人物を、身近に知っているとか」

「うーん」と唸り声をあげた久枝さんは、やがて残念そうに首を左右に振った。「心当たりはないね。ていうか、そもそも犯人の狙いが判らないんじゃ、誰を疑っていいのか、判らないじゃないか。金銭目当てなのか、嫌がらせなのか、それとも単なる悪ふざけなのか。それによって疑わしい人物像も変わってくるだろ。いまの状況じゃ何ともいえないね」

「それもそうですねえ。うーん、動機の面から謎に迫るのは無理かぁ」と腕組みしながら首を捻る私の視線の先。作務衣姿の『怪運堂』店主は、ひとり本棚の前に立って、奇妙な行動を始めていた。私は目をパチクリさせながら、「ちょ、ちょっと竹田津さん、何やってるんですか。その本棚の本、どーするつもりです？」

「ん、これかい⁉ なーに、これをね、こうするのさ」

そういって彼は本棚から引き抜いた数冊の本を、ひっくり返して本棚へと戻した。その振る舞いを見ただけで、彼が何をおこなおうとしているのか、おおよその見当が付く。

「あ、判った。事件の現場を再現するんですね」興味を惹かれる私の隣で、

「へえ、面白いじゃないか」と久枝さんも大いに乗り気になった。「だったら、私のいうとおりにしておくれ。当時のことはハッキリ覚えているからね。……ほら、その本棚の上の時計と花瓶は天地を逆さまに……こっちのDVDプレーヤーは正面が壁側を向くように……テレビ台の写真立ては逆さまに……固定電話は台ごと向きを逆にし

て……」

　そんなこんなで久枝さんの指示に従いながら作業を進めること、しばらく。事件発覚当時の居間の様子が、私たちの目の前で、あらかた再現されるに至った。だが、まだ完全再現ではない。

　竹田津さんは部屋の隅っこを指差していった。「結局、最後に残ったのは、この金庫ってわけだ。いちおう、ひっくり返してみるかい？」

「乗りかかった船です。ここまできた以上、とことんやりましょう！」

力強く拳を握ると、隣で久枝さんも興味津々の面持ちで頷いた。

「ああ、やってみてごらん。――ただし、その金庫、相当に重いよ。大丈夫かねえ？」

　正直、不安だったが、やってみるしかない。だいいち犯人にできたことが、私たちにできないはずはないのだ。畳の上に根を生やしたごとく鎮座する鋼鉄の箱。その天地を百八十度ひっくり返すという困難なミッションに、私と竹田津さんは意を決して立ち向かった。

　まずは隅っこに置かれた金庫を、畳の上で滑らせるようにしながら、広いところに移動させる。それから竹田津さんは全体重と全腕力を総動員。「ん〜〜ッ」と力み返りながら金庫の片側を持ち上げる。私はその僅かな隙間に、丸めた新聞紙を素早く挟み込んだ。

これで金庫の片側は畳から数センチほど浮いた状態になった。ここまでくればシメたもの。私と竹田津さんは浮いた金庫の底に指を差し入れると、「せーのッ！」と声を合わせて、それぞれの腕にありったけの力を込めた。

「ん〜〜〜ッ」

「く〜〜〜ッ」

二人がかりで金庫の片側を高く持ち上げる。やがて金庫はピッタリ九十度立ち上がって、縦の状態になった。逆さまの金庫も奇妙だが、縦に置かれた金庫というのも見慣れないものだ。その光景を眺めながら、「うむ、これでよし」と呟いた竹田津さんは、これにてミッション完了とばかりに両手を払った。「後は、この突っ立った金庫を思いっきり足で蹴飛ばしてやれば、金庫はバタンと倒れて綺麗に逆さまになるってわけだ」

「綺麗じゃありませんよ！　ここまできて横着しないでくださいね！」

私が一喝すると、『怪運堂』の横着な店主は、「ちぇ、仕方がないなあ」と渋い顔。足は使わずに「えいッ」と両手で金庫を突き飛ばす。金庫はバタンと倒れて逆さまになった。

「そうそう、それでいいんですよ」——足で蹴飛ばすなんて野蛮ですよ、まったく！

ウンウンと満足して頷く私の隣で、久枝さんは大きく目を見開きながら、

「ちっとも良くないよ！　畳に穴が開いたらどーするんだい！」

大丈夫ですよ、畳に穴なんか開きませんよ。開いたら奇跡ですよ——といって竹田津さんは憤る久枝さんを懸命になだめる。一方の私は『やっぱり手を使ってゆっくり静かに倒すほうが綺麗だったかしらん……』と自らの横着さを、ちょっぴり反省。

と同時に、私の脳裏にひとつの考えが浮かぶ。私は逆さまになった金庫を指差していった。

「これ、自分で動かしてみて思ったんですけど、犯人は二人組か、それ以上ってことになりませんかね？　だってひとりでは、この重たい金庫を逆さまにできないでしょう？」

「いや、そうとは限らないと思うよ。梃子とかジャッキなどの道具を用いれば、ひとりでもできるだろう。体力のない女性にも可能だったかもしれない。なにせ久枝さんは旅行中で留守なんだ。犯人はたっぷり時間を掛けて、この作業をおこなうことができた。工夫次第で何かしら方法はあったはずだ。犯人の人数や体力の有る無しは関係ないと思う」

「うーん、それもそっか」私は自分の考えを、引っ込めざるを得なかった。

だが、とにもかくにも金庫は逆さまになった。再び畳の上を滑らせるようにして、部屋のコーナーに移動させる。これにて逆さま問題の現場は完全再現されたわけだ。

私はサッシの窓辺に立ち、居間の様子をあらためて眺めてみる。だが正直、それほどのインパクトは感じられない。ボンヤリした住人ならば、部屋の様子が改変されていることに、しばらく気付かなかった可能性すらあったろう。やはり、ちゃぶ台やソファといった大型家具が動かされていない分、奇妙さが薄められているのだ。

ここにくる前、竹田津さんが事件の話を聞くなり、《逆さま問題としては中途半端》と評したことを、私はあらためて思い起こした。この中途半端に面倒くさい状況を作り出した人物は、いったい何の目的があって、このような行為に及んだのか……そもそも、金庫をひっくり返すだけの時間と体力があるのなら、その金庫をそのまま盗み去ることだって、けっして不可能ではなかったろうに……してみると、犯人の狙いは金庫にはなくて、別の何かにあるのだろうか？

そんなことを思いながら私は窓辺を離れると、目の前の壁際に置かれた金庫の前にしゃがみ込む。そして前面の扉を凝視。そうするうち、ふと気になる点に思い至った。

「ふうん、逆さまになったテンキーって、何だか変な感じですねえ……本来なら①ボタンがある場所に『#』のボタンがある……しかも⑥のボタンが逆さまだから、一見すると⑨みたいで、逆に⑨のボタンは⑥みたい……②のボタンは⑤を裏返した恰好に見えるし、⑤のボタンはその逆……あ、だけど⑧は逆さまになっても⑧のままか……わぁ、何だか打ち間違えそう……」

　すると私の独り言を聞きつけて、久枝さんがウンウンと頷いた。

「そうだね。確かに、つみれちゃんのいうとおり、逆さまのテンキーというのは、扱いづらいものさ。いっそ正面からじゃなくて横から覗き込むようにするといいよ」

　そうアドバイスされた私は金庫の横、つまり側面から覗き込むような体勢を取ると、首を斜めにしながら問題のテンキーを眺めた。首を逆さまの状態に近付けたほうが、逆さまのテンキーをより正しい角度で見ることができるのだ。

　試しに《１０４０２３０》と打ち込んでみる。もちろん扉は開かない。おばあちゃんの頭の中だけにある七桁の暗証番号というのは、いったいどんな番号なのだろうか。

　そんなことを思いつつ、私は何気なく顔を上げた。瞬間、「あれ!?」という呟きが、口を衝いて飛び出す。目に飛び込んできたのは、顎に手を当てながら部屋の中をウロウロと歩き回る『怪運堂』店主の姿だ。その視線は真っ直ぐ前を凝視しているように見えて、その実、どこにも焦点が定まっていないようにも映る。口許からは小さな呟きが呪文のように漏れているが、私の耳ではまるで聞き取れない。仮に聞き取れたとしても、それが意味のある文章かどうかは、はなはだ疑問であるように思われた。

　その様子を気味悪そうに見やりながら、久枝さんは小声で私に耳打ちした。

「ねえ、つみれちゃん、あんたの連れてきた助手、とうとう何かに取り憑かれたらしいよ。大丈夫なのかい？」

「え、ええ、たぶん平気です。彼、普段から魔除けとかお札とか扱ってる人だから」

適当に答える私の傍で、竹田津さんは何事かに思い至ったごとくピタリと足を止める。そして久枝さんのほうを向くと、唐突にこう尋ねた。

「おばあちゃんは金庫の扉を開けて、中身に異常がないことを確認した。その後、いちおう警察には通報したんですね？」

「ああ、もちろんさ。被害がなくても誰かが不法侵入したことは事実だからね」

「で、警察はすぐに駆けつけてくれましたか」

「ああ、自転車を飛ばしてスッ飛んできたよ。ほら、あの、実直そうで正義感は人一倍強そうだけど、どこか迂闊で軽々しい感じの、若いお巡りさん……近所の交番にいるだろ？」

「ああ、斉藤巡査ですね！」

「そう、その斉藤巡査さ！」

「………」そんなふうに一発で当てちゃ、斉藤巡査があんまり可哀想！　交番には他のお巡りさんも、たくさん出入りしているのに！

ここにはいない《迂闊で軽々しい感じの若いお巡りさん》に対して、私は同情を禁じ得ない。

それをよそに、竹田津さんはなおも質問を続けた。

「では、この現場に真っ先に駆けつけたのは斉藤巡査。それに間違いありませんか」
するると久枝さんは即座に「いや、そうじゃなかったね」と首を横に振る。そして顔の前で指を一本立てながら答えた。「そういや、お巡りさんより先に、この現場にやってきた人物がひとりいたよ。実はその人、私の身内なんだけどね」

5

問題の人物の名前は中里幸平(なかざとこうへい)。久枝さんの亡くなったお姉さんの遺(のこ)したひとり息子だという。つまり久枝さんから見て、甥(おい)っ子にあたる男性というわけだ。

その名を聞くと同時に、「甥っ子ですか。なるほど、判りました！」と叫ぶようにいって、丸い眼鏡の『怪運堂』店主は、滝口邸をひとり飛び出していく。

一方、多少なりと冷静さを保つ私は「その中里さんって、どこに住んでいる人？」と久枝さんに質問。答えを聞いてからペコリと一礼して、すぐさま竹田津さんの後を追いかけた。

すると滝口邸を出てすぐの路上で茶色い作務衣姿を発見。案の定、彼は腕組みしながら、『はてさて、どちらへ向かえば良いのやら……？』と途方に暮れた態(てい)で立ち往生している。――この人、意外とそそっかしい！

というか、ある場面を境にして、竹田津さんは妙な興奮状態に陥ったように思える。よく判らない私は、とにかく彼のもとに駆け寄ると、いったい何だったろうか。彼の中の隠れたスイッチがONになったキッカケは、いったい何だったろうか。

「中里幸平って人のところに、いくんですよね。だったら、こっちですよ」

といって、真っ直ぐ谷中方面を指差した。

「ああ、そっちか」照れくさそうにいって、竹田津さんは長い髪の毛を掻き上げる。そして普段どおり《散歩》する足取りに戻って、のんびりと歩きはじめた。

「竹田津さん、何か閃いたんですか。途中から様子が変でしたけど……?」

「うむ、ちょっと気付いたことがあってね。まだ確証を得るには至っていないが」

「何ですか、その『気付いたこと』って？　ヒントぐらいくださいよ」

「うーん、ヒントかぁ」俯きがちに考え込んだ彼は、やがて顔を上げると、「そうだな、『犯人はなぜ金庫の天地を逆さまにしたのか』――その問い掛けこそがヒントになるかもしれない」

「はあ、『なぜ金庫を逆さまにしたのか』って、それがヒント⁉　いやいや、それが判らないから、みんな首を捻っているんじゃありませんか。いまさら何いってるんです⁉」

もう少しマシなヒントをくださいよね！　そう訴えるように私はプッと頰を膨らませる。だが竹田津さんは意味深な笑みを浮かべるばかり。悠然とした足取りで谷中の道を進む。

そうこうするうち、私たちは谷中銀座商店街から少し外れた閑静な一角にたどり着いた。

古民家っぽい住宅が立ち並び、猫が昼寝をする路地に、一軒のお好み焼き屋が営業中だ。煮しめたような茶色い暖簾には屋号らしきものが染め抜かれている。私はその古色蒼然とした店構えを指で示しながら、「ここですよ、ほら『法螺屋』です」

「ふうん、『ほらほら屋』っていうのかい？　面白い店名だねぇ」

「《ほら》が一個多いですよ。違います。『法螺屋』です。例の中里幸平って人がやっている店だそうですよ。さっき久枝さんが、そう教えてくれました」

「なるほど、お好み焼きの店か」竹田津さんは眼鏡の縁に指を当てながら、正面のガラス戸越しに店内を覗き見る。「それほど流行ってはいないらしいな。これなら『鰯の吾郎』と、どっこいどっこいだ」などと失敬なことを言い放ってから、彼は目の前の引き戸に手を掛けた。「とにかく、入ってみようじゃないか。――ごめんくださーい」

呑気な声を発しながら店内に足を踏み入れると、なるほどフロアは閑散としていて、『鰯の吾郎』といい勝負（ていうか、たぶんウチが勝っている）。鉄板を備えたテーブル席に腰を下ろすと、間もなく若い男性店員が水とおしぼりを持ってくる。さっそく私たちはメニューを覗き込みながら、独自のこだわりに満ちたオーダーを告げた。

「私はブタ玉焼き」「僕はチーズ入りのイカ玉焼きだ」「カツオ節は多めにね」「それとマヨネーズたっぷり」「青のりは抜いてね」「僕は青のりもたっぷり」「それとコーラね」「僕はアイス珈琲にしよう」「それから中里さんって人を」「いるなら呼んでほしいんだが」

矢継ぎ早の注文を受けた男性店員は、軽いパニック状態に陥ったのだろう。手元の注文票にペンを走らせながら、

「えッ、ええッ……ブタ玉はカツオ節多めの青のり抜きで……え……チーズ入りのイカ玉はマヨネーズと青のり入りで、中里さんたっぷり……？」

「そうだ、頼んだよ！」

「早く持ってきてね！」

私と竹田津さんは揃って頷きながらメニューを店員へ返す。若い店員は強張った顔に戸惑いの色を滲ませながら、ガクガクと首を縦に振る。そして悲鳴にも似た声を発しつつ、店の奥へと駆け込んでいった。

「た、た、大将ぉ～ッ、ちゅ、注文入りましたぁ～ッ！」

それから、しばらくの後。男性店員は注文したお好み焼きとドリンク、そして五十

代と思しき中年男性を引き連れて、再び私たちの前に姿を現した。「ご注文の品はお揃いでしょうか。お揃いですね。では、ごゆっくり」といって、男性店員は店の奥へと下がっていく。

どうやら、連れてこられた中年男性こそがチーズ入りイカ玉焼き——ではなくて中里幸平という人物らしい。日焼けした面長の顔。身体つきは痩せ型で、男性にしては小柄なほうだろう。

私たちはそれぞれ名乗り、さっそく彼に来訪の意図を伝えた。

「実は私たち、久枝さんが遭遇した事件について調べているんです。お孫さんの足立瑞穂ちゃんに頼まれまして……」

「ふうん、君、瑞穂ちゃんのお友達なのか」

中里幸平は気安い口調で頷くと、竹田津さんの隣、私を正面に見る席に座った。

「その件については僕も気になってたんだ。何が何だかサッパリ判らないよ。まあ、実害がなかったことが、せめてもの救いだがね」

そう答える中里幸平は、料理人が着るような調理服ではなく、かといって接客するような恰好でもない。ごく普通の青いポロシャツに茶色いズボン。まるで《リラックスした休日のお父さん》といった風情だ。聞けば、調理や接客といった仕事はすべて奥さんや跡取り息子、あるいはバイト君らに任せて、自分は主に《経営者としての業務》に専念しているとのこと。どうやら大将とは名ばかりで、あまり働いている雰囲気ではない。『法螺屋』に閑古鳥が鳴いているのも、なんとなく納得できる気がした。

「ところで、お聞きしたいのは事件発覚当時のことなんですがね」そう切り出したのは、竹田津さんのほうだった。「中里さんはその場に居合わせたと伺ったのですが、それはどういった状況だったのでしょうか」

「なーに、ただの偶然だよ。あの日は日曜日で店は賑わっていたが、夕方になって客足が途絶えた。それで僕は店を妻や息子たちに任せて、散歩がてら煙草を買いにいったんだ」

「ふうん」結構なご身分ですね——と心の中で呟きながら私は話を促した。「それで？」

「叔母（おば）が伊豆に旅行中だという話は、前もって聞いていた。その日の夕方ごろ戻るということもね。それで土産話でも聞いてやろうかと思って、千駄木の家まで足を延ばしたんだ。家に着いて玄関の呼び鈴を鳴らすと、扉が開き叔母が青い顔を覗かせた。ひどく混乱している様子だったな。『大変なんだよ……きっと泥棒だよ……幸平君、何か知らないかい？』いや、泥棒じゃないかも……いま警察に通報したところで……』と、まあ随分と取り乱した口ぶりだった。でも、こっちはサッパリ意味が判らない。そこで僕が『ちゃんと説明してよ』というと、叔母は口で説明するよりも、現場を見せるほうが早いと思ったんだろうな。僕を居間に連れていって、『ほら、何かおかしいと思わないかい？』といって部屋の中を指差すんだ。そういわれても最初は何のことだか判らなかったんだがね。よくよく眺めるうちに、叔母のいわんとするところが理解できた」

「居間にある様々なものが逆さまになっていた——というわけですね」

私の言葉に中里幸平はキッパリと頷く。そんな彼に竹田津さんは妙なことを尋ねた。

「ちなみに中里さんはその光景を、どこから見たのですか。現場の居間に足を踏み入れて？」

「いや、そうじゃないよ。居間の入口あたりからだ。部屋の中には入れてもらえなかった。叔母が止めたんだ。『もうすぐ警察がくるから、室内に余計な痕跡(こんせき)を残さないほうがいい』なんていってね。ああ見えて叔母は『野性ナントカ』っていう雑誌を買って読むほどのミステリファンだから、そういうところには妙に気が回るんだ」

「そうですか。中里さんは居間には一歩も入らなかった。——で、そうこうするうちに斉藤巡査が自転車を飛ばして現場に駆けつけた。そういうことですね？」

「ああ、そんな流れだったね」

「斉藤巡査は当然、居間にも入ったのでしょうねえ」

どうやら竹田津さんは《居間に入ったか入らなかったか》という点に、妙なこだわりがあるらしい。中里幸平は深く考える様子もなく即答した。

「そりゃ、彼は警官だから居間にも入ったさ。逆に僕と叔母は、いったん建物から外に出されてしまったがね。『現場保存が第一』とか彼にいわれて――ああ、そういえば！」

眠っていた記憶を喚起されたのか、中里幸平は唐突に手を叩いて続けた。

「あのとき、もうひとり中年女性が庭先に姿を見せていたっけ。買い物袋をぶら提げた近所の主婦だ」

「え、近所の主婦!?」

「そうだよ。何か騒動が起きているらしいと思って、様子を見にきたんだろう。僕と叔母が玄関から外に出たとき、その女性はサッシのガラス窓越しに居間を覗き込んでいるふうだった。僕らの姿に気付くと、その女性、バツが悪そうに窓の傍から離れて、それから『何かあったんですか。いま、お巡りさんが血相変えて入っていきましたけど……』って怯えたような顔で叔母に聞いてきた。叔母はその女性とは親しいらしく、居間の奇妙な状況をぺちゃくちゃと喋りはじめたな。――え、その中年女性の名前!?　そういや、叔母は何て呼んでいたっけか……」

しばし腕組みしながら考え込んだ中里幸平は、やがてパチンと指を弾くと、嬉しそうに答えた。

「そうそう『清水さん』だ。たぶん隣近所の主婦だと思うよ」

中里幸平からの聞き取り調査を終えた私と竹田津さんは、鉄板の上のお好み焼き二種類をぺろりと平らげてから、『法螺屋』を後にした。ちなみに飲食代は割り勘だった。いや、もちろんそれでいいのだ。きっと経営難に違いない『怪運堂』の店主に奢ってもらえるなんて、最初から思っていなかったから、べつにいい……

とにもかくにも店を出た私たちは、先ほど通った道を引き返す形で、千駄木にある滝口久枝さん宅へと舞い戻った。

再び玄関先に現れた竹田津さんを見るなり久枝さんは、

「おや、どうしたんだい!?　さっきは鉄砲玉みたいにスッ飛んでいったくせに、また戻ってきたりして……」

といって怪訝そうな表情。どうやら跳ね返ってきた鉄砲玉が珍しかったらしい。

それから再び場所を居間へと移すと、竹田津さんは中里幸平から聞いた話を、かいつまんで説明。話の内容に嘘や誤りがないか、いちおう久枝さんに確認を取った。

久枝さんは何度も頷きながら、「ああ、幸平君のいうとおりだよ。彼がこの家にきて、斉藤巡査が自転車でやってきて、それから清水さんが庭先に現れたんだ」

ちなみに『清水さん』のフルネームは清水亜紀子。すぐ隣に住む専業主婦で、夫は赤羽の会社に勤めるサラリーマン。子供はいないという話だった。

「で、それが、どうしたって？　あんた、何か判りそうなのかい？」

ちゃぶ台の向こう側で、久枝さんは興味津々の表情だ。一方、あぐらを掻いた竹田津さんは、敢えて期待を持たせるような口調でいった。

「ええ、どうやら今回の事件、上手くやればアッサリと片が付きそうですよ」

えッ、と驚く私をよそに、久枝さんはちゃぶ台から身を乗り出しながら、

「へえ、面白そうじゃないか。だけど『上手くやれば』って、いったい何をどうやったらいいんだい？」

「おや、協力してもらえるんですか。そりゃ有り難いですね。うーん、だったら、そうだなぁ……」

竹田津さんは考え込むように作務衣の腕を組むと、次の瞬間、ニヤリとした笑み。眼鏡のレンズ越しに企むような視線を向けると、突然こんな提案を口にした。

「それじゃあ、おばあちゃんには、もう一度、伊豆か熱海にでも一泊旅行にいってもらいましょうかねえ……」

6

それから数日後。久枝さんが熱海へと旅立っていった週末の土曜日。草木も眠り、

人も眠るその一方、谷中の猫たちが爛々と目を輝かせはじめる、そんな時刻のことだ。

シンと静まり返った滝口邸。その暗い門を通って庭先に姿を現す、ひとつの人影があった。黒っぽい服装を身に纏って闇に紛れるその人物は、狭い庭を横切るようにして真っ直ぐ家の玄関へと向かう。やがて引き戸の前にたどり着くと、右手でポケットをまさぐり、小さな何か——おそらくは玄関の合鍵——を取り出して、それを引き戸の鍵穴に差し込もうとする。だが、どうも上手くいかないらしい。それもそのはず、つい先日に何者かの侵入を許したばかりの滝口邸では、すでに玄関の鍵が新しいものと交換されているのだ。

だが、このような状況は想定の範囲内だったのだろう。人影はアッサリ諦めて鍵をポケットに仕舞う。そして玄関を離れると、今度は庭に面した大きなサッシ窓へと歩を進めた。再びポケットをまさぐって取り出したもの——あれは、いったい何だろうか？　刃物のようにも見えるが、ヤスリか何かのような工作道具にも思える。黒い人影はそれを右手に構えると、先端を窓の中央、ちょうどクレセント錠がある付近にピタリと当てた。

するとそのとき、暗がりで息を潜める私の隣で、丸い眼鏡の彼がいった。

「——よし、もう充分だろう」

茶色い作務衣姿の竹田津優介さんは庭木の陰から飛び出ると、背中を向けた人影に叫んだ。

「おやめなさい、清水亜紀子さん！　あなたの悪事はとっくにバレていますよ！」

その言葉にハッとなった人影は、暗闇の中で身動きを止める。私もまた庭木の陰を飛び出して竹田津さんの背後に身を寄せる。そして前方に佇む相手の背中に目を凝らした。

「え……あ、あれが、清水……亜紀子さん……？」

すると次の瞬間、くるりと振り向いた相手は右手に持った刃物のような物体——おそらくガラス切りの道具だろうが——それを高く掲げて、こちらを威嚇するようなポーズ。すると、このような展開をまるで予想していなかったらしい竹田津さんは、

「わ、わあッ！」

と情けない悲鳴を発しながら慌てて後退。もちろん作務衣の背中を盾にする私も、彼と一緒に後ろに下がる。だが向こうは本気で攻撃する意思などなかったらしい。突然くるりと方向転換したかと思うと、一直線に庭を横切り小さな門へと向かう。

「くそッ、逃げる気か！」

と竹田津さんの勇ましい声。だが、その両足は足踏みをするばかりで少しも前に進まない。私もまた遠ざかる敵の背中を黙って見送るしかなかった。

もはや清水亜紀子の逃亡は決定的。——だが、そう思われた次の瞬間！

小さな門柱の背後から唐突に姿を現したのは、小柄な人影だ。その人物は逃走を図ろうとする相手の前に、まるで通せんぼするかのように立ちはだかる。

そして突然——「きええええぇぇぇッ」

裂帛の気合とともに、相手の腹部を目掛けて、空手でいうところの正拳突きをお見舞い。

すると次の瞬間、まるで時間が止まったかのような静寂があたりを支配した。生ぬるい夜風が木の葉を揺らし、眠っていた小鳥が枝から飛び立ち、どこかで猫がニャアと鳴いた。

逃げ足を封じられた逃亡者は、ぐらりと上体を傾けたかと思うと、直後には膝から地面へとくずおれた。すべては一瞬の出来事だった。

難敵を一撃で仕留めた小柄な勇者は、どんなもんだい、といわんばかりにパンパンと両手を払う仕草。呆然とする私の前で、竹田津さんがその人の名を呼んだ。

「久枝さん！　なんでここにいるんですか。あなたは熱海に旅行中のはず……」

彼が驚くのも無理はない。

今宵の捕り物を成功に導くため、久枝さんには一泊旅行に出掛けてもらい、敢えて自宅を留守にしてもらった。確か、そのはずだったのだが——

「なーに、温泉なんかより、こっちのほうが断然興味深いからねえ。あんたたちに隠れて様子を見させてもらっていたのさ。それに実際、見張ってて良かったよ。悪さをする甥っ子に、この手で一発お見舞いできたからね」

「え、甥っ子⁉」

竹田津さんは久枝さんのもとに駆け寄ると、彼女の足許に倒れた相手の顔を一瞥。そして長い髪を右手で掻き上げながら痛恨の表情を浮かべた。

「うーん、こっちだったかぁ！」

「え、えッ⁉　さっきは清水亜紀子さんだって……どういうこと⁉」

私は非難するような視線を彼に向けてから、あらためて倒れた相手の姿を確認した。黒い長袖シャツに茶色いズボン。面長な顔と痩せた身体つきに見覚えがある。それは間違いなく久枝さんの甥、お好み焼きの店『法螺屋』の怠惰な大将、中里幸平その人だった。

どうやら久枝さんの右手から繰り出された渾身の一撃は、彼のみぞおちを見事に突いたらしい。

長々と伸びた中里幸平は、もはや完全に気を失っているようだった。

とりあえず私たちは中里幸平の身体を三人がかりで抱えて、滝口邸の居間へと運び込んだ。「せーのッ」と息を合わせながらソファに向かって「ほいッ」と放り投げる。

ドサッと派手な音がしたが、それでも彼が目を覚ます気配はない。気持ちよく眠っているらしい。

予想した結末とは違ったようだが、とにもかくにも事件は解決へと導かれた。それが主に『怪運堂』店主の功績であることも、間違いようのない事実だ。私と久枝さんは、居間のちゃぶ台を囲みながら、竹田津さんから詳しい話を聞くことにした。

「まず確認したいのは……」といって質問の口火を切ったのは私だ。「今回の奇妙な事件は、すべて中里幸平さんのやったこと。それで間違いないんですね？」

「ああ、そうだよ。久枝さんが伊豆に旅行に出ている間、彼は前もって入手していた合鍵を用いて、この家に密かに侵入した。そして居間にある様々なアイテムを逆さまにして、また出ていったんだ」

「何も盗らずに――ですね。だけど、そんな行為にいったいどんな意味が？」

「その質問に答える前に、つみれちゃん」といって竹田津さんは私の前で指を一本立てた。「以前、僕は君にひとつヒントを与えたよね。覚えているかい？」

「ええ、もちろん。『犯人はなぜ金庫を逆さまにしたのか』――その問い掛けこそが事件の謎を解くヒントになる。竹田津さんは確か、そんなことをいったはずです」

私は確信を持ってそう答えたのだが、意外にも彼は立てた指を左右に振りながら、

「残念ながら少し違うね。『なぜ金庫を逆さまにしたのか』ではない。僕は君に、こ

ういったはずだ。『犯人はなぜ金庫の天地を逆さまにしたのか』――それがヒントだってね」

「ん、犯人はなぜ金庫を……なぜ金庫の《天地》を逆さまにしたのか……？」

私は竹田津さんの台詞を繰り返してから、思わず口を尖らせた。「それって、同じ意味なんじゃありませんか。逆さまは、逆さまでしょ？」

「いやいや、同じじゃないさ。いいかい。本棚の本や置時計や花瓶や写真立ては天地が逆さまになっていた。その一方でＤＶＤプレーヤーや固定電話などは、そうではなかった。これらのアイテムは天地ではなく向きが逆になっていた。部屋のほうを向いているべきアイテムが壁のほうを向いていたんだ」

「あッ、そうか」私は目を見開かされる思いがした。「逆さまにも二種類あるってことですね」

「そういうこと。そこで先ほどのヒントに戻る。『犯人はなぜ金庫の天地を逆さまにしたのか』。言い換えるなら『犯人はなぜ金庫の向きを逆さまにしなかったのか』。そんな疑問が湧いてくるじゃないか。だって、あの金庫は何十キロもあるんだ。天地を逆にするよりも、畳の上でくるりと向きを変えるほうが、犯人にしてみれば遥かに楽チンだったろう。――それなのに、いったいなぜ？」

「うう、いわれてみれば確かに……」竹田津さんの鋭い指摘に、私は思わず唸った。

この《逆さま問題》を演出した犯人は、アイテムを逆さまにすることにはこだわっているけれど、《天地が逆》とか《向きが逆》とか、そういった逆さまの種類については、べつにこだわっていない。だから、ひとつの現場で両者は混在しているのだ。だとするなら、金庫は壁のほうを向けておけばいいだけの話。それでも充分に《逆さま問題》を印象付けることはできるだろう。にもかかわらず――「犯人は敢えて面倒なやり方を選んでいる。そうするべき理由が、犯人にあったということですよね。それはいったい何でしょうか」

「うん、僕もその点を考えた。金庫を壁のほうに向けるやり方と、金庫の天地を逆にするやり方。この両者の大きな違いは何だろうか。それは金庫の扉が部屋のほうを向いているか否か、つまりテンキーが操作できる状態にあるか否か――そこに最大の違いがあるのではないか。そう思ったとき、君の偶然の振る舞いが、僕に大いなる閃きを与えてくれた」

「え、私の振る舞い!? 何かやりましたっけ、私!?」正直、心当たりはない。

首を捻っている私を見て、竹田津さんは愉快そうに微笑んだ。

「つみれちゃん、君はね、僕の目の前で、こういうふうにしたんだよ」

そういって、すっくと立ち上がった彼は、部屋の角に置かれた問題の金庫へと、ひとり歩み寄った。そして金庫の正面ではなくて、なぜか四角い箱の真横にしゃがみ込む。それから彼は金庫の側面のほうから首を突き出すようにすると、顔を斜めにしながら扉のテンキーを覗き込んだ。

その姿を見て、ようやく私はピンときた。確かに私は以前、それと似たような恰好でテンキーを覗いたことがある。あれは滝口邸を訪れた私と竹田津さんが、現場の状況を再現するといって、自分たちの手で重たい金庫をひっくり返したときのことだ。

そういえば、あの後、竹田津さんの挙動が突然おかしくなった印象がある。あのとき彼は《大いなる閃き》というやつを得て、異常な興奮状態にあったということだろうか。しかし――

「その恰好が何だっていうんですか。べつに普通だと思いますけど？」

すると竹田津さんは、金庫の側面から私を見やりながら、

「君はなぜ、こんな不自然な恰好でテンキーを眺めたのかな？」

「いやいや、不自然なのはテンキーのほうですよ。テンキーが逆さまなんだから、なるべくこっちの顔を逆さまに近づけて、正しい角度で数字を見ようとした。ただ、それだけのことです。久枝さんも、そんなアドバイスをしてくれましたし……」

「ふむ、確かに合理的だね。ならば、事件発覚当時の久枝さんも、きっと似たような振る舞いをしたことだろう。――そうじゃありませんか、おばあちゃん？」

問われた久枝さんは、ちゃぶ台から身を乗り出すようにして頷いた。

「ああ、あんたのいうとおりさ。逆さまのテンキーを見ながら、七桁の暗証番号を打ち込むのは、なんだか打ち間違えそうな気がしたからねえ。——だけど、それがどうかしたのかい？　私は正しく暗証番号を打ち込んだ。金庫の扉は開いたし、中身は無事だったんだ。私がテンキーをどんなふうに操作しようが、べつにどうだっていいじゃないか」

「ええ、おばあちゃんにとっては、どうでもいいことでしょうね。しかし犯人にとっては、意味のあることだったはず。では、いったいどんな意味があったのか。それを考えるためには、仮に金庫が逆さまでなかった場面を想定してみるといいでしょう。その場合、久枝さんは金庫の真正面にしゃがんで、身体の前でテンキーを操作したはず……」

そう説明しながら、竹田津さんは実際に金庫の扉の前にしゃがみ込む。そしてテンキーに指を走らせるポーズを示した。

「きっと、こんな感じですよね、おばあちゃん？」

「ああ、当然そうしただろうね」

「しかし金庫は逆さまだった。そこで、おばあちゃんは側面からテンキーを操作した。こんなふうに……」といって、竹田津さんは再び金庫の側面から扉のほうを覗き込んで、テンキーに指を走らせる。そのアクションを眺めるうち、私はハッとなった。

「そうか！　そのやり方だと、数字を打ち込むとき、指の動きが丸見えになる」

「そのとおり」竹田津さんはパチンと指を弾き、金庫の傍で片膝を突いた。「金庫が本来の姿であれば、テンキーを操作する久枝さんの指先は、まず誰にも見られる危険はない。彼女自身の上半身が邪魔な壁となって、その指先を完全に隠すからだ。だが事件発覚当時は、そうじゃなかった。側面から金庫を覗き込む久枝さんの指先は、正面からほぼ丸見えだったはずだ」

「ええ、確かに。だけど、そのとき居間には久枝さんしかいなかったはず……」

「もちろん、そうだろう。しかし、このとき犯人が前もって室内のどこか――金庫の正面を、やや下側から捉えるあたりが理想なんだが――そこにビデオカメラを仕込んでいたとすれば、どうなるかな？」

「と、盗撮ってことですか⁉」

私は思わず声を震わせた。「そ、そうか。犯人は金庫を盗撮することによって、久枝さんの打ち込む暗証番号を密かに記録することができる」

「そう、久枝さんの頭の中にしかない暗証番号を盗むこと。それこそが、今回の《何も盗まなかった犯人》の目的だったのではないか。犯人はその目的のために重たい金庫の天地を逆さまにした。その際、金庫だけを逆さまにしたんじゃ、そこだけが目立ち過ぎるから、関係のない他のアイテムも逆さまにした。――これが僕の推理ってわけだ」

「な、なるほど……」

「まあ、あくまでも想像の域を出ない、単なる推測には違いない。だが、この僕の推理が正しいとすれば、今回の《逆さま問題》がなぜか妙に中途半端であるという、かねてからの疑問にも、いちおうの説明が付くと思うんだ」

「どういうふうにですか」

「考えてみてごらん。もし犯人がちゃぶ台やソファやテレビといった大型の家具や電気製品まで、ことごとく逆さまにしていたとしたら――この事件はどうなっていたと思う？　そりゃあ《逆さま問題》としては、より完璧で謎めいた事件になっていたかもしれない。けれどその場合、居間に足を踏み入れた久枝さんは、その瞬間に異変を察知してビックリ仰天。金庫を開けるどころじゃないだろう。怖がって家を飛び出し、携帯から即一一〇番に通報したかもしれない。だけど、それじゃあ犯人としては計画失敗だ。金庫の扉を開けてもらわなくちゃ、暗証番号を撮影することはできない。苦労して金庫を逆さまにした甲斐がないじゃないか。――そうだろ？」

「なるほど、確かに。つまり大きなアイテムまで逆さまにしたら、その分インパクトが強すぎて、かえって失敗の危険性が増してしまう。そう考えた犯人は、敢えて《逆さま問題》を中途半端なレベルに留めておいた。そういうわけだったんですね」

「うん、まさに君のいうとおりだと思うよ」

そういって竹田津さんは満足そうに頷いた。

こうして私たちの頭を悩ませてきた《中途半端な逆さま問題》の謎は解かれた。

だが、それで事件の全貌が明らかになったわけではない。ちゃぶ台を囲みながらの話は、今宵の捕り物の顚末へと移行した。まずは久枝さんがソファの上で爆睡中（気絶中？）の甥っ子、中里幸平を指差しながら竹田津さんに尋ねた。

「結局、その犯人というのが、幸平君だったってわけだね。だけど、あんたはお隣の清水亜紀子さんのことを真犯人だと決め付けていたようだったけど……？」

「ええ、まあね」

痛いところを衝かれたように頭を掻きながら、竹田津さんは事情を説明した。

「仮に《逆さま問題》の真相が、僕の推理したとおりだとするならば、真犯人は誰か？　そう考えたときに、浮かんでくる犯人の条件が、ひとつあります。犯人は室内に設置したビデオカメラを、ごく自然な形で速やかに回収できた人物であるはず。そうでなければ、せっかくの盗撮映像も無駄になりますからね。そう思って久枝さんから話を聞くと、どうやら可能性がありそうな人物は、二人に絞られるらしい。ひとりは事件発覚当時、たまたまこの家を訪れたという甥っ子、中里幸平。もうひとりはもちろん斉藤巡査です」

「えー、斉藤巡査も容疑者のひとりなのー!?」あまりのことに、私は目を丸くする。

「もちろんだとも。あらゆる可能性を考慮する必要がある。『あの正義感の強い真面目なお巡りさんが、まさか……』という展開は充分に考えられることだ。それに、どうやら中里幸平は居間の入口から中を覗いただけ。室内には一歩も足を踏み入れていないらしい。つまりビデオカメラがどこに設置されていたにせよ、それを回収することは、彼には不可能だったわけだ。一方、斉藤巡査は警官だから、自由に居間を歩き回れただろう。してみると、これはもう斉藤巡査の仕業という線が濃厚か――と一時はそう思ったんだがね」

「途中で考えが変わったんですか」

「そうだ。『法螺屋』で中里幸平と直接話をして、考えが変わった。彼の口から事件発覚当時、清水亜紀子っていう隣人が庭先に姿を見せていたという話が飛び出しただろ。それを聞いて思ったんだ。考えてみればビデオカメラは何も室内に配置する必要はない。居間には大きなサッシ窓があって、そのガラスは透明なんだ。しかも窓の外には鉢植えが並んでいて、小型のビデオカメラぐらいなら、草花の陰あたりに隠せそうだ。そして旅行から帰ってきた久枝さんが、まず最初に窓のカーテンを開け放つことも当然予想できる。だとするなら、窓の外からでもガラス越しに室内の金庫を盗撮することは充分に可能だろう。金庫は窓側から見て、向かいの壁の隅っこに置かれているから、扉のテンキーを正面に近い角度で撮影できる。それに屋外に設置したビデオカメラを回収するのなら、わざわざ室内に上がり込む必要もない。騒ぎを聞きつけて、お隣の様子を見にきた——そんな感じを装いながら庭先に現れた清水亜紀子が、植木鉢の陰からビデオカメラを密かに回収する。それはいかにも、たやすいことじゃないか。彼女は当時、買い物袋を提げていたっていうしね」

「それで、むしろ彼女のほうが怪しいって思ったわけですね」

「そういうことだ。僕の最終的な予想では、《本命◎》が清水亜紀子で、《対抗○》が斉藤巡査、《単穴▲》として中里幸平。そんな順番だった」

「なに、それ、競馬予想ですか⁉」——だったら、せめて斉藤巡査は《大穴×》ぐらいにしてあげて！　二番手の容疑者扱いだなんて、あんまり可哀想！

責めるような目をする私をよそに、『怪運堂』店主は淡々と話を続けた。

「だがまあ、そうはいっても三人の中の誰が真犯人であると、完全に決め付けるほどの証拠は何もない。そこで久枝さんにもう一度、一泊旅行に出掛けてもらうことにしたってわけさ。ただし出発前には親戚や隣近所、交番のお巡りさんに至るまで充分にアナウンスしてもらう形でね」

「もし犯人が暗証番号の入手に成功しているなら、この絶好の機会を見逃すわけがない。今度こそ金庫を開けにくるはず。そう考えたわけですね」

「そうだ。果たして今夜、犯人はこの家にやってきた。僕の予想したとおりにね」

「ええ、三番目に予想した犯人がね……」

精一杯の皮肉を口にしつつ、私はソファの中年男性に視線を送る。

竹田津さんは何か重たいものでも呑み込んだかのように「うむ……」と頷いてから、自らの失策を振り返った。

「考えてみれば、清水亜紀子が屋外にビデオカメラを設置して、それを回収できるのなら、当然それと同じことが中里幸平にもおこなえたわけだ。だったら何も彼の容疑者としての順位を下げる必要はなかった。おそらく事件発覚当時、彼はこの家を訪れると、すぐさま窓辺のビデオカメラを回収し、それをポケットだかバッグの中にでも仕舞い込んだ。そして何食わぬ顔で久枝さんに挨拶したんだろう。そういった可能性を考慮せず、単純に清水亜紀子のほうを疑わしいと思い込んだのは、僕の凡庸極まるミス。我ながら恥ずかしい限りだよ、まったく……」

面目ないというように、竹田津さんは首の後ろあたりをポリポリと指で掻く。

だが多少の勘違いはあったにせよ、事件解決において彼の功績が大であることは事実だ。彼の明晰な頭脳は見事に今回の《中途半端な逆さま問題》を解き明かし、そのことが今宵の犯人逮捕に繋がったことは間違いないのだから。

――いや、しかし待てよ。犯人逮捕は言い過ぎか。中里幸平は泥棒に入る寸前に発見され、民間人の手で撃退されただけ。まだ警官に手錠を掛けられたわけではない。私はソファで仰向けになる犯人の姿を見詰め、それからちゃぶ台に肘を突く被害者のほうを見やった。「で、どうします、久枝さん？　この甥っ子さん、警察に突き出します？」

「え、警察にかい!?　いやいや、それは勘弁しておくれよ。そんなことしたら、うちの親戚一同が、かえって恥ずかしい思いをすることになるだろ。嫌だよ、そんなの」

まあ、確かに、その気持ちは判らないではないが――「じゃあ、許しちゃうんですか？　だけど、おばあちゃん、もう少しでこの男に大金を奪われるところだったんですよ。それを不問に付すっていうのは、いくら相手が甥っ子といえども……」

「いやいや、ちょっとお待ちよ。つみれちゃん、何か勘違いしているみたいだね。この金庫、見た目は立派だけど、中身はべつに大金が入っているわけじゃないんだよ」

「え、そうなの!?」

私は思わず素っ頓狂な声を発した。「てっきりタンス預金的なものとか、家宝の掛け軸とか金の延べ棒とか、そういうものが入っているのかと思っていました」

「そんなもん、ないない」私の言葉に久枝さんは破顔一笑。右手を左右に振りながら、自ら金庫ににじり寄った。「じゃあ、この際だから、見せてあげようかね」

そういいながらテンキーを真正面に見ると、久枝さんは頭の中にある七桁の暗証番号を迷うことなく打ち込んだ。もちろん、その指の動きは私や竹田津さんの目からは完全に隠されている。

　やがて金庫の扉は、私たちの目の前で、おごそかに開かれた。分厚い鋼鉄によって囲まれた空間。そこに仕舞われていたのは、なるほど金の延べ棒などではない。なにやら古びた冊子のようなものだ。久枝さんがそれを手に取り、私に渡す。その表紙を見て、ようやく私は、このおばあちゃんが大切にする宝物の正体を知った。

「これって……昔のアルバムですね」

「ああ、そうだよ。燃えちゃったら一大事だろ」

「………」なるほど、それは確かに！

　すると竹田津さんは納得がいったような顔で「だから耐火金庫に入れて居間に置いてあるわけですね」と頷く。そしてニヤリとした笑みを唇の端に覗かせた。「金庫の中に仕舞うものといえば、当然カネ目のものだろうと誰だって思う。だが燃やしたくないものだからこそ、それを金庫に保管するというケースもある。この甥っ子さんはそこまで考えが及ばずに、当然お宝が眠っているものと思い込んで、今宵盗みに入ったわけだ。苦労して入手した暗証番号を握り締め、わざわざ古いアルバムの収まった金庫を開けるために……」

「そういうことさ。まったく、泥棒を企んでも間抜けなんだから……」

深く嘆息しながら、久枝さんはソファの上の甥っ子を見やる。だが、そんな叔母の苦悩など、何も知らないのだろう。《間抜けな泥棒》中里幸平は、仰向けになったまま気持ち良さそうに鼾を掻きはじめている。――ひょっとして、首尾良く大金をせしめた夢でも見ているのかしら？

その寝姿を見ながら、私もまた久枝さんと同様、深々と溜め息をつくしかなかった。

7

その後、『法螺屋』の駄目ダメな大将、中里幸平が久枝さんの手によって、どのように処遇されたのか。結局のところ私はよく知らない。先日の久枝さんの様子から察するに、警察に突き出される、というような展開は諸般の事情に鑑みて回避されたのだろう。ならば彼は、久枝さんの口から懇々と説教されたのか、家族の前で土下座させられたのか、あるいは親戚一同からタコ殴りにされたのか。ひょっとすると破門状――いや違う。ヤクザじゃないんだから絶縁状か――それが親類縁者の間を回って、『今後はいっさい赤の他人』という扱いになった可能性もある。

まあ、いずれにせよ不埒な欲求に屈した中年男の行く末に、茨の道やら針の筵やらが待ち構えていることだけは間違いのないところだ。

そんなことを思いながら、私は再び平凡な女子大生に戻って、大学の講義と居酒屋の手伝いに明け暮れる毎日。やがて短い梅雨の季節が過ぎ去り、谷根千界隈に本格的な夏の到来を思わせる陽射しが降りそそぎはじめたころ、久しぶりに足立瑞穂ちゃんが『鰯の吾郎』の暖簾をくぐって、その可愛らしい童顔を見せてくれた。正直なところ、私は内心ドキリとした。

例の《逆さま問題》について何か判ったか――などと、聞かれるのではないかと心配したのだ。その場合、私は何をどう話せばいいのか、よく判らない。『犯人は瑞穂ちゃんの親戚のおじさんだったよ』とは、いわないほうがいいだろう。久枝さんがこの孫娘に事の真相をどこまで喋ったのか、私は聞いていないのだ。

そこで私はその話題には触れずに、とりあえず（昼間だけれど）酒を飲ませてしまおうと思ったのだが、こんなときに限ってカウンター越しに、なめ郎兄さんが顔を覗かせて、

「やあ、瑞穂ちゃん、この前のアベコベ事件って、どうなったんだい？」

と完全に余計なひと言。私は心の中で『この馬鹿兄貴ッ、少しは空気読んでよね！』と乱暴な悲鳴をあげる。だが瑞穂ちゃんはカウンター席に座るなり、

「あ、そっちの事件は、なんかもう、どうでもよくなりました……」

と案外移り気なところを見せる。そしてザク切りレモンサワーを注文した彼女は、

喉を鳴らしてそれをひと口飲むと、「ぷっふぁ〜ッ」と声をあげて恍惚とした表情。そして、あらためて隣に座る私のほうを向くと、突然こんなことを言い出した。「実はね、つみれちゃん、また私の身近なところで不思議なことが起こったの」

「え、な、なに、不思議なことって……また何か逆さまになった？」

「ううん」といったん首を左右に振った友人は、「あ、だけど、逆さまっていえば、逆さまなのかもね」と妙なことをいってから、新たな不思議について語った。「名前は伏せるけど、私の親戚に全然やる気のないグータラなおじさんがいてね、その人、いちおう形ばかり飲食店の経営者なんだけれど、そのおじさんがここ最近ね——」

「う、うん、ここ最近——どうなったの？」

固唾を呑んで次の言葉を待つ私。隣で瑞穂ちゃんは再びレモンサワーをゴクリ。そして残りの言葉を一気に吐き出した。

「ここ最近、不思議なくらい真面目に働いているの！　まるで性格から何から真逆になったみたいにね。いったい何でだと思う？　私、全然意味が判らないんだけど」

「そ、そうなんだ……」

緊張から解き放たれて私は脱力。そして居酒屋の天井を眺めながら、何食わぬ顔で友人の問いに答えた。

「さあね。きっと誰かが強めのお灸を据えたんじゃないの……」

第3話　風呂場で死んだ男

1

「ねえ、お兄ちゃん、私これからちょっといって、寺島さんの忘れ物、届けてこようと思うんだけど、いいかな？」

　そんなふうに私がお伺いを立てたのは、時計の針が午後九時に差しかかるころだった。返事を待たずにピンクのエプロンを外して、外出の支度を整える。

　するとカウンターの向こう側で柳刃包丁を手にして鰯に立ち向かっていた兄は、死んだ鰯よりもさらに弱ったような顔をこちらへと向けながら、

「えーッ、いまからか？　いやいや、困るだろーが、こんな忙しいときに……」

　と誤解を招きかねない大袈裟な、あるいは見栄を張った表現で、いまにも飛び出しそうな私を引き止めにかかる。

「はあ、忙しいって!?」

　間抜けな呟きを漏らしつつ、私は咄嗟に周囲を見回した。だが狭い店内を何度見返したところで、客の姿は一名きりしか発見できない。カウンターでひとり飲みする会社員風の若い男性のみだ。私は片手で店内を示して呆れた声を発した。「この状態が《忙しい》っていうなら、じゃあ、いつの状態を《暇》って呼ぶのよ？」

沈黙して返事をよこさない兄に対して、私は最大級のドヤ顔でいった。

「――いまでしょ！」

「…………」

墓と寺院と猫の町、東京都台東区谷中。そのメインストリートである谷中銀座商店街から風情のある路地を一本入って右に折れて、また一本細い路地を入ったあたりで偶然見つけた猫ちゃんの後をボンヤリついていったら、偶然その先に現れるかもしれない縄暖簾（のれん）の店。それがこの店、『鰯の吾郎』だ。

谷根千あたりじゃ滅多に見かけない鰯料理専門というニッチな居酒屋。それを切り盛りするのが、ひと回り歳の離れた私の兄、岩篠なめ郎。一方、その妹である私は普段、近所のD大学に通う二十歳の現役女子大生なのだが、気が向いたときにはエプロン姿でお店の手伝いにも精を出す、いわば二刀流の女の子。この店で《鰯のつみれ》といえば、お馴染（なじ）みの看板メニューだが、《岩篠つみれちゃん》といえば、お馴染みの看板娘――すなわち私のことである。

そんな可愛い妹にドヤ顔で突っ込まれて、不肖の兄は「まあ、確かに、いまは暇だな……」と渋々ながら頷（うなず）き、それから声を潜めていった。「でもよ、つみれ、『いまでしょ！』は、ちょいと古くねーか？　自分でいってて恥ずかしくないのかよ？」

「べ、べつに恥ずかしくなんか……ふ、古いとか新しいとか何のこと……？」

思わず頬を赤らめる私を見やりながら、兄はニヤニヤと愉悦の笑みを浮かべる。そして短く刈った頭を右手で掻こうとするが、そっちの手には柳刃包丁が握られていることに気付き、慌てて左手の指先でポリポリと掻く。私はホッと安堵の溜め息だ。迂闊な板前である兄は手にした出刃包丁でうっかり頭を掻いたり、アイスピックでついつい目許を拭ったりという危険行為を実際にやらかしかねない男なのだ。

そんな兄は綺麗に切り終えた鯛の身を皿へと盛り付けながら、

「そもそも、つみれがわざわざ届けてやらなくたって、その寺島って人のほうで自分から取りにくるんじゃねーのか。忘れ物は大事な名刺入れなんだろ。だったら向こうが放っておかないって」

「そうだけど、取りにくるとは限らないでしょ。この店に忘れ物をしたかどうか、寺島さんの側に記憶がなかったなら、永遠に取りに訪れないかもしれないじゃない。いまにして思うと、昨日のあのお客さん、結構酔っ払っていたようだったしね」

そういいながら、私はつい昨晩『吾郎』に現れた男性客の姿を思い返した——

それは歳のころなら四十代と思しき中年男性。おそらくは、初めてこの店を訪れた客だ。グレーのサマースーツをきっちり着こなした彼は、ひとりでフラリと居酒屋の暖簾をくぐると、L字形をしたカウンターのいちばん端の席に腰を下ろした。黒々とした硬そうな髪の毛。角ばった顎。日焼けした肌は、外回りの営業マンを思わせる。そんな彼にとって、おそらく『吾郎』はこの夜の二軒目、もしくは三軒目だったのだろう。店に現れた時点で、男性はすでにアルコールが入った状態だった。

そんな彼は、鰯のお造り、鰯のフライ、鰯のなめろう、鰯のつみれ、などといったこの店の定番メニューを肴にしながら、ロックの焼酎をグラス二杯ほど空にした。

そうして一時間ちょっとの間、ひとりでスマートフォンなどを眺めながら飲み食いした後、きっちり現金でお代を払うと、男性は若干ふらつく足取りで店を出ていったのだが……

その直後、布巾でカウンターを拭こうとした私の目に留まった物体。それは、いかにも高級そうな黒い革製の名刺入れだった。

——あッ、さっきのお客さん、忘れ物してる！

そう気付いたときには、もう遅かった。店から飛び出して狭い通りの左右を見渡してみても、そこには七月の湿った熱気が漂うばかり。グレーのサマースーツを着た背中は、もうどこにも見つけることができないのだった。

「あーあ、残念！」と肩を落としながら店内に戻った私は、仕方なく名刺入れの中身を確認。男性の個人情報を入手する。「ほうほう、ふむふむ、これはこれは！」

そこに仕舞われていた名刺の多くは『寺島公一郎』という人物のものだった。これが先ほどの中年男性の名前だと考えて、まず間違いはない。名前の横には『日綜貿易』という私の知らない企業名と『総務部人事課長』の文字。そして会社の住所や電話番号が書かれている。どうやら男性の勤務先は新宿方面らしい。

だが判るのは、そこまで。寺島公一郎なる人物が、どこに住んでいるかは、会社の名刺からでは判断できない。店を出ていった際の彼の様子を見る限りでは、この近所に暮らす人物のようにも思えるのだが……

そう思ってなめ郎兄さんにも心当たりを聞いてみる。が、やはり一見の客だったらしく男性の顔に見覚えはないという。

「なんだか、フラリとやってきた酒好きのエリート会社員って感じだったな。きっと普段は鯛や鮪の店で飲んでいるんだろうよ、ふん！」

「そ、そうかもね」だからって卑屈にならないで、お兄ちゃん！　鰯だって鯛や鮪に負けてないはずよ！　しかしまあ、それはともかくとして——「じゃあ、結局この忘れ物は会社の住所に送ってあげるしかないのかしら？」

私と兄がそんな会話を交わしていたときだ。テーブル席で飲んでいた初老の男性から、思いがけず有力な情報がもたらされた。

「いまの男なら知っとるぞ。寺島さんという人だ。彼の家なら、ここから歩いて十分もしない。ほら、庭に綺麗な薔薇やら朝顔やらが咲いている古い木造の一軒家だ。つみれちゃんも知らずに傍を通っているはずだがなあ」

その説明は酷く大雑把だったけれど、意外と私にはそれで充分だった。記憶の奥で「ああ、あの家のことか……」と思い当たる節があったからだ。

だったら、わざわざ会社宛に送るまでもない。暇なタイミングを見計らって、私が自分の足で出向けばいいのだから——

と、そんなふうに思ったのが昨夜のこと。そして暇なタイミングは、今夜さっそく訪れたというわけだ。

私は畳んだエプロンを兄に手渡すと、「——じゃあ、いってくるね」

縄暖簾を掻き分けるようにしながら、ひとり外へと飛び出した。

庭に薔薇やら朝顔やらの咲く木造の一軒家。それを目的地として、谷中の夜道をひとり黙々と歩く。さすがに午後九時を過ぎると、通りを歩く人の姿も少ない。昼間は外国人観光客や谷根千散策に訪れた都民などが行き交う路地を、いまは夜目の利く猫たちが我が物顔でノソノソと歩いていく。私は自分の記憶を頼りに、まるで迷路のごとき谷中の路地を、アッチに曲がりコッチに曲がりしながら十分ほど歩く。そうしてたどり着いたのは、木造の古民家が軒を並べる一角。そこに目指す庭付きの二階建て住宅があった。

建物の周りを囲む低いブロック塀。小さな門には確かに『寺島』という表札が見える。インターフォンはない。半開きになっている門扉の間を勝手にすり抜けた私は、誰にともなく「おじゃまします……」と挨拶しながら敷地内へと足を踏み入れた。

そこは狭いながらも立派な庭だ。枝振りの良い松や楓が植えられ、花壇や植木鉢では夏の花々が咲き誇っている。夜なのでその鮮やかな色彩を愛でることは叶わないが、それでも匂いを感じる。南からの湿った夜風に乗って運ばれてくる花の香りを。

――これは、そう、どんなに駄目な鼻の持ち主でも嗅ぎ分けられる。まさに濃厚な薔薇の香りだ！

玄関先に立ちながら、思わず私は小鼻をヒクヒクさせる。だが薔薇の香りを楽しむために、ここを訪れたわけではない。当初の目的を思い出した私は、玄関の引き戸の傍にある呼び鈴のボタンを指でプッシュ。ガラスの嵌まった引き戸越しに「ピンポーン」というチャイムの音色が確かに聞こえた。だが返事はない。あらためて眺めてみると、寺島邸の窓という窓には、いっさい明かりが見えないようだ。

「なんだ、お留守か……」

まだ職場から戻っていないのだろう。あるいは職場から戻った後、また飲みに出掛けたという可能性もある。いずれにしても、わざわざ夜に足を運んだこちらの善意は、すっかり空回りしたようだ。――まあ、仕方がないか。また出直せばいいよね！

寺島邸がここだということは判ったのだから、慌てることはない。気を取り直した私は、玄関先を離れて、再び半開きの門扉をすり抜ける。――にしても、この家の門扉は普段から、こんなふうに半分開けっ放しなのかしら？　と若干の疑問を抱いたものの、そう深くは考えない。そんなことより何より、

「さっさと戻って、店を手伝わなくっちゃね」

ひょっとしたら私の外出中に、外国人観光客の集団が十人ばかり『吾郎』に押し寄せて、英語のできない兄が悲鳴をあげているかもしれないのだ。小さな門を出た私は、先ほどきた道を足早に引き返した。寺島邸の敷地を囲むブロック塀の角を直角に曲がる。だがその直後、同じ角を曲がってくる何者かとバッタリ鉢合わせ。

そして次の瞬間――

「ぎゃあッ」

「きゃあッ」

二種類の女性の悲鳴が夜の闇に交錯した。比較的、可愛くないほうの悲鳴を発したのが、この私。慌てて二、三歩ほど後ずさりして立ち止まる。一方の可愛い悲鳴をあげた女性はよほどびっくりしたらしい。腰が砕けたかのごとく、その場でドスンと尻餅をついた。

「わッ、ごめんなさい。大丈夫ですか！」

「あ、痛タタタ……」

相手の女性は地面に打ち付けたお尻を気にしながら、いったん四つん這いになる。スリムな体型をした髪の長い女性だ。白いシャツにベージュのサマーカーディガンを羽織っている。下はブルーのデニムパンツで、足許は白のスニーカー。心配そうに見詰める私の前で、女性はようやく片膝を突いた体勢を取り、長い髪に隠されていた顔をこちらに向けた。瞬間、彼女の口から意外そうな声。

「——あ、なんだ、つみれちゃんじゃないの！」

「あれ⁉ なーんだ、誰かと思ったら綾香さんじゃないですか」

私は気安い口調で彼女の名を呼んだ。西崎綾香さんは何を隠そう、うちの店の数少ない常連客のひとり。三十の坂をいくつか越えた彼女は、谷中に支店がある保険会社に勤めている。現在も過去も独身で子供もいない。まったくの独り身だから、しょっちゅう『吾郎』で飲んでいるのだ。あるいは『吾郎』なんかで飲んでいるから、ずっと独り身なのかもしれない（たぶん後者だ）。女性の私から見ても、目鼻立ちの整った綺麗な人である。もっと別の場所で飲んでいれば素敵な出会いもあったろうに、と思わざるを得ない。

「何してるんですか、綾香さん、こんなところで？」

「ええ⁉ 何って、これからどこかで一杯やろうと思ってたんだよ。そういうつみれちゃんは、何でこんなところに？」

「私はここに住む寺島さんっていう人に、忘れ物を届けにきたんです。名刺入れなんですけど、きてみたら留守らしくって……」

そんな説明を加えつつ、私は彼女に右手を差し伸べる。

綾香さんは私の手を借りながら、その場で「よっこらせっと！」——アラサーっぽさを丸出しにして立ち上がった。

と同時にカーディガンの浅いポケットに突っ込んであったペットボトル——たぶん『何スエット』とか『何エリアス』とか、そんな感じのスポーツ系飲料だと思うけれど——それが弾みで彼女のポケットからゴトンと転がり落ちた。

瞬間、綾香さんの口から「あッ」という声が漏れる。アスファルトの上をコロコロと転がるペットボトル。それを拾おうとして咄嗟に右手を伸ばす私。だが横から伸びてきた綾香さんの右手が、一瞬だけ早くそれを拾い上げた。「——ふぅ」

小さく息を吐く綾香さん。それを見詰める私。

微妙な間があった後、彼女は私の目の前でおもむろにキャップを開けると、ペットボトルの中身をゴクリとひと口飲む。そして再びキャップを閉めると、またそれをカーディガンの浅いポケットに押し込んだ。

それを待って私は、ここぞとばかりに看板娘として口を開いた。

「どこかで一杯ってことは、お店は決まってないんですね？　だったら、うちにきてくださいよ。お店、どこでもいいんでしょ？　だったら、うちでいいじゃないですか。どうせ、どこで飲んでも大差ないですって。ねえ、うちで飲んでも平気でしょう？　ねえ……」

「う、うん、まあ、べつに『吾郎』でもいいけどさ。でも、つみれちゃん、誘うならもっと自信ありげに誘ったら？　いまの言い方だと『吾郎』は、まるで特徴のない店みたいだよ」

「そんなことないです。特徴はあります」

なにせ谷中じゃ珍しい鰯料理専門店ですから！　ただ、その鰯ってやつが、そこまで人気の魚じゃないってだけで――「まあ、とにかく何でもいいです。さっそく、いきましょう。きっと、お兄ちゃんも喜びますから」

捕らえた獲物を逃すまいとする私は、彼女の細い腕をぐいぐい引きながら歩き出す。

「わ、判ったよ、いくいく！　いくから、そんなに引っ張らないで……」

大きな声で訴える綾香さんは、ようやく観念したらしい。『吾郎』への道のりを渋々といった足取りで歩きはじめるのだった。

2

翌朝、小さなリュックを背負った私は、まだ寝床で夢を見ているなめ郎兄さんに「ほれじゃあ、ひってきまーふ」と弱々しく声を掛けてから、『吾郎』の玄関をふらふらと出ていった。

あ、ひょっとすると、いままで詳しく説明してこなかったかもしれないが、私の自宅は職住兼用の二階建て。すなわち一階が居酒屋の店舗で、二階が居住空間というスタイルだ。したがって知らない人の目には、早朝の居酒屋からふらつく足取りで出ていく私の姿は、《朝から一杯ひっかけた飲んべえの女子大生》に映ったかもしれない。

実際は早朝から飲んだのではなく、昨夜に飲んだ酒が今朝になっても、まだ残っているだけである。

昨夜、強引に西崎綾香さんをうちの店に誘いこんだ私は、いきがかり上、彼女と一緒に飲む形になった。ここは看板娘の腕の見せ所。なるべく向こうにたくさん飲ませて、売り上げを稼いでやらねば——と意気込んだのが間違いの元。さすが常連客だけあって、綾香さんは華奢な見た目からは想像できないほどアルコールに強い。結果、付き合い程度にチビチビ飲んでいたはずの私のほうが先にダウン。深夜になるまで飲んでいた綾香さんは、キッチリ飲み代を払うと、いっさい揺るぎない足取りで店を出ていったのだった。

お陰で今朝の私は二日酔い。元気に『いってきまーす』というべきところが、弱々しい『ひってきまーふ』となる所以である。大学の講義さえなかったならば、私も兄と同様、昼まで寝ていたい気分だった。

――ああ、頭が痛い。朝日が眩しい。眩しすぎる！

てな具合で、まったく調子の出ない私だが、一方で大事な用件を忘れたわけではなかった。

大学まで最短でたどり着ける通学路から敢えて逸れると、私は昨夜と同じ目的地を目指した。

寺島公一郎さんの家だ。昨夜は留守だったが、今朝はいるかもしれない。もし不在ならば、今度は郵便受けにでも、あの名刺入れを突っ込んでおくとしよう。

そんなふうに思いながら、私はやがて目的地に到着。昨夜と同様、半開きになった門扉をすり抜けるようにして、敷地内に足を踏み入れた。

早朝に眺める寺島邸は昨夜とは随分と違った印象。朝の陽射しを正面から浴びて、古びた木造の二階建てが、まるで歴史的な建築物のように輝いて見える。何より庭を彩る草花の鮮やかさが素晴らしい。

思い返してみると、昨夜は南風に乗って運ばれてくる薔薇の香りを嗅いだだけ。具体的に庭のどこに何の花が咲いているのか、暗くて全然判らなかった。

だが今朝は違う。庭のそこかしこに咲き誇るのは、赤や白や黄色や紫の花々だ。何の花かは……さあ、よく知らない。結局のところ暗かろうが明るかろうが、具体的な花の品種は、私には全然判らないのだ。

いや、しかし薔薇は判る――どれほど無粋な私でも薔薇だけは！

それは玄関に向かって立つ私の右手にあった。隣家との境界を隔てるブロック塀に沿って棘(とげ)のある枝を伸ばしている。ざっと見て十輪ほどが開花中だ。花弁は血を吸ったかのごとく深みを帯びた赤色をしている。しかし昨夜もそうだったが、私は薔薇を愛でるために、ここを訪れたのではない。

朝日を背中に浴びながら再び玄関を向いた私は、おもむろに呼び鈴を鳴らす。数回鳴らしてみたが引き戸の向こう側からは、いっさい反応がない。その代わりといってはナンだが、なぜか私の背後からいきなり男性の声が響いた。

「あれ、つみれちゃんじゃないか。へえ、こんなところで会うなんて奇遇だねえ」

ハッとなって振り向くと、逆光の中にひとり佇(たたず)むのは、水色の夏服を着たお巡りさん。斉藤巡査だ。ブロック塀越しに敷地の中を覗(のぞ)き込みながら、不思議そうな顔をしている。

「どうかしたの、つみれちゃん？　寺島さんちに何か用？」

「あッ、斉藤さん……」ええ、実は忘れ物を届けようと訪ねてみたら、昨日も今日も家の人が留守でして——と本当のことをいえば良いところ、ついつい私は両手を前に突き出しながら、「いいえ、何でもないですから。ご心配には及びませんから」といって、真面目でおせっかいな警察官の介入を断固拒絶する構え。私は用事を済ませて、さっさと大学にいきたいだけなのだ。

けれど何しろ相手は斉藤巡査。谷中の治安は自分の双肩に掛かっていると信じて疑わない男だ。

「え、なになに⁉　困ったことがあるなら、この僕にいってごらんよ」

いうが早いか、門のほうに回った彼は門扉を全開にして、敷地の中へと迷わず足を踏み入れる。

——ああ、ホントに何でもないっていうのに！　もう、面倒くさい！

ウンザリしつつも、こうなった以上は仕方がない。ここに至る経緯（けいい）を大雑把に説明する。「……というわけで、べつに斉藤さんの手を煩わせるような話じゃありません。そもそも、まともな勤め人なら、もう出勤していても当然の時刻ですしね。また出直します」

「なるほどー、そういうことか」と、頷いた斉藤巡査は、何気ない素振りで玄関の引き戸に手を掛けると、「でも本当に寺島さん、留守なのかな。居留守使ってるんじゃないの？」

「…………」なんで、この私がたった一度だけ店を訪れたおじさんに、居留守を使われなくちゃならないんですか。ただの留守にきまってるでしょ！

そんな不満を抱く私の視線の先、斉藤巡査が指先に力を込めると、意外にも引き戸はスッと真横に開いた。彼の口から「おや!?」と小さな声が漏れる。「この玄関、鍵が掛かっていない……」

斉藤巡査は眉間に皺を寄せると、開いた戸の隙間から建物の中へと呼び掛けた。

「どなたかいませんかー、警察の者ですー、斉藤ですー」

だが静まり返った建物の中で巡査の声は虚しく響くばかり。返ってくる言葉はない。

「鍵を掛けないまま、出勤してしまったんでしょうか」

「まあ、そういうケースは、たまにあるだろうけどね」

そういって引き戸を閉めた斉藤巡査は「念のため、家の様子を見てみよう」といって、寺島邸の建物の周囲を見て回る。

私も多少の興味を抱きながら、彼の後に続いた。女子大生がひとりで他人の家の敷地をウロつけば、それは不法侵入。だが制服巡査と一緒なら、もうそれは立派なパトロールだ。

私と斉藤巡査は建物の周囲を反時計回りに進んだ。

まずは玄関から、向かって右手に進む。薔薇の花が咲き誇るブロック塀に突き当たったところで直角に折れると、建物の北側だ。塀と建物の間には、人ひとりが通れるほどのスペースが薄暗い通路のように延びている。そこを通り抜けると、寺島邸の裏に出る。そこには古い日本家屋らしく小さな勝手口がある。斉藤巡査がノブを握って手前に引くと、扉は滑らかに開いた。やはり施錠されていないのだ。あらためて中の人に呼び掛けてみるが、やはり返事はなかった。扉を閉めて建物の南側へと回る。腰高窓が並んだ先に、小さめの窓が二つ並んでいる。その形状や位置などから、おそらくはトイレと風呂場（ふろば）の窓だろうと見当が付く。

それを見るなり、斉藤巡査が低い声を発した。

「見たまえ、ワトソン君。一枚だけ開いた窓があるじゃないか」

「ど、どうしました、斉藤さん!?　急に《何ごっこ》ですか!?」

「ごっこじゃないよ。事件の臭いがするといっているのさ」

そう呟きながら、斉藤さんは問題の窓に歩み寄った。それは木造を模した引き違いのサッシ窓だ。茶色い窓枠に二枚の磨（す）りガラスが嵌まっている。彼が指摘したとおり、その窓の一枚が数センチばかり開いていた。窓の上には大きな換気扇があって、旋回音がブーンと響いている。

どうやら窓の向こうは風呂場のようだ。しかしながら、磨りガラスの向こうで誰かが風呂を使っているという気配などは、いっさい感じられない。

「ここも鍵の掛け忘れ……でしょうか」

「いや、そう何箇所も開けっ放しで出勤しちゃう会社員って、いないと思うけど」

「ですよねえ」

と頷いた私は探偵気取りの彼に目配せした。——だったら、ほら、この窓、全開にしちゃってくださいよ！　中がどうなってるか、見たいんでしょ、ホームズさん！

すると斉藤巡査も、やがて覚悟を決めたらしい。ひとつ大きく頷くと、誰にともなく、「失礼します！」とひと言、断りを入れてから窓枠に手を掛ける。一気に窓をスライドさせて、中を覗き込む斉藤巡査。私は風呂場ではなく、彼の横顔を眺めることで事態を把握しようと努める。

「…………」最初、巡査の横顔に浮かんだのはキョトンとした表情。だが、それは見る間に強張っていき、やがてその口からは悲鳴にも似た声があふれ出した。「こ、こりゃマズい！」

——え、マズいって何が!?

唖然とする私の前で、斉藤巡査がくるりと背を向けて駆け出す。訳が判らないまま、私も彼の背中を追った。巡査は建物正面の玄関に戻ると、鍵の掛かっていない引き戸を開け放ち、靴を脱ぐのさえもどかしい様子で室内へと上がり込む。そのまま、おおよその見当で廊下を進んだ彼は、たちまち脱衣所へとたどり着いた。扉一枚隔てた空間が浴室だ。

斉藤巡査は誰に断ることもなく扉を開けた。浴室の中の光景が一気に、こちらの視界に飛び込んでくる。瞬間、私は「あッ」と小さく悲鳴をあげた。

古びた外観に似合わず、風呂場は最近リフォームされたらしく、いまどきの設備が整っている。壁や床など全体にクリーム色で統一されていて、清潔感がある空間だ。同じ色の浴槽には、七分目ほど水が張ってある。まるで血を溶いたような赤い水だ。

その中に人がいた。

それは裸の男性だった。だが顔は見えない。代わりに、二本の脚が水の中から、にょっきりと浴槽の外に飛び出している。顔が見えないのは、それが赤い水の中に没しているからだった。

先ほど斉藤巡査が『マズい』と叫んだ意味がよく判った。確かに、この状況はマズい。私は驚きのあまり言葉が出なかった。「…………」

「寺島さん！」斉藤巡査は中年男性の名前を呼ぶと、慌てて浴槽に駆け寄る。そして水の中に両腕を突っ込み、水面下にある男性の顔を強引に持ち上げた。現れた顔は確かに一昨日（おととい）の夜、『吾郎』に忘れ物をした中年男性。寺島公一郎さんに違いなかった。

斉藤巡査は男性の息を確かめようとしたが、そうするまでもなく寺島さんが絶命していることは歴然だった。死後硬直が進んでいるらしく、どんな体勢を取ろうが、男性の両脚は伸びきったままだ。巡査は諦めの声とともに、遺体から両手を離した。

「駄目だ。とっくに亡くなっている……」

「ひょ、ひょっとして、殺されているんですか……？」

「ん!? なんで、そう思うの、つみれちゃん」

斉藤巡査は一瞬訳が判らないような顔。だが、浴槽の中の赤い水に視線をやると、ようやく合点がいった様子で頷いた。

「ああ、これは血じゃないよ。たぶん入浴剤のせいで赤くなっているだけ。べつに遺体から血が流れてるわけじゃない。詳しく調べてみないと正確なことはいえないけれど、おそらく溺死だろう。風呂場で溺れ死ぬ事故は、思われている以上に件数が多いんだ」

そういって斉藤巡査は、いったん私を浴室から追い出す。そして自らの手で変死体発見の緊急通報をおこなうと、その後はプロの警官らしく現場保存の任務に移行したのだった。

3

その日の夜、『鰯の吾郎』のカウンターには、本日の仕事を終えて瓶ビールで一杯やる斉藤巡査の姿があった。

普段は制服制帽を身に着けて交番に立つ彼も、いまはワイシャツにノーネクタイというリラックスした姿。鰯のフライや鰯のお造りなどを肴にしながら、コップに注いだビールを美味しそうに飲んでいる。「ぷふぁ～ッ」と気持ち良さそうに息を吐く彼の口からは、「やっぱり変死体を発見した後のビールは最高だなぁ！」という不謹慎な台詞が、いまにも漏れてきそうな塩梅である（もちろん実際には、そんな言葉、口にはしないが）。

一方、店を手伝う私はそんな彼から、今朝の変死体発見後の顛末を聞きだそうと思って、いろいろと話を振ってみる。「寺島公一郎さんって、どんな人？」「死因は溺死？」「亡くなったのは何時ごろ？」「単なる事故ってこと？」「事件の可能性は？」などと、隣の席に腰掛けながら矢継ぎ早に質問を繰り出す私。ところが斉藤巡査はビールを飲み干しながら、

「そんなこと、部外者のつみれちゃんに、教えられないよぉ」

といって、あろうことか第一発見者であるこの私を《部外者》呼ばわり。瞬間カチンときて徐々にムカ〜ッとなった私は「ならば……」と小声で呟きつつ、自ら瓶ビールを手に取る。そして必殺のスマイルを彼へと向けながら、「まあまあ、そういわないで斉藤さん、ほらほら、飲んでくださいよ……」といって企み(たくら)に満ちたビールを彼のコップに注いであげる。

すると斉藤巡査は、「やあ、悪いね、つみれちゃん」といって美味しそうにコップのビールをゴクリと飲み干す。すぐさま私はビールを注ぎ、そして彼は美味しそうに飲み干す。また私はビールを注ぎ、また彼はゴクリ。また注ぎ、また飲んで……注いでは飲み、注いでは飲み……そうするうちに酔いの回った彼は、すっかり上機嫌。「ぷふぁ〜ッ」と盛大に息を吐くと、「やっぱり変死体を発見した後のビールは最高だなぁ！」と結局、胸に秘めていた本音を吐露して、カウンターの向こうにいるなめ郎兄さんをドン引きさせるに至った。

だが、直後には店内に満ちる微妙な空気を察したのだろう。斉藤巡査は「あ、いや、違う、違うんだって、大将！」と赤い顔の前で両手を振りながら、「要するにアレだよ大将、交番に勤務して道案内とか町内パトロールとか、そういう地味な仕事に従事するのもいいけど、たまに今朝みたいな出来事に遭遇すると、いかにも警官らしいというか何というか……ちょっとドラマみたいじゃん？　なーんかテンション上がっちやうんだよねえ」

「ああ、判った判った。斉藤さん、あんたはそれ以上、喋らないほうがいいぜ。喋るほどに、警察のイメージダウンだからよ！」

　確かに、なめ郎兄さんのいうとおりかもしれないが、むしろ私としては、もう少し喋ってもらいたいところ。なので私は慌てて彼のコップにビールを注ぎ足しながら、

「つまり今朝の仕事は、特にやりがいがあったってことでしょ。だから仕事のあとのビールが格別美味い！」

「そう、そうなんだよ。さっすが、つみれちゃん！」

　ホッとした様子でコップを傾ける斉藤巡査。私はここぞとばかりに尋ねた。

「で、今朝の変死体の件に話を戻すけど――亡くなった寺島公一郎さんって、あの一軒家にひとりで住んでいたんですか。寺島さんって独身だったの？」

「ああ、そうだよ。離婚歴一回の独身で子供もなく、現在はひとり暮らし。あの古い日本家屋も亡くなった両親の残した家だ。趣味は庭いじりってところかな。つみれちゃんも、あの庭を見ただろ。薔薇やらナンヤラが咲いていた、あの綺麗な庭」

「ええ、見ました」薔薇やらナンヤラを、この目で確かに見た。匂いも嗅いだ。「ところで、亡くなった理由は、溺死で間違いないんですね？」

「もちろんだよ」アルコールの作用でガードの甘くなった斉藤巡査は、もはや何の躊

躇もなく、こちらの質問に答えてくれる。「寺島さんは風呂の水を飲んで溺死したんだ。死後硬直などから見て、亡くなったのは昨夜の八時から十時ごろのことらしい。まあ中間を取って九時前後ってところだな」

「え、午後九時前後⁉　確か私が寺島さんの家を訪ねていったのは、昨夜の九時過ぎだったはず。てことは、ひょっとすると、あのとき寺島さんはすでに湯船で溺れ死んでいた可能性もあるってことか……」

呟きながら私は、寺島さんの死体のピンと伸びた両脚を思い浮かべた。

硬直という死体現象は、死後およそ半日程度で最高レベルに達する。そんなことを誰かの書いたミステリで読んだ記憶がある。今朝、私が通学時に発見した寺島さんの死体が、仮に最高レベルに近い硬直状態にあったとする。その場合、彼が亡くなったのは発見の半日ほど前。昨夜の八時とか九時といった時間帯になるだろう。斉藤巡査の語った死亡推定時刻は、私の見た死体の印象とも完璧に一致している。

ひとり納得する私をよそに、斉藤巡査はお喋りを続けた。「風呂場での溺死は珍しくはないと、今朝もいったと思うけど、酒を飲んでいたなら、なおさらのことだ」

「え、寺島さんはお酒を飲んでいたんですか⁉　じゃあ昨夜、酔って風呂に入った寺島さんは、お湯に浸かりながら居眠りとかしてしまって、そのまま帰らぬ人に……つまり、これは風呂場でありがちな事故ってことですね」

なぁーんだ――という落胆の溜め息が、私の口からうっかり漏れそうになる。不謹慎なお巡りさんと同様、私もまたドラマのような展開を、どこかで期待していたのだ。すると斉藤巡査は声を潜めて「そう思うだろ、つみれちゃん？」と意味深な台詞。

「え、違うんですか？」私も声を潜めて聞き返す。「単なる事故じゃないってこと？」

「うむ、どうやら事故にしては、ちょっと不自然なところがあるらしい。つみれちゃんも今朝、その目で見たと思うけど、寺島さんの死体は両脚が妙にピンと伸びていただろ。入浴剤で赤くなった水面から二本の脚がニョキリと伸びる様は、さながら湖で逆さになって死んでいるスケキヨのようだった――って、確かつみれちゃん、今朝そういっていたよね？」

「いいえ、私、ひと言もいわなかったと思いますけど……」

正直にいうと、映画『犬神家の一族』の有名なシーンのようだと、薄ら思いはしたけれど、あまりにベタな感想なので恥ずかしさのあまり口に出せなかったのだ。したがって、斉藤巡査のほうが勝手に記憶を改竄しているわけだが、まあ、それはともかくとして――

「スケキヨがどうかしましたか？」

「スケキヨはどうもしないって！」

斉藤巡査は顔の前で片手を振ると、「そうじゃなくて、あのピンと伸びたまま死後硬直に至った両脚。あれが不自然なんだよ。寺島さんがあの浴槽の中で溺れ死んだなら、その身体は浴槽の形に沿うべきじゃないか。だったら両脚は浴槽の縁に預けられた恰好で、そのまま死後硬直に至るのが普通だろう。だが、あの死体はそうなっていない。これは、いったい何を意味するのか」

「おッ、判ったぜ！」

といってカウンター越しに顔を覗かせたのはなめ郎兄さんだ。兄は注文の品である鰯の蒲焼を手渡しながら、こちらの会話に口を挟んできた。

「つまり、その死体は動かされているってことだな。寺島さんが死んだのは、実は自宅の風呂場ではなかった。どこか別の場所ってことだ。別の場所で溺死した寺島さんの死体を、誰かが後から寺島さんちの風呂場に運び込んだ。つまり、これは風呂場での事故を装った殺人事件だ。――な、そういうことだろ？」

決め付けるような兄の言葉を聞きながら、斉藤巡査はコップのビールをまたゴクリ。そして私たち兄妹の前で「ま、そういうことかもね」と、もったいぶるように頷くのだった。

4

事件発覚の翌日、私はD大学の講義に形だけ出席し、出欠確認の際は「はい」と大きな返事。直後には机に突っ伏すような体勢で、「ぐう……」と居眠りを続けて、午前の予定を終了。午後の講義は自主休講にして大学の門を出ると、その足で根津にある、とある喫茶店へと向かった。

それは根津神社から歩いて数分のところに位置する、昔ながらの純喫茶。店頭の看板には『谷岡珈琲店』という昭和テイスト溢れる店名が記されている。入口のガラス越しに店内を覗き込む私は、やがて意を決して扉を開け、店内へと足を踏み入れた。

最近はめっきり聞くことの少なくなったカウベルの音が、私の頭上でカランコロンと鳴り響く。入口を入ってすぐの本棚には『スポニチ』と『日経』、そして初期の『ゴルゴ13』が十数冊ほど並ぶ。素早く見回すと、ガランとした店内にはテーブル席とカウンター席の二種類。私は空いているテーブル席をスルーして、敢えてカウンター席にひとり陣取った。

カウンターの中には、エプロンを着用した女性店員の姿。彼女は「いらっしゃいませ」と魅力的なハスキーボイスを響かせて、私の前におしぼりとお冷やを出してくれた。歳のころなら三十代後半。妖艶な雰囲気を漂わせつつ、どこか薄幸そうに映る美女だ。

――ふうん、この人が茜さんって人かぁ。なーるほどぉ、綺麗な人だねぇ！

私は内心で感嘆の声を発しつつも、何食わぬ顔でメニューを確認。目に留まったのは、この夏、世の中を席巻（せっけん）中のアレだ。昭和テイストが売りの純喫茶も、この潮流には逆らえなかったものと思われる。私はカウンターの中の彼女、桐原（きりはら）茜さんに注文の品を告げた。

「それじゃあ、黒糖タピオカミルクティー、ひとつくださいな」

しかし、いうまでもないことだが、わざわざ流行のタピオカドリンクを飲むために、私はこの店を訪れたわけではない。来店の目的は、むしろ目の前でタピオカドリンクを作る彼女、桐原茜さんにこそある。そもそも彼女の名前を耳にしたのは、昨夜の『吾郎』でのことだ。

たらふく酒を飲んだ（飲まされた？）斉藤巡査は、捜査上の重要事項を喋り終えると、急に心配になったらしい。「あ、つみれちゃん、いまのは、ここだけの話だから内緒にしといてね」と、私に向かって気色悪いウインク。支払いを済ませた後は、ふらつく足取りで店を出ていった。

それからの私は、にわか探偵となって情報収集。店を訪れる客という客に、『会社員変死事件』についての情報を求めた。谷中で起きた出来事だから、お客さんの関心はもともと高い。やがて客の中に寺島公一郎さんをよく知る人物が現れた。太った中年のおじさんで、聞けば寺島さんとは高校時代からの付き合いだという。

そんな彼が語るには、「最近の寺島は、根津に住む谷岡祐次という男と険悪な仲だった」とのこと。その原因を問うと、おじさん曰く、「いわば恋敵だね。寺島公一郎と谷岡祐次は、ひとりの女性を巡って争っていた」という話だ。いったいどんな女性だろうか。

さっそく私はその女性について尋ねた。女性の名前は桐原茜さんというらしい。そして、さらにおじさんは教えてくれた。

「もし彼女に会いたいなら、根津にある『谷岡珈琲店』にいってごらん。そう、そこが谷岡祐次の経営している店。そして桐原茜さんの働いている店ってわけさ——」

昨夜の記憶をぼんやりと反芻する私。やがてカウンター越しに細い手が伸びてきたかと思うと、「黒糖タピオカミルクティーです」と桐原茜さんの落ち着いた声が響く。目の前に差し出されたのは背が高くて洒落たグラス。いかにも濃厚そうなミルクティーがグラスを満たしている。底に沈む黒ずんだ物体は、カエルの卵じゃないよ、そう、これぞタピオカ。添えられた茶色い液体は一見するとメープルシロップに似ているが、桐原茜さん曰く、「黒糖から作った黒蜜です」とのことだ。これはなかなか美味しそう。さっそく黒蜜全部を投入して、例の極太ストローで「ちゅ〜ッ」と吸い込んでみると、底に沈んだタピオカたちが——スポッ、スポポポポッ——という具合に口の中へと飛び込んでくる。

その感触を舌で受け止める私は、心の中で愉悦の声をあげた。

――これ、これッ、これがタピオカドリンクの醍醐味だよね！

だが何度もいうが、私はタピオカなんぞを味わうために、この店を訪れたのではない。にわか探偵としての目的を思い出した私は、さっそく目の前に立つ美女に話しかけた。

「あのー、桐原茜さんですよね？　私、岩篠つみれっていいます」

「はあ、鰯のつみれ⁉　あなたが、鰯……⁉」

「はい、岩篠つみれです」

何か勘違いされてるっぽいなあ、とは思ったものの、私の場合こういう違和感は、特に初対面の際によく生じること。構わず先を続ける。「寺島公一郎さんのこと、ご存じですよね。実は寺島さんは、うちがやっている居酒屋の常連客でして……」

と私は小さな嘘をつく。本当は常連ではなくて、亡くなる前に一度だけフラリとやってきた一見客である。だが、小さな嘘は大きな効果を生んだらしい。茜さんは表情を緩めて、

「ああ、寺島さんのお知り合いの方ですか。私も寺島さんには、よくお世話になりま

した。彼はこの店にもよくいらっしゃっていました。それが突然、あんなことになられて……判らないものですね……お酒に酔って、お風呂で溺れ死ぬなんて……本当に残念です」

悲しみがぶり返したように、そっと目頭を押さえる茜さん。そんな彼女の仕草に、思わずもらい泣きしそうになりながらも、その一方で『こういう情に厚いところが、疲れた中年男性たちを魅了するんだろうなあ』と私は冷静にその魅力を分析する。

いずれにせよ、悲しみを堪える彼女の姿に、芝居がかったところはない。そもそも、犯人が死体を寺島邸の風呂場に運び込んだという話が事実なら、それが彼女の手によるものでないことは明らかだ。目の前に立つ美女の細腕では、そのような力仕事は絶対不可能だと断言できる。

むしろ問題なのは、この茜さんを巡って寺島さんと敵対関係にあった、谷岡祐次という男性のほうだろう。彼こそはこの珈琲店のオーナー。谷岡から見れば茜さんは従業員だが、おそらくはそれ以上の感情を彼女に対して抱いている。だから、寺島さんと対立していたのだ。それは果たして、どのような人物か。気になった私は茜さんに、それとなく探りを入れてみた。

「ところで、この店って桐原さんが経営されているんですか」

「いえいえ、まさか。私は雇われて店長をしていますが、オーナーは別の方です」

「ふうん、じゃあ『谷岡珈琲店』っていうぐらいだから、谷岡さんっていう人?」

知っていることを敢えて尋ねると、「ええ、そうですよ」と茜さんは頷いた。「谷岡祐次さん。優秀なバリスタです。いまは日によって店に出たり出なかったりですが」

「へえ、今日はいらっしゃらないんですね」そう決め付けた私は、ここぞとばかり核心に迫る問いを発した。「その谷岡祐次さんと亡くなった寺島公一郎さんは、何かこう激しく対立していたっていうか、いがみ合っていたっていうか、要するに険悪な仲だったという噂を、たまたま小耳に挟んだんですけど、それって本当ですか」

「それ、たまたま小耳に挟んだんですか?」茜さんは訝しげな表情。

「ええ、たまたま小耳に挟んだんですよ!」私はまたもや嘘をつく。

「申し訳ありませんけど、お答えしかねます」茜さんは俯き加減で、手にしたグラスを拭きはじめる。「それに寺島さんが亡くなったこととは、べつに関係のないことですし……」

「じゃあ最後にひとつだけ。寺島さんが亡くなった一昨日の夜九時前後、谷岡祐次さんは店に出ていたんですか。それとも……」と懸命に食い下がろうとする私。

だが、その質問を遮るように、そのとき店の奥から男性の野太い声が響き渡った。

「ちょっと、お待ちくださいよ、お客さん」

ハッとなって声のするほうを見やると、そこに立つのは大柄な体躯の中年男性だ。

白髪まじりの髪を短く刈り込んだ頭。太い眉毛とガッチリした顎が男性的な力強さをイメージさせる。訝るような目が、眼光鋭く私のことを見詰めていた。思わず背筋を伸ばして硬直する私。そのとき茜さんが彼の名を呼んだ。「あッ、谷岡さん……」

間違いない。彼こそが谷岡祐次だった。不在と思われた彼は、ただ店に出ていないだけで、その実、ちゃんと店の奥にいて私たちの会話に耳を傾けていたのだ。そんな谷岡はカウンターの中で茜さんと並んで立つ。茜さんの小柄さが際立った。

「お客さん、ひょっとして何か疑っていらっしゃいますか」

言葉遣いは丁寧だが、その言葉には威圧するような響きがある。ドギマギする私が何も答えられずにいると、彼は一方的に捲し立てた。

「実は、先ほどまで警察がうちにきてましてね。似たようなことを散々、尋ねられましたよ。一昨日の夜の話をね。そして残念ながら私には一昨日のアリバイと呼べるものがない。あの夜は店には出ていなかった。店のことは桐原さんに任せて、私は店から一分ほど歩いたところにある自宅にいた。ひとりだったから、それを証明することはできない。だが、私は何もしていない。寺島の死が事故か自殺か殺人かは知らないが、とにかく私は関係ない。いや、仮に関係あるとしてもです――」

谷岡はカウンター越しにズイと顔を突き出しながら、断固とした口調でいった。

「見ず知らずの女の子から妙な疑いをかけられる筋合いはない。――そうでしょ、お客さん？」

「…………」威嚇するような視線を浴びせられて、私の身体が緊張で強張る。ブルブルと震える指先で極太ストローを持ち、グラスの液体を「ちゅーッ」と吸い込むと、思いのほかたくさんのタピオカどもが、いっせいに喉元を目掛けてスポポポポポポポッと飛び込んできたため、私は「げヘッごほッ」とむせ返る。目を白黒させる私は両手を前に突き出しながら、興奮気味の店主にいった。「ま、まあまあ、冷静になりましょうよ、タピ岡さん！」

「畜生、誰が『タピ岡』だぁ！　流行のドリンクみたいにいいやがってぇ！」

堪忍袋の緒が切れたとばかりにタピ岡、いや違う、谷岡祐次が怒声をあげる。

「わあ、ごめんなさい、タピ……谷岡さん！　ただ私は、その、何というか……」

しどろもどろで自己弁護に努める私。だが、もはや何をいおうが後の祭りで、谷岡祐次の怒りは収まらない。

結局、私はほうほうの体で『谷岡珈琲店』から逃げ出したのだった。

5

「ちぇ、何なのよ、あの男！　ちょっと名前、間違えられたぐらいでブチ切れしちゃってさ。大人げないったら、ありゃしない。そもそも『谷岡珈琲店』でタピオカドリンクなんか売るのが、間違いだってーの。紛らわしいだろーが。くそッ、タピ岡祐次めぇ！」

　喫茶店を出るなり忌々しい思いで振り向くと、『谷岡珈琲店』の看板を蹴っ飛ばすポーズ。

　内心穏やかではない私だが、とにかく収穫はあった。桐原茜さんは美人。谷岡祐次は怪しい。そして空前のタピオカブームは終焉が近い。きっと夏の終わりまで持たないはずだ（という私の予想に反してタピオカブームは翌年まで続くのだが、それはまた別の話）。

　ともかく、店を出た私は当てもなくトボトボと歩き出す。あたりは根津の住宅街だ。古い一戸建てが肩を寄せ合うように軒を並べている。だが歩き出してすぐ、私はとある建物の前で妙な違和感を覚えて、ピタリと足を止めた。

　それは路地の交差する角地に建つ、木造平屋建ての一軒家。古びた町並みの中にあって、特に異彩を放つ古さだった。

「これって空き家だよねぇ……」

　崩れかけたブロック塀越しに敷地の中を覗くと、かつて庭だったはずの空間に夏草が生い茂っている。建物の窓という窓は雨戸がピシャリと閉じられて、他人の侵入を断固として拒むかのようだ。そのくせ、なぜか出入口の扉が、ひとつ開いている。たぶん勝手口なのだろう。小さな木製の扉は、道行く人を手招きするかのごとく半開きの状態にあった。

この建物から私が受けた違和感の正体は、どうやらこれだったらしい。

「空き家の勝手口が半開き、か……」

昔の悪ガキ小学生だったなら、この空き家を《幽霊屋敷》と呼称して、勝手に《探険》しちゃうところだ。もちろん最近の小学生は育ちの良いガキばっかりだから、そんな馬鹿な真似はしない。そもそも空き家とはいえ他人の敷地。勝手に入って良いという法律は、この谷根千界隈にはないのだ（たぶん全国的にもないだろう）。

「でもまあ、ちょっと中を覗くぐらいならセーフだよね……」

たったいま独自のルールを制定した私の両足は、すでにブロック塀の内側へと侵入を果たしていた。雑草の茂る庭を横切って進むと、問題の勝手口へ。木製の扉を間近で見ると、鍵は壊れて駄目になっている。半開きになった扉の隙間から顔を差し入れて、恐る恐る中の様子を確認。薄暗い中に浮かび上がるのは、昔ながらの台所だ。

そう、キッチンというよりは、まさに台所といった印象。ステンレス製の流し台があり、備え付けの食器棚がある。だがコンロを置くスペースにコンロはなく、冷蔵庫を置くスペースに冷蔵庫はない。

全体にガランとした空間だが、べつに問題はなさそうだ。自発的パトロールを終えて、早々と引き返そうとする私。だが踵を返す寸前、薄暗さにようやく慣れた私の目は、ふと板張りの床へと引き付けられた。再び妙な違和感を覚える。その正体に思い至るのに数秒を要した私は、次の瞬間、「あ、そっか」と小さく声をあげた。「板張りの床に埃が全然積もっていない。空き家なのに、これって変じゃないかしら……」

そう、絶対に変だ——と自問自答する私。事実、ステンレスの流し台の上には、薄らと積もった埃がハッキリと確認できるのだ。ならば考えられる答えは、ひとつ。最近になって誰かが、この板張りの床を綺麗に掃除したのだろう。——でも、それはいったいなぜ？

「足跡を消すため……」

と素敵な答えが口を衝いて出た。つまり誰かが最近、この空き家に無断で上がり込んだのだ。その痕跡を隠すために、その誰かは埃が積もっていたはずの床を雑巾か何かで綺麗に拭った。結果、足跡は消えたけれど、それと一緒に床の埃も消え去ったというわけだ。

「おお、これはなかなか優れた推理かも……」

と思わず自画自賛する私。その視線は、台所の奥にある一枚の扉へと吸い寄せられていく。

その扉もまた半開きの状態だった。空き家の持ち主は、この家を引き払う際に、扉という扉を閉め忘れたまま出ていったのだろうか。――いやいや、そんなことはあるまい！

これは何かある。直感でそう決め付けた私は、次の瞬間には、もう板張りの床に上がり込んでいた。その際、靴を脱ごうか脱ぐまいか一瞬迷ったが、脱がずに靴のまま上がる。なぜなら靴下を汚すのが嫌だから。それと万が一の場合、裸足で逃げるのは不利だから。

「ま、そんな展開には、ならないだろうけどね……」

そう自分に言い聞かせながら台所を横切る私。問題の扉の前にたどり着き、半開きになった扉の隙間から向こう側を覗いてみる。そこは洗面所兼脱衣所のような小部屋だ。陶器製の白い洗面台がある。その向こうにあるガランとしたスペースは洗濯機置き場だろう。そして小部屋の奥には磨りガラスの嵌まった引き戸があった。この引き戸は半開きではないが、向こう側に何があるのかは、だいたい見当が付く。もちろん風呂場だろう。応接間であるはずがない。

「お風呂場ってことは……ゴクリ……」

緊張のあまり私は思わず唾を飲み込んだ。昨日の死体発見時の光景が脳裏に蘇ったからだ。

「だけど二日続けて……ってことは、まさかないよね……はは」

無理やり笑顔を浮かべながら、私は引き戸の前へと歩を進めた。アルミ製の枠に指を掛けて、ゆっくりと引いてみる。戸は音を立てて真横へと開いた。次の瞬間、目の前に現れたのは、想像したとおり浴室の光景。だが、いまどきの風呂場とは随分と違う。昔懐かしいタイル張りの浴室だ。窓側にある浴槽は薄いブルーで、形は立方体に近い。大人ひとりが膝を抱えて入れば、それだけでもう一杯いっぱいだろう。いかにも昭和の遺物といった感じの狭い風呂場である。その光景は、まさしく打ち捨てられた空き家に相応しいものだと思えるのだが——「おや!?」

足を踏み入れた瞬間、また私は妙な違和感を覚えた。なぜかムッとするような湿気を感じたのだ。本来なら浴室に湿気があるのは、当然のこと。だが、この風呂場は空き家の中で放置されてきた空間。だとすれば浴室だからといって、特別に湿度が高くなる理由はないような気がする。

——それなのに、なぜ?

不思議に思って、あたりを見回す私の視線は、ふと浴室の片隅に置かれた青い物体を捉えた。それは、ありふれたポリバケツだ。空き家の浴室に置き去りにしてあっても、べつに不思議ではないアイテム。だが気になってバケツの中を覗き込んだ瞬間、私は思わず「あッ」と驚きの声を発した。「このバケツ……底に水が残っている……」

といっても、大した量ではない。この暑さならば、あと一日二日ですっかり蒸発してしまうほどの僅かな分量。だが確かにバケツの底には水がある。これは、まったく奇妙なことだ。

「どういうこと!?　最近、この風呂場を誰かが使ったってことかしら……」

たぶん、そういう結論にならざるを得ないだろう。誰かが風呂に入ったのか、それともバケツを用いて洗濯でもしたのか、それは何ともいえない。だが、いずれにせよ、何者かがこの浴室に侵入した上で、バケツと水を使って何かをおこなったことだけは確か。だからこそ、バケツの底には水が残り、この浴室には湿気が充満しているのだ。

にわか探偵の本領発揮で、独自の推理を展開する私。その鋭い観察眼は、続いて洗い場の排水口へと向けられた。排水口の銀色の蓋は網状になっている。その網目の部分に、なにやら黒いものが引っ掛かっていることに、私は気付いた。指先で摘み上げてみると、どうやらそれは人間の髪の毛だ。色は黒で、髪質はどちらかといえば硬い。

私は、これとよく似た硬そうな髪の毛を、最近どこかで見たような気がした。

「この髪の毛って、まさか寺島さん……」そう呟く私は、そのとき建物のどこかに何らかの気配を感じて「ハッ」と息を呑んだ。――この空き家に、もうひとり誰かいる！

まさに緊急事態。私は狭い風呂場で右往左往するばかりだ。目の前に窓はあるが、その外には鉄製だか木製だかの格子が設けられていて、逃げ道にはならない。慌てて風呂場から飛び出せば、誰とも判らない謎の人物と鉢合わせする確率が大だ。ではジッとこの場所に留まって、運良く向こうが立ち去るのを待つか。だが何者かの足音は立ち去るどころか、徐々にではあるが、この浴室へと接近しつつあるようだ。

私は思わず自分自身に問い掛けた。

――どうするの、岩篠つみれ！　相手は凶悪な犯罪者かもしれないわよ！

そう考えるだけの根拠が、いまの私にはある。ならば座して死を待つこともないだろう。

私はなるべく音を立てずに浴室の引き戸を閉める。それから素早く風呂場を見回して武器になるものを探した。

――ポリバケツは武器になるかしら？　いや、駄目駄目。それよりか、むしろコッチよね！

私は浴槽の傍らに立て掛けてあった一本のブラシを手に取った。浴室掃除用の柄の付いたブラシだ。それを竹刀のように構えて、私は閉じた引き戸の真横に立った。気配を消して意識を集中させる。

そのとき洗面所兼脱衣場の扉が開かれる音。謎の人物は、先ほどの私がそうだったように、一歩一歩慎重な足取りで小部屋に侵入してくる。ならば次は当然、目の前の引き戸に邪悪な手を伸ばすに違いない。勝負はその一瞬で決まる。

ジリジリする思いで、そのときを待つ私。掲げた両手に力が入る。引き戸の磨りガラス越しに窺える(うかが)のは、明らかに男性のシルエットだ。

そして次の瞬間――ガラッ！

乱暴な音を立てて引き戸が開かれる。それを合図にして、私は上段に構えた風呂掃除用ブラシを全力で振り下ろす。同時に私の口から「ちぇすとぉー！」と気合のこもった掛け声。直後にブラシの柄の部分が、確かに何かを捉えた。

目の前で「ぎゃッ」という叫び声があがり、茶色い服を着た長身の男が両手で頭を抱える。何とか転倒を免れようとする彼は、前のめりになりながら一気に洗い場を横切ると、浴槽の前で両足を揃えて急停止。だが結局、止まりきれずに大きくバランスを崩すと、四角い箱のような浴槽に向かって、思いっきり頭から突っ込んでいった。

「わ、わ、わあああぁぁ――ッ」

すべては一瞬の出来事だった。気が付くと、私の目の前に見えるのは、浴槽からニョキッと伸びた二本の脚。既視感を覚える私は、今度こそ恥も外聞もなく叫んだ。

「ああッ、また今日もスケキヨみたいな光景が……」

すると浴槽の底のほうから弱々しく響く男性の声。

「な、何だ何だ!? どうなってんだ、僕の身体は……!?」

瞬間、私は「おや!?」と首を傾げた。スケキヨの声に聞き覚えがあったからだ。

　不思議に思って、よくよく観察してみると、スケキヨの両脚が纏っている茶色いズボンみたいな服装に見覚えがある。私はブラシを構えたまま、恐る恐る浴槽へと歩み寄った。そして逆さまになった相手の顔を自分の目で確認。直後に、私の口からホッと安堵の溜め息が漏れた。

「なーんだ、スケキヨかと思ったら、タケダヅさんじゃないですかぁ！　もう、おどかさないでくださいよね！」

　すると浴槽の底のほうから、丸い眼鏡の男性が不満げに応えた。

「あん……誰がスケキヨだって、つみれちゃん……？」

6

　逆さまになって浴槽に飛び込んでいった謎の男性の正体は、竹田津優介さん。谷中の某所にある隠れ家みたいな店舗にて、『怪運堂』の看板を掲げつつ、怪しい開運グッズを売っている三十男だ。茶色い作務衣に身を包み、長く伸ばした髪と丸い眼鏡がトレードマーク。聞くところによると、なめ郎兄さんと彼との間には、幼少のころから続く、それはそれは深い繋がりがあるらしい。

　一方、私と彼との間には、このところ二ヶ月連続で奇妙な事件に関わり、それを二人で（正確には、ほぼ竹田津さんひとりで）見事解決に導いたという、まあまあ浅い繋がりがある。

とはいえ、過去二回は私のほうから『怪運堂』に足を運んで、知恵者である彼に力を借りるという流れだった。今回のように、べつに呼んでもいないのに彼のほうから、いきなり事件のド真ん中に飛び込んでくるケースは珍しい。

あらためて私は驚きの声を発した。

「もうビックリするじゃないですか。何してるんですか、こんなところで？」

「なーに、大したことじゃないさ」竹田津さんは浴槽の中で体勢を立て直しながら、悠然と説明した。「巷（ちまた）で《幽霊屋敷》と噂される古い空き家。その勝手口がなぜか今日に限って半開きだった。それで、ちょっと《探険》してみようかと思ってね」

「ああ、そーいうこと……」昔の悪ガキ小学生のなれの果てが、いま目の前に！

「そういう君は、こんな場所で何してたんだい？」

「いや、まあ、そういわれると、竹田津さんと似たり寄ったりですが……」

私は気まずい思いで頭を掻く。彼はニヤリとしながら浴槽の縁に腰を下ろした。

「それとね、実は奇妙な話を耳にしたんだよ。『怪運堂』を訪れたお客さんから聞いた話だ」

「へえ」あの店をわざわざ訪れるお客さんが、私以外にホントにいるのか、という素朴な疑問はさておくとして――「奇妙な話、というと？」

「一昨日の夜、誰もいないはずの空き家に、なぜか人の気配があったらしい。そのお客さんは水商売をしている中年女性でね、仕事を終えてこの空き家の前を通った際、窓辺にゆらゆら揺れる小さな明かりと何者かの人影を、確かに見たそうだ。まあ、夜といっても深夜三時ごろだから、正確には一昨日の夜ではなく昨日の未明というべきかもしれないが」

「昨日の午前三時ごろ？　そんな時間に誰が空き家にいたっていうんです？」

「幽霊かもよ。なにせ《幽霊屋敷》だからね。ゆらゆら揺れる明かりは《人魂》かもしれない」

竹田津さんは真顔でいって、即座にニヤリと口許を緩めた。「まあ、少なくとも、そのお客さんは幽霊を見た気分になって、それで僕の店にやってきたらしい。魔除けの札を買っていってくれたよ。――何にも効きゃしないのに！」

「…………」こらこら、駄目ですよ、自分の店の商品を、そんなふうにいっちゃ！

思わず苦笑いする私の前で、竹田津さんは丸い眼鏡を指先で押し上げながら、

「それで僕も、この空き家のことが気になってね。流行らない店は一時休業にして、空き家の様子を見にきたんだ。そうしたら、なんと勝手口が半開き。しかも中を覗いてみると、台所の板張りの床の上には、いかにも怪しい足跡がペタペタと残っている

じゃないか」

「それ、私の足跡ですね。私、土足で上がり込んじゃったから」

「そうらしいね」竹田津さんは私の足許を見やりながら頷いた。「だが、そうとは知らない僕は大いに好奇心を掻き立てられて、その足跡を追った。それは洗面所兼脱衣場へと続き、さらに浴室へと続いているらしい。そこで僕は迷わず目の前の引き戸を開け放ち、中に足を踏み入れたところ……いきなり棒か何かで頭をガツン……気が付けば狭い湯船の中で逆さまのスケキヨ状態……というわけだ。しかし、あんまり酷いじゃないか、つみれちゃん！　相手が誰かも確かめず、いきなりブラシの柄で僕をぶん殴るなんて！」

いまさらながら憤りを露にする『怪運堂』店主。私は申し訳ない思いで頭を下げた。

「ごめんなさい。てっきり凶悪な殺人犯と鉢合わせする展開だと思ったもので……」

「ん、なんだい、それ？　随分と誇大妄想じみた話に聞こえるけど」

「いいえ、妄想じゃありません。そう考える根拠があったんですよ」

私はバケツの底に残った水と、排水口に引っ掛かった髪の毛を、彼に示す。

すると竹田津さんは両者を交互に眺めながら、しばし考え込む表情。やがて「ああ、アレのことだね」といって深く頷くと、顎に手を当てながら口を開いた。「噂は僕も耳にしたよ。なんでも昨日の朝、覗き趣味のある変態女が、とある会社員宅の風呂場を覗いたところ、偶然そこに溺死体を発見して大騒動になったんだって……？」

「え、えぇー⁉」昨日の出来事って谷根千界隈で、いったいどう伝わったの⁉　私は軽い眩暈を覚えながら、自分のTシャツの胸を指差した。「それ、私ですから。この私！」

「え、つみれちゃん⁉」竹田津さんは真っ直ぐ私を指差して、「てことは、君に覗きの趣味が……⁉」

「ありません！」あるか、馬鹿。「私は用事があって寺島さんの自宅を訪ねて、遺体を発見しただけ。斉藤巡査も一緒だったから、やましいところは何もありませんから！」

そして私は、あらためて昨日の朝に体験した出来事を詳しく彼に説明する。と同時に、昨夜の『吾郎』にて、斉藤巡査が酔って漏らした情報も、隠さずに伝えてあげた。するとと浴槽の縁に腰掛けた竹田津さんは、「なるほど、そういう顛末だったわけか」と、ようやく事件の概要を把握した様子。そして独り言のように呟いた。「風呂場で溺れ死んだかに見える会社員。だがその実、彼はどこか別の場所で溺死した可能性が高い。その一方で、この空き家の風呂場には、明らかに最近、誰かが利用した形跡がある……」

「ええ、その二つを併せて考えるなら、今回の溺死事件について、ひとつの絵が浮かび上がってくると思います」私は自分の足許を指差してズバリといった。「寺島公一郎さんは、この場所で殺害され、その後で自宅の風呂場へと運び込まれたんです」

瞬間、丸い眼鏡の奥で竹田津さんの目がスーッと細くなった。

「なるほど、面白いねえ。ちなみに聞くけど、具体的な犯行の流れがどうだったか、君、説明できるかい？」

「ええ、もちろんですとも」

「ほう、自信ありげだね。だったら、ぜひ詳しく聞かせてくれたまえ」

そういって前のめりになった竹田津さんは、しかし次の瞬間、「いや、しかし待てよ。この場所で長々と話し込むのは、あんまりだな。せっかくだから、もう少し居心地のいい場所に移らないか？　そうそう、この近所に美味い珈琲を飲ませる昔ながらの純喫茶があるんだ。話の続きはその店で、どうだい？」

「駄目です。私、そこ、出禁になったばっかりですから」

「え、出入禁止って⁉　いったい何やったんだ、君⁉」眼鏡の奥で彼の眸（ひとみ）が瞬く。竹田津さんは浴槽の縁から腰を上げながら、「まあ、いいや。とにかく、この場所はこのままにして、いったん外に出よう。雑草だらけの庭でも、ここよりは空気がいいだろうからね」

というわけで、私と竹田津さんは揃って空き家の建物を出る。そして庭先に立つ楓の木陰に隠れるようにして、夏の陽射しを回避。そこで私は自らの推理を語りだした。

「一昨日の夜、犯人は何らかの理由を付けて、寺島公一郎さんをこの空き家に連れ込みました」

「ふむ、いきなり《何らかの理由》ときたか。なんだか随分テキトーな感じがするけど、まあ、それは措いておこう。――それで？」

「犯人は寺島さんを、風呂場まで連れてきます。そこにはポリバケツがあり、その中には赤い入浴剤の入った水があります。これは前もって犯人が用意していたものです。犯人は寺島さんの頭を押さえるようにして、バケツの水の中に彼の顔面を沈めます」

「そう簡単にいくかな？　寺島さんは必死で抵抗すると思うけど……」

「ええ、マトモな状態ならば、そうでしょうね。けれど忘れてはいけません、このとき寺島さんが酒を飲んでいたという事実を」

「なるほど。仮にぐでんぐでんに酔っていたとするなら、抵抗も弱々しいものになる。一方的にバケツに顔を押さえ付けられるケースも、充分あり得るってわけだ」

「ええ、むしろ、その効果を見越して、犯人自身が寺島さんに大量の酒を飲ませたのではないか。私はそんなふうに疑っているのですが……まあ、いいでしょう。先を続けますね」

「うーん、《まあ、いいでしょう》って部分が、また何だかテキトーに聞こえるけれど……判った。まあ、いいでしょう。――それで？」

「酔っていた寺島さんは、バケツの水を飲んで死に至ります。溺死です。彼は一杯のバケツの水でもって、あえなく溺れ死んだのです。亡くなったのは午後九時前後のことです」

「斉藤巡査が漏らした死亡推定時刻だね。でも、うちのお客さんが空き家の窓に《幽霊》と《人魂》を見たのは、深夜三時ごろのことらしい。全然、時間帯が異なるようだけど？」

「判ってます」と頷いた私は、構わず説明を続けた。「犯人はこの空き家で寺島さんを溺死させた後、どうしたか。当然、犯人は寺島さんの溺死体を、彼の自宅の風呂場へと運び込まなくてはいけません。『寺島さんは自宅で入浴中に不幸な事故に遭った』――そう見せかけることこそが、犯人の最大の狙いなわけですからね。しかし午後九時やそこらでは、まだ死体を運び出すには早すぎるでしょう。その時間帯だと、道を歩く人も多少はいるし、車も通りますからね」

「なるほど。それで犯人は死体運搬を待ったんだな、深夜の三時になるまで」

「そう思います。その間、寺島さんの死体は浴室の洗い場に放置されていたことでしょう。もちろん、犯人はいったん空き家から出て、自宅にでも戻っていたのでしょう。

そして深夜三時になって、再び空き家を訪れた。そこで犯人は自分のミスに初めて気付いたのです」

「ふむ、ひょっとして死後硬直のことかな？」

「ええ、おそらく犯人は死後硬直のことを考慮してなかったのでしょう。深夜三時になって犯人が再び風呂場の死体と対峙したとき、放置された死体はすでに硬直が始まっていました。腰を折って《く》の字を描くような恰好で、しかも両脚はピンと伸びたまま硬くなっています。でも、こうなった以上は仕方がありません。犯人は脚を伸ばしたまま硬直した死体を、根津にあるこの空き家から運び出し、谷中にある寺島さんの自宅まで運んだのです」

「てことは、うちのお客さんが見た午前三時の《幽霊》の正体は、死体運搬に励む犯人。《人魂》は犯人が使っていた懐中電灯ってところかな」

「ええ、それに違いありません。幽霊や人魂なんて、この世に存在しませんから」

「そうとも限らないけどね。ところで、その死体運搬には当然、車が使われたはず。だが、そうだとしても重労働だ。並の男性でも到底できない力仕事だと思うけど」

「ええ、しかし並じゃない体格の男性ならば、不可能ではないはず」このとき私の脳裏に、谷岡祐次の堂々たる体軀が思い浮かんでいたことは、いうまでもない。「とにかく、犯人は硬直した溺死体を寺島邸へと運びました。ええ、そりゃもう全力で運んだんです！」

「おいおい、『運んだんです！』って、君、随分と強引だな」竹田津さんは呆れた顔で腕を組む。「まあ、いいや。それで寺島邸に死体を運び込んだ犯人は、そこで何をどうしたんだい？」

「あとは簡単でしょう。まず死体の服を脱がせて全裸にします。その一方で風呂場の浴槽にお湯を溜めます。溜まったお湯の中に、全裸になった死体をドボンと放り込めば《事故現場》の完成です。――あ、このとき寺島さん殺害の際に使用した入浴剤と同じものを、お湯の中に溶かしておくことを忘れてはいけません。例の血の色にも似た赤い入浴剤です。この入浴剤の成分が、死体の胃の中と浴槽の残り湯の両方から発見される。それによって寺島さんは間違いなく、この家の浴槽のお湯を飲んで溺れ死んだと、印象付けることができるわけですからね」

「ふむふむ、なかなか用意周到だね。すべては計算ずくってわけだ。死後硬直を除いては」

「ええ、そこだけが不自然な点でした。空き家の洗い場に放置されていた死体は、寺島邸の浴槽の形状とは全然違う形で硬直している。だから上半身が水に沈むようにすると、両脚が不自然な恰好で上を向いてしまう。これには犯人も頭を抱えたでしょうね。でも、いちおう大丈夫という考えが、犯人にはあったんじゃないでしょうか」

「というと？」

「硬直した死体は、さらに時間が経てば、やがては硬直が解ける。ずっと硬直が続くわけではない。死体が発見されるころには、たぶん硬直は解けて違うポーズをしているだろう。そう犯人は考えて、そのまま寺島邸を立ち去っていった。——というわけです」

「なるほど。ところが犯人の思惑とは異なり、翌朝のわりと早い時間に、つみれちゃんが斉藤巡査とともに、その溺死体を発見してしまった。そのとき死体の両脚は不自然に上を向いたままだった。結果、《入浴中の不幸な事故》に見せかけようという犯人の思惑は、脆くも崩れ去ったというわけだ」

「まさに、そういうことです」おそらくは、忘れ物を届けるために早朝から寺島邸を訪れる律儀で心優しい女子大生の存在など、犯罪計画のどこにも書かれていなかったのだろう。あの朝の私の行動こそが、犯人の目論む完全犯罪を木っ端微塵に打ち砕いたのだ。その事実に満足を覚えて、私は深々と頷いた。「事件の説明は以上ですが、何か疑問な点でも？」

「うーん、正直まだ何も決め付けることはできないと思う。バケツの水は単なる水道水かもしれないし、排水口の髪の毛も寺島さんじゃない別人のものかもしれない。それらは、これから詳しく調べてみないと判らないことだ。けれど……」といって竹田津さんは私のほうを向くと、柔らかな笑みを浮かべながら続けた。「たぶん事件の大雑把な流れは、つみれちゃんのいったとおりだと、僕もそう思うよ」

「……ぼ、ぼ……」僕もそう思うよ⁉

その何気ない言葉に私は思わず絶句。やがて胸のうちにジワジワとこみ上げてくるものを感じて、思わず天を仰いだ。——やった！　三度目の事件にして、ついに私は『怪運堂』の店主と肩を並べた。いや、むしろ彼を追い越したのだ！

心の中で歓喜の声をあげる私。それをよそに竹田津さんは現実的な質問を口にした。

「それで、これからどうしようか、つみれちゃん？」

「祝杯です！　祝杯を挙げましょう。これは慶事ですから！」

「はあ⁉」訳が判らない、という顔をしながら彼は再び口を開いた。「この空き家の風呂場に、大事な証拠の品が二点あるだろ。バケツの中の水と排水口の髪の毛。そのことを警察に届けなくちゃいけないと思うんだ。ボヤボヤしてるとバケツの水も蒸発しちゃうからね」

「ああ、それをどうするかって、話ですか」祝杯ではなくて、そっちですか。私はポリポリと頭を掻きながら、「そうですねえ、一一〇番に通報するっていうのは、なんか違う気がするし……じゃあ交番に直接、電話してみましょうか。私、番号知ってますから」

そう答えたときには、すでに私の手には愛用のスマートフォンが握られていた。だが交番の番号を呼び出して、まさに電話を掛けようとする、その寸前——

「そこにいるのは誰だい？　空き家だからって勝手に入っちゃ駄目だよ」

突然、背後から威圧感のある男性の声。思わずビクッと背中を震わせた私は、指の動きを止める。ハッと思って振り返ると、小さな門柱の陰から顔を覗かせているのは、藍色の制帽を被ったお巡りさん。まさしく、いま電話をしようと思っていた相手、斉藤巡査だった。

「え、なんで斉藤さんが、ここに!?」

声をあげた私は、咄嗟に竹田津さんと顔を見合わせる。彼も心底不思議そうな表情だ。すると斉藤さんは敷地の中へと足を踏み入れながら、

「なーんだ、つみれちゃんと、そっちは、いつぞやの丸眼鏡男か」

といって『怪運堂』店主のことを軽くディスる。そして私の質問に、あらためてこう答えた。「なぜ僕が、ここにきたかって？　そりゃあ、うちの交番に住民からの通報があったからだよ。根津にある空き家に不審者が勝手に侵入してますってね。しかし、まさか不審者の正体が君たちだったとはね。——つみれちゃん、こんなところで、この男と何してたんだい？」

「え、この男と何してた？」問われて私は隣の丸眼鏡男を見やる。そして瞬時に顔の

前で大きく右手を振った。「いえいえ、違います違います。この男とは何もしてませんから！」

「こらこら、《この男》呼ばわりは酷いだろ、二人とも！」といって竹田津さんは不服そうな顔。

「ああ、ごめんなさい。だけど、そんなことより、ちょうど良かった」私は無理やり斉藤巡査の腕を引いて叫んだ。「ちょっと、きてください。見てほしいものがあるんです。ほら、こっちです、こっち。斉藤さんなら、きっと見れば判りますから！」

「え、何だい、つみれちゃん？　僕に見てほしいものって……え、どういうこと？」

唖然とした様子で腕を引かれる斉藤巡査。それをニヤニヤと見詰める丸眼鏡の『怪運堂』店主。

こうして私は強引に斉藤巡査を空き家の風呂場へと案内したのだった。

7

「知ってますか、竹田津さん。どうやらタピ岡が警察に連行されたようですよ」

私は『怪運堂』を訪れる道すがら買ってきたタピオカミルクティーを、ちゃぶ台の上に二つ置く。そして座布団（ざぶとん）の上に正座して続けた。「町の人たちの間で、もっぱらの噂です。なんでもパトカーに乗せられる場面をバッチリ目撃した人もいるそうですから、これはもう絶対に間違いありません。やっぱりタピ岡が犯人だったんですよ」

「え、タピオカが連行された!? え、パトカーにタピオカが……じゃあ残されたミルクティーは、いったいどうなるんだい!?」

正面であぐらを搔く竹田津さんが、驚いたように丸い眼鏡を指で押し上げる。私は思わず大きな声をあげた。「もう、誰がタピオカドリンクの話をしてるんですか!」

「誰って……君だろ、つみれちゃん?」竹田津さんはキョトンとした顔で私を指差す。私はその指先を避けるように、座布団の上で身体を傾けながら、

「タピオカじゃありません。タピ岡です。いや、違う、谷岡です。ごめんなさい、私が間違えました。私がいってるのは谷岡祐次。根津にある『谷岡珈琲店』のオーナーのことです。その店、黒糖タピオカミルクティーが絶品なんです」

「なるほど。それでタピ岡祐次ってわけか」

それじゃあ伝わらないよ——と呟いて『怪運堂』店主は顔をしかめた。

空き家の《探険》によって新事実が明らかになってから、さらに数日が経過した、とある平日のことだ。場所は谷中の某所。けっして口では説明できない複雑怪奇な場所にある開運グッズの店、その名も『怪運堂』。薄暗い店内はガランとしていて、客はひとりとしていない（たぶん私は客としてカウントされないだろう）。どうやら店

の玄関に鎮座する巨大招き猫のご利益は、本日もいまひとつのようだ。店の奥には一段高くなった小上がりがあって、畳敷きのスペースにはクラシックなちゃぶ台がひとつ。それを挟んで私と竹田津さんは向き合って座っている。

私はあらためて小首を傾げた。

「あれ!?　そういえば竹田津さんには、谷岡祐次のこと、説明していませんでしたっけ!?」

「ああ、聞いてないね。何者だい、その男?」

「風呂場で殺された会社員、寺島公一郎さんの恋のライバルですよ。珈琲店の雇われ店長、桐原茜さんという女性を巡って、二人は対立関係にあったのだとか。実に怪しい男なんですよ、タピ岡祐次――いや、谷岡祐次って奴」

そう決め付ける私は、先日『谷岡珈琲店』において谷岡との間で交わした会話の内容を、いまさらながら彼に伝えた。本来なら、例の空き家の《探険》の直後にでも話せば良かったのだろうが、あのときは突然やってきた斉藤巡査に事情を語るので精一杯。その分、竹田津さんへの説明がおろそかになっていたのだ。

そこで私は、透明なカップに入ったタピオカミルクティーを谷岡祐次その人に見立てながら、彼との会話を完全再現する。当時の痺れるような緊張感が上手く伝わったかどうか定かではないが（たぶん伝わらなかっただろうが）、とにかく竹田津さんはそれなりに納得した様子。茶色い作務衣の腕を組みながら重々しく頷いた。

「なるほど。それで君、その店を《出禁》になったわけか。ひとつ謎が解けたよ」

「まあ、『おまえなんか出入禁止だ！』って面と向かっていわれたわけじゃありませんけどね。気まずいので、もうあの店にはいけません。――ちなみに、このタピオカミルクティーは、うちの近所で買ったやつですよ」

「そうかい。まあ、どうでもいいけど」といって竹田津さんは太いストローに口をつけると、カップの底に沈殿する黒いアレをスポポポポ……と勢いよく吸い込む。そして「ゲヘッゲヘッ」と咳き込みながら目を白黒。――下手クソか！

密かにツッコミを入れる私は、優越感を覚えながら自分の分を上手に飲んだ。

「ところで、つみれちゃん」竹田津さんは口許を拭いながら、「今回の事件、僕は途中から首を突っ込んだようなものだが、君は最初から事件の当事者だったわけだろ。なにせ風呂場の遺体を最初に見つけたのは、君と斉藤巡査なんだから」

「まあ、そうですね。少なくとも途中参加の竹田津さんよりは、相当詳しいですよ」

「だったら、いまさらだけど詳しい話を聞かせてもらえないかな。君が遺体発見に至った経緯を知りたいんだ。だって、いまだに僕は例の《覗き趣味の変態女子が風呂場の死体を発見した》という噂話しか耳にしていないんだからね」

「ホントに流れてますか、その噂!?　むしろ竹田津さんが自分で流しているのでは⁉」

「え、僕が？　つみれちゃんの悪い噂を？　いやいや、そんなわけないだろ」といって『怪運堂』店主はニヤニヤ。でストローを口にしてスポポポ……そして「ゲホッゲホッ！」

私はハァと溜め息をつくと、いまとなってはもう随分と昔に思える記憶の糸を手繰った。

「寺島さんの死体発見に至る経緯ですか。それを説明するには、まず寺島さんが『吾郎』に忘れ物をしたところから話さなくてはなりませんねえ……」

私は事の始まりから順序よく丁寧に説明した。寺島公一郎さんが『吾郎』に名刺入れを忘れたこと。翌日の夜に、それを届けにいったところ留守だったこと。そしてその翌朝、再び寺島さん宅を訪れた私は斉藤巡査と遭遇。二人で風呂場の死体を発見したこと――などなど。

それら一連の顛末を竹田津さんは真剣な表情で聞き入る。だが、その右手には、いかにもインスタ映えしそうなタピオカドリンクのカップが握られているので緊張感はイマイチだ。

やがて私の話が終わると、彼は腕組みしながら何事か考え込む仕草。そしてカップに残った茶色いドリンクをスポポポ……と一気に飲み干すと、今度はむせ返る様子もなく、畳の上にすっくと立ち上がった。私も慌てて腰を上げながら尋ねる。

「どこにいくんですか。――また《散歩》とか?」

竹田津さんが事件の最中、ふと思い付いたように出掛けていく《散歩》は、散歩であって散歩ではない。それは事件解決に繋がる重要な意味を持つ行動であることが多いのだ。

「うん、まあ、そうだね。散歩と呼ぶには近場すぎるけれど……」

そういいながら竹田津さんは小上がりから下りて、愛用の草履に足を通す。もちろん私も靴を履き、彼の《散歩》に付き合うことにした。

8

それからしばらくの後。民家の庭を眺めたり、寺院の境内を横切ったり、道行く猫を追い駆けたり、追い駆けられたり……何かと寄り道の多い竹田津さんの《散歩》は、やがてひとつの目的地に到着して、いきなり終了した。「やあ、ここだ、ここだ」と嬉しそうに彼が指差したのは一軒の民家。他ならぬ寺島公一郎さんの自宅である。

昭和の香りを残す二階建て住宅は、西に傾きかけた夏の陽射しを浴びながら、揺らめくように建っている。

その様子を眺めながら竹田津さんは呟くようにいった。

「そういや、この家もいまはもう空き家なんだな」

「だからって駄目ですよ、《探険》しようなんて思っちゃ！　またお巡りさん、呼ばれちゃいますよ」

私は好奇心旺盛な彼に一本太い釘を刺す。そして意外な思いで、茶色い作務衣の背中に問い掛けた。「それより竹田津さん、この家、以前から知っていたんですね」

彼は私に案内されることなく、この寺島邸にたどり着いたのだ。

「まあね。近所を散歩するとき、この家の前を通ることが、ときどきあるんだ。だが正確な方角まで意識したことは、いままで一度もなかったんでね」

と彼の口から奇妙な発言。私は眉根を寄せながら、

「方角⁉　何の方角ですか」

「何って、もちろん建物だよ。それと、例のアレも……」

そういいながら竹田津さんは小さな門を開けて、敷地内へと足を踏み入れる。

「ちょ、ちょっと駄目ですよ、《探険》は……でも例のアレって何ですか……」

湧き上がる興味には勝てず、結局、私も彼の背中を追うように敷地内に飛び込む。

竹田津さんはクラシックな懐中時計を取り出すと、「ふむ、午後五時か。そろそろ夕刻だな」と呟き、入道雲の湧く夏空を指差した。「太陽はアッチにある」

アッチでは判りにくいが、いま西に傾きかけた太陽は、ちょうど建物の裏手を照らしている。したがって私たちのいる玄関側は日陰になっている。

「つまり、この家は玄関側が東向き、建物の裏手が西向きというわけだ。――間違いないね、つみれちゃん？」

「ええ、そのとおりだと思います」私の記憶に従っても、やはりこの建物は東向きという印象がある。例えば寺島さんの遺体を発見した朝、この玄関は正面から燦々と朝日を浴びていた。だからブロック塀越しに敷地の中を覗き込む斉藤巡査の姿は、逆光の中にあった。その点から見ても、やはりこの建物は東向きだと断言できる。

だが、それがいったい何だというのか？　買う気なのか？　竹田津さんは空き家になったこの物件を買う気なのか？　だから日当たりを気にしているのか？　しかし日当たりとか気にする前に、事故物件であることは気にならないのか？　それに――

「いまある『怪運堂』の建物はどうするんですか？　売っちゃうんですか？」

「ん、何の話だい、つみれちゃん？」キョトンとして聞き返す竹田津さん。

「………」二人の間にシーンという間抜けな沈黙が数秒間流れた。「………」

やがて口を開いたのは、竹田津さんのほうだ。「まあ、いいや。とにかく玄関が東向きということは、例のアレは北側にあるってわけだ」

そういって彼が指差したもの。それはいまが盛りとばかりに咲き誇る薔薇の花だ。

玄関に向かって右手、つまり建物の北側に立つブロック塀に沿うようにして、棘のある枝を伸ばしている。死体発見の朝に見たのと、ほぼ同じ光景だ。

私は意外な思いで尋ねた。

「竹田津さん、この建物と薔薇の方角を確かめたくて、ここを訪れたんですか」

「そうだよ。この家の前は何度も通ったことがあるし、塀際に薔薇が植えられていることも記憶にあったけれど、その正確な方角まで意識したことがなかった。だから実物を見て確かめる必要があると、そう思ったわけさ」

「はあ……」しかし『思ったわけさ』といわれたところで、こっちはサッパリ訳が判らない。「薔薇の方角が何だっていうんですか。南向きに咲こうが北向きに咲こうが薔薇は薔薇でしょう。色も香りも違いはないはず」

「果たして、そうかな？」といって竹田津さんはニヤリ。

「はあ⁉」と私は首を傾げるしかない。

その前で竹田津さんは指を一本立てながら語った。

「実は、つみれちゃんの話を聞く中で、僕はひとつの違和感を覚えたんだ。それは何かというと、風向きなんだがね」

「ん、風向き⁉」

「そう。思い出してほしいのは遺体発見の前日の夜のことだ。君は忘れ物を届けようと思って、寺島さん宅を訪れた。その夜は例によって蒸し暑く、湿り気を帯びた南風が吹いていた。そういう話だったね？」

「ええ、確かにそうでした。熱気をはらんだジメッとした南風が……ん、南風……つまり南から北に向かって吹く風……」

私の中で僅かながら疑念が顔を覗かせた。信じていたものが、ぐらりと揺らぎはじめる。

竹田津さんは静かな口調で続けた。「そう。南からの風が北へ向かって吹いていた。北側、つまり薔薇の咲く方角へ向かってだ」

「そ、そうでした」

「そして君はその南風の中に濃厚な薔薇の香りを嗅いだわけだ。――だけど見たまえ。この家の庭で薔薇が咲いているのは北側の壁沿いだけ。南側に薔薇なんて咲いてないだろ」

竹田津さんは玄関に向かって左側、つまり南側を指差す。そちらのブロック塀は剝き出しで、付近にも薔薇はおろか花の類は、いっさい植えられていない。確かに、これは変だ。

「どういうことでしょうか。私は南風に乗って運ばれてくる薔薇の香りを、確かに嗅いだ記憶があります。でも南側に薔薇は咲いていない。じゃあ私が嗅いだのは、いったい何の匂いだったんでしょう……？」

「それは建物の南側に何があるかを調べれば判ると思うよ」

そういいながら竹田津さんは、玄関の前から左手に歩を進めた。建物の南側へと歩いていって角を直角に曲がる。そこに窓があった。磨りガラスの嵌まった小さな窓だ。それを指差しながら、竹田津さんは尋ねた。

「聞かなくてもだいたい判るけど、いちおう聞いておこうか。この窓は何の窓だい？」

答えなくてもだいたい判るだろうけど、私はいちおう答えた。「例のお風呂場の窓です。私と斉藤巡査は、この窓を開けて浴槽の遺体を発見したんです」

「うむ、確かに風呂場の窓らしいね。それが証拠に、ほら、窓の上にあんなものが付いている」

といって彼は頭上を指で示す。それは浴室の空気を入れ替えるための換気扇だった。

「死体発見の朝、この換気扇は回っていたかい？」

「そういえば回っていましたね」

「だとするなら、前の日の晩から回り続けていたとしても、おかしくはないわけだ」

「ええ、おかしくはありませんけど、それが何か？」

訳が判らず私が尋ねる。彼は自らの推理を語った。「換気扇によって外に吐き出される浴室の湿った空気。それが南風に乗って君のもとへと届いた。そして、その中に君は薔薇の香りを嗅いだんだ。ということは、その薔薇の香りの正体は……」

「えッ!?」瞬間、私の脳裏に思い浮かんだのは、死体発見の朝に見た赤い水。寺島さんの死体の沈んだ浴槽に張られていた、あの水だ。「ま、まさか……」

「いや、その《まさか》だと思うよ、つみれちゃん」

竹田津さんは確信を持った口調で断言した。「あの夜に君が嗅いだのは本物の薔薇の香りじゃない。薔薇の香りがする赤い入浴剤。それが溶かし込まれたお湯の匂いだったんだよ」

そして竹田津さんは私の顔を覗き込むと、「この意味、判るよね?」とひと言いって、意味深な表情を浮かべた。「そう、すべては逆だったんだよ……」

9

「な、なんだってえ！　薔薇じゃなくて、入浴剤の匂いだったってえ！」

カウンターの向こうで調理服姿のなめ郎兄さんが、目を剥いて驚きを露にする。

すでに閉店時刻を数分過ぎた『鰯の吾郎』。そのカウンター席に座る私は、昼間に竹田津さんから聞かされた推理について、理解力低めの兄に語って聞かせているところだった。

「しかしよ、そんな馬鹿なことってあるのか、つみれ？」

「いや、間違いないと思うよ、お兄ちゃん。そもそも庭に薔薇の花が百も二百も咲いているなら、そりゃあ濃厚な薔薇の香りもするだろうけど、寺島邸の塀際に咲いていた薔薇は十輪程度。たったそれだけの花の香りが、そこまで濃厚に匂うとは思えない。ならばむしろ、私が嗅いだのは人工的な匂いと考えるべき。ましてや風向きが逆なんだから、これはもう間違いない。それは換気扇から排出される入浴剤の匂いだったはず――って竹田津さんは、そういってた」

「なるほど、さっすが竹ちゃん！」なめ郎兄さんは感心したように腕組みしながら、何度も首を縦に振った。「うんうん、俺のマブダチだけあって、やっぱ竹ちゃん、頭いいなあ！」

「うん、まあ、そうだね」――ただし、向こうはお兄ちゃんのこと、《マブダチ》だなんて一回も呼んだことないけどね。むしろ大抵の場合《なめ郎の奴》って呼んでるけどね！

「ん、でも待てよ」

兄は組んでいた腕を解くと、カウンター越しに身を乗り出しながら聞いてきた。

「それって死体発見の前の日のことなんだろ。その日、つみれが寺島さんちを訪ねていったのは、午後九時過ぎだったはずだ。てことは、その時刻に寺島邸の風呂場の浴槽には、入浴剤入りの赤いお湯が張られていた。そういうことになるじゃねーか」

「そのとおりだよ、お兄ちゃん」入浴剤というものは、熱々のお湯に投入された直後が、いちばん香りを放つ。時間が経ってお湯が冷めるほどに、香りは立たなくなるものだ。ということは兄のいうとおり、その日の午後九時過ぎに、寺島さん宅の風呂場では熱々のお湯が沸いていたはず。そういう結論にならざるを得ない。

「でも変だと思わない？　そのとき部屋の明かりは一個も点いていなかったんだよ。私が呼び鈴を鳴らしても誰も返事をしなかったんだよ。それなのに、お風呂場では熱々のお湯が沸いていた。これって、どういうことだと思う？」

　問い掛ける私の視線の先。なめ郎兄さんはパチンと手を叩いて声を張った。

「そうか、判ったぜ。そのとき、寺島さんはもう湯船の中で溺れ死んでいた。事故とかじゃなくて、誰かに無理やり溺れさせられたんだ。そして、その誰かは部屋の明かりを消して、こっそり寺島邸を出ていった。つみれが寺島さんちを訪れたのは、その後だった」

「うん、そうだと思う……って竹田津さんもいってたから間違いないと思う」

「そっか。じゃあ前につみれが語っていた推理は間違いだったんだな。寺島さんが根津の空き家の風呂場で、バケツ一杯の水でもって溺死させられたって話は、ただの考えすぎだったわけだ」

「うん、まあ、そういうこと」――ていうか、考えすぎより、もっと悪い。実際のところ、私は犯人の策略にまんまと嵌められたのだ。

私は根津の空き家の風呂場に残された（実際は犯人がわざと仕込んだ）証拠の品々を見つけて、その場所こそが犯行現場であると推理した（推理させられた）。得意になった私は、その推理を竹田津さんに語り、やってきた斉藤巡査に語り、そしてなめ郎兄さんにも語った。だが、それは間違いだった。竹田津さんがいったとおり、すべては逆だったのだ。

「犯人は午後九時ごろに根津の空き家で寺島さんを殺害。そして午前三時ごろにその死体を谷中にある寺島邸の風呂場に運んだ――って、私はそう推理したけれど、実際はその逆だった。犯人は寺島邸の風呂場で寺島さんを殺害し、その髪の毛と風呂の水を根津の空き家のほうに運んだんだよ。深夜三時ごろに根津の空き家に人の気配があったのも、死体を運び出す際のものではない。それは風呂の水や髪の毛といった偽の証拠を運び入れる際のものだったんだよ。犯人は容器に詰めて持ってきた風呂の水をバケツにちょっとだけ注ぎ、髪の毛を排水口にちょっとだけ残すことによって、あたかもそこが真の犯行現場であるかのように見せかけたの。――で、それを偶然見つけた私は、犯人が期待したとおりの結論に飛びついたってわけ」

自嘲気味に呟く私。それを励ますように、なめ郎兄さんはいった。

「なーに、騙されたって仕方ないさ。つみれは警官でもプロの探偵でもないんだからよ。ただ斉藤巡査やら刑事さんたちまで、その偽の証拠に飛びついたのは、いただけない話だな。お陰で『谷岡珈琲店』のマスターが警察に連れていかれたってわけだ。てことは、つみれ、この犯人は谷岡さんに罪を擦り付けるために、こんな小細工をしたのか？」

「それも確かに、あったのかもね。だから、わざわざ珈琲店の近所にある空き家を選んだのかもしれない。だけど、このトリックのいちばんの目的は別のところにあると思う」

「何だよ、別の目的って？」

「犯人が死体を根津の空き家から谷中の寺島邸まで運んだ――そう思わせることで、ひとつの犯人像が浮かび上がるよね。当然、犯人は体力のある男性だろう。あるいは、そういう男性を共犯者にできる人物だろう。車も持っているに違いない。誰だって、そう考えるはず」

「確かにな。てことは逆に、真犯人はそういう条件に当て嵌まらない人物ってことか。だから、こんなトリックを弄して自分を安全圏に置こうとしたわけだ。じゃあ、ひょっとすると犯人は、か弱い女性かもしれないな。少しばかりの風呂の水と髪の毛を運ぶだけなら、女性にだって簡単にできる。体力も車も運転免許も必要ない……」

もっともらしい仮説を披露するなめ郎兄さん。その言葉を掻き消すように、そのときフロアの片隅でひとりの客が椅子を鳴らして立ち上がった。閉店時刻を過ぎた『吾郎』に最後まで残っていた、ひとり飲みのお客さんだ。私はその人物にも聞こえるよう、ハッキリと言葉を口にした。

「そう、そうなんだよ、お兄ちゃん。その可能性に気付いたとき、私、ひとつ思い出したことがあるの。——あ、ちょっと待って、綾香さん！」

呼び止められた最後の客、西崎綾香さんは伝票を片手にしながら、レジの手前あたりでビクリと立ち止まる。怯えた表情の彼女に、私はカウンター席から声を掛けた。

「ねえ、綾香さん、お勘定する前に、ひとつ聞いていい？」

「な、何よ、つみれちゃん……？」

問い掛ける綾香さんの表情が引き攣っている。なめ郎兄さんは釈然としない表情で、私と綾香さんの顔を交互に見やっている。私は彼女が今日も着ているベージュのサマーカーディガンを指差しながら問い掛けた。

「綾香さん、あの夜、カーディガンのポケットにペットボトル、入れてましたよね？」

「あ、あの夜って……」

「ほら、寺島さんちの傍の路地で偶然ぶつかった夜ですよ。カーディガンのポケットからペットボトルが転がって、綾香さん、慌ててそれを拾い上げましたよね。ラベルを見た感じでは、スポーツ系飲料みたいでしたけど」

「…………」

「でも、あれって中身は、お風呂の水ですよね。しかも入浴剤入りの」

だからこそ、あのとき綾香さんは転がるペットボトルを私に拾わせなかった。拾おうとする私の手よりも一瞬早く、彼女は自分の手でそれを拾った。拾われてしまったら、その中身が薄らと赤く染まった水であることに気付かれる恐れがあるから。いや、それよりも何よりも、手に持った瞬間、私はそれが温かいお湯であることに気付いたに違いないのだ。その最悪の事態を避けるため、綾香さんは懸命にペットボトルを拾った。いや、拾っただけではない。中身が普通のドリンクであることをアピールするため、必死の彼女は――

「あのとき、綾香さん、お風呂の水を飲んだんですね。敢えて私の目の前で……」

私の脳裏に蘇るのは、これ見よがしにペットボトルの中身をゴクリと飲んで見せる、あの夜の綾香さんの姿だ。あれは風呂の水だった。より正確にいうなら、寺島さんの溺死体が浮かんだ浴槽からすくい上げたばかりの汚れたお湯だったのだ。それは彼女の舌に、どんな不快な味わいをもたらしただろうか。

正直、感想を聞いてみたいと思ったが、しかし聞くほどの暇さえなかった。

突然、「うッ」と短い呻き声を発したかと思うと、綾香さんは伝票を放り捨てるようにして、両手を口許に当てた。そのまま床に両膝を突きながら、上体を前へと折り曲げる。見えない相手に懺悔するような彼女の姿。その口から漏れてきたのは、しかし懺悔の言葉ではなく、大量の嘔吐物と嗚咽の声だった。罪の意識か、緊張のあまりか、はたまた事件の夜に無理して飲んだ風呂の水を、いまさらこの場で吐き出そうというのか。いずれにせよ、彼女が自らの犯した罪を、嘔吐という形で吐き出していることは、誰の目にも明らかだった――

10

「なるほど、西崎綾香さんは事実上、罪を認めたも同然。そこで君はうなだれる彼女の首に縄を付け、警察に突き出して一件落着と相成った。そういうことだね、つみれちゃん？」

竹田津さんは器の上にてんこ盛りになったいちごのカキ氷を、端のほうから崩しながら問い掛ける。私はパイナップルのカキ氷を、てっぺんから攻めつつ答えた。

「違います。私はただ斉藤巡査を呼んであげただけ。綾香さんはあくまで自分の意思に従って、警察に出頭したんです。人聞きの悪いことをいわないでくださいね、竹田津さん」

　だが私の言葉に、なぜか彼からの返事はない。見ると作務衣姿の『怪運堂』店主は、顔をしかめながら首の後ろをトントンと拳で叩いている。カキ氷の想像以上の冷たさにやられて、後頭部がキーンとなっているらしい。

「くーッ、これこれ！　これぞ夏の醍醐味――」

　竹田津さんは身悶えしながら、さらにスプーン一杯の氷を嬉々として口に運んだ。

　事件解決から数日が経った平日の午後。場所は谷中で《行列の絶えないカキ氷屋さん》として有名な『ひみつ堂』から、さらに奥まった路地を進んだところにある、これぞまさしく秘密のカキ氷専門店、その名も『きみつ堂』。行列の絶えないどころか、行列なんてできた例がないほど知名度ゼロ水準の超穴場だ。

　谷根千ブームで大賑わいの『ひみつ堂』で秘密の話などできはしないが、そこへいくと『きみつ堂』は客が少ない分、重要機密を語るには都合がいい。

　私は事件に纏わる秘密の会話を――いや違う――機密の会話を続けた。

「要するに綾香さんは自首したんです。私が警察に突き出したんじゃありません」

　私はただ、彼女が『吾郎』の片隅で、ひとり飲みを楽しむところを見計らって、さりげなく事件の真相を語っただけ。そして結果として彼女の自白を引き出しただけだ。

　その私が語った真相というのも、元をたどれば竹田津さんの推理だから、これは彼がもたらした結末と呼んでも過言ではない。しかし、どこか他人事のように私の話を聞く竹田津さんは、いちごの果肉をスプーンで突っつきながら尋ねた。

「ところで、西崎綾香さんが寺島公一郎さんを殺害した動機は、何だったんだろう？　つみれちゃん、何か聞いているかい？」

　私は綾香さん本人から聞いた話や斉藤巡査から入手した情報などをもとに説明した。

「実は綾香さんと寺島さんは、もともと親しい飲み仲間。そこから発展して、最近はより深い関係にあったらしいんです」

「へえ。だけど確か、寺島さんは『谷岡珈琲店』の桐原茜さんに、ご執心だったはずだよねえ。なるほど。つまりは恋の三角関係。それが二人の火種になったわけか」

「三角関係というより二股です。寺島さんは二人の女性を両天秤に掛けていたんです！」

　私は憤りを露にしながら、目の前の黄色い果肉を口に運んだ。

「その火種がついに大きな憎しみの炎となったのが、あの事件の夜でした。二股の事実を知った綾香さんが寺島邸に押しかけたんですね。そこで二人は顔を合わせた。最初は二人で、お酒を酌み交わしながらの冷静な話し合いだったそうです。ところが徐々に感情的になり、やがて別れ話に発展。泣きじゃくる綾香さんのことを、寺島さんは『勝手にしろ』と突き放して、ひとり風呂場に向かったのだとか。――サイテーですね」

「いや、そう一方的に決め付けちゃ悪いだろ。ほとぼりを冷ます狙いがあったのかもしれないよ」

「そうですか。二股サラリーマンの肩を持つんですか。そうですか」――サイテー男の仲間ってわけですね、竹田津さんも！　心の中で《失格！》と書かれたレッテルを彼の額にバシンと貼り付けてから、私は話を続けた。「とにかく寺島さんは酒の入った状態で、ひとり風呂に入った。腹の虫が治まらない綾香さんも、風呂場に押しかけた。そして――」

「そして？　怒りに任せて寺島さんの頭をお湯の中に押し付けた――？」

「いえ、違います。湯船から投げ出されていた彼の両脚を摑んで、そのまま持ち上げたそうです。たちまち寺島さんの上半身は、お湯の中に沈みます。それでも怒りに我を忘れた綾香さんは、摑んだ両脚を放さなかった。気が付くと、寺島さんは上半身をお湯の中に沈めたままピクリともしない。そこで綾香さんは事の重大さにハッとなったそうです」

「ということは、まったく突発的な犯行だったわけだ。彼女は犯行後のことなど、いっさい何も考えていなかった」

「ええ、そのようですね。途方に暮れた綾香さんは最初、死体をどこかに捨てにいくことを考えたそうです。けれど体力もなく車もない彼女に、死体運搬などそもそも無理。そう思ったとき逆転の発想で考えついたのが、例のトリックです」

「犯行現場を別の場所だと信じ込ませれば、死体運搬の手段を持たない自分は容疑の輪から外れるのではないか――そう彼女は考えたんだね」

「そうです。そこで綾香さんはキッチンにあったスポーツ飲料のペットボトルに浴槽のお湯を詰めた。そして寺島さんの死体の頭から少量の毛髪を抜き取った。その二つを持って彼女は寺島邸を立ち去ろうとした。もちろん、指紋なども可能な限り消し去ってです。ところが、いよいよ玄関を出ようとする寸前、庭先に何者かの気配を感じた。――あの晩、忘れ物を届けにきた、この私です」

「うーん、そりゃ痺れるタイミングだねえ」

スプーンをくわえたまま、竹田津さんは腕組みだ。私は小さく頷いた。

「ええ。綾香さんは玄関にあった自分の靴を取って、こっそり裏の勝手口に回ります。そして、そちらから敷地の外に出た。ところがホッとしたのも束の間、角を曲がった直後に結局、彼女は私と鉢合わせ。弾みで大事なペットボトルを落っことし……」

「お陰で、彼女は飲まなくていいはずのものを、無理して飲むハメに陥ったというわけだ」

「ええ、後のことは、だいたい判りますよね。綾香さんは深夜まで『吾郎』にいた。でもベロベロに酔っ払ったりはしなかった。彼女には、まだやるべきことが残っていたんです」

「うむ、彼女は深夜三時ごろ、根津の空き家を訪れて、そこが真の犯行現場であるかのごとく偽装したわけだね。ペットボトルの赤い水と少量の毛髪によって。――ということは、その時間に目撃された《幽霊》の正体は、西崎綾香さんだったわけだな」

竹田津さんの言葉に、私は深く頷いた。すると彼の口から新たな質問。

「ところで、つみれちゃん、溺死体の死後硬直が不自然だったことについて、西崎さんは何といっていた？　やはりあれはスケキヨの見立てだったのかい？」

「………………」そんな馬鹿な！　私は首を左右に振りながら、「綾香さんは最初、寺島さんの死体に、浴槽の中で両脚を伸ばして入浴するポーズを取らせたそうです。このとき胸から上の部分はお湯の上に出ています。要するに、入浴する際のごく普通の恰好ですね。その状態で彼女はいったん寺島邸を後にした。その後、根津の空き家での偽装工作を終えた彼女は、その足で再び寺島邸を訪れます。このとき死体は硬直がかなり進んだ状態です。その伸びたまま硬くなった両脚を引っ張って上に向けてやれば、必然的に上半身が水中に没します。下半身は上向きです。こうして、あの不自然な溺死体が生まれたというわけです。それもこれも、実際の犯行現場がここではないどこか別の場所であると、そう思わせるために綾香さんが考えてやったことです。――ええ、スケキヨの見立てではありません。んなこと当たり前じゃないですか！」

「だよねえ」竹田津さんは丸い眼鏡を指で押し上げると、また目の前の赤く冷たい氷の山にスプーン一本で立ち向かった。「……にしても西崎綾香という女性、咄嗟の機転でそれだけの偽装工作を思いつき、実行に移すなんて相当に優秀……いや、相当に悪知恵の働く人物らしいね。恐ろしい女にも思えるけど、僕も一度くらいは会ってみたかったなぁ」

と感慨深げに呟く竹田津さんは、考えてみれば確かに、今回の事件で西崎綾香さんと直接顔を合わせてはいない。だが顔を合わさずとも、彼は風向きと薔薇の香りの矛盾点だけで、事件の構図を見事に反転させたのだ。綾香さんにしてみれば、竹田津優介こそは真に恐ろしい男であり、絶対に会いたくない相手だったのかもしれない。

山盛りのカキ氷を平らげ、存分に機密事項を語り終えた私たちは、揃って『きみつ堂』を出た。これから竹田津さんは『怪運堂』へ戻るという。

私は彼に向きなおっていった。

「そういえば、竹田津さん、たまにはうちにもきてくださいよ」

すると彼は意外そうに目を瞬かせながら、「は、何しに!?」

「いや、『何しに!?』じゃないでしょう。うち、居酒屋なんですから。それに、うちには竹田津さんの《マブダチ》もいますしね」

「ん、マブダチって誰？　つみれちゃんのことかい？」

「いえいえ、まさか……」出会って三ヶ月でマブダチは、さすがにあり得ない。「私じゃありませんよ。兄です、兄！」

「ああ、なんだ、なめ郎の奴か」やっぱり彼は兄のことをそう呼ぶようだ。「だったら、君の口から奴に伝えといてくれ、『おまえはマブダチなんかじゃない』って」

「いえませんよ、そんなこと！」いったら、なめ郎兄さん、泣いちゃいますよ！

私はハァと溜め息をつくと、諦めたように片手を挙げた。

「また何かあったら相談に乗ってくださいね。私が『怪運堂』に足を運びますから」

「ああ、いいよ。いつでもおいで」

そういって竹田津さんは、丸い眼鏡の奥で嬉しそうに目を細めるのだった。

第4話　夏のコソ泥にご用心

1

「――にしても、八月になってから毎日毎日、ホンマ暑いなぁ！　こうして東京都台東区にある谷中の町中を、ただ歩いてるだけでも、下手すりゃ焼け死ぬんちゃうかと思うわ。それも、そろそろ酒好き大学生にとっての憩いの時刻、午後四時からのハッピーアワーが始まる夕刻やっちゅうのに、いったい何十度あんねん？　まあ、あんたは自宅がアルコール飲み放題のドリンク・バーみたいなもんやから、《午後四時からアルコール類半額》の有り難みがイマイチ判らんやろうけど、私らみたいな貧乏大学生にとっては、そらもう、大助かりのシステムよ。しかも、こんな暑さの中で飲むビールは、きっと格別にきまっとる。こらもう、飲まないという選択肢はないなぁ！　ちゅうわけで私ら二人、共通の友人である宮元梓ちゃんを誘って、どこかの居酒屋か何かで冷たいビールを飲んで暑気払いやぁーって思ってんのやけど、それにしても梓ちゃん、アパートにいてるかなぁ？　メールも何もせんで、いきなり彼女の部屋まで向かってるところやけど、大丈夫やろか。でもまあ、おらんかったらおらんかったで、私ら二人で飲めばいいだけの話やしなぁ。けど、できれば三人で飲みたいなぁ。にしても暑いなぁ、ホンマに！」とD大学に通う友人、諸星千秋ちゃんは歩く速度と同様か、それ以上にスピード感のある喋りで一気に捲し立てると、隣を歩く私に同意を求めた。「――なあ、つみれちゃん？」

「う、うん、そうだね、千秋ちゃん。ホント毎日暑いね。できれば三人で飲みたいね。ハッピーアワーは有り難いね」

だけど、そんなことより何より、千秋ちゃんって、説明上手だね！　ここがどこで季節がいつで、いまが何時で、誰と誰が誰を訪ねて、どこに向かっているのか。その目的が何なのかまで、いまの千秋ちゃんの超さりげないお喋りによって、すべて何の不自然さもなく完璧に伝わったと思うよ。関西弁って凄いね！

友人に対して手放しの賞賛を送る私は、岩篠つみれ、現在ピッチピチの二十歳。この日の装いは、赤いTシャツに純白のスカート。長い髪をポニーテールにして、愛用のリュックを背負いながら古びた町並みを歩く姿は、谷根千界隈では《生まれたての仔猫よりキュート》と評判の現役女子大生だ。――いやいや、嘘じゃない嘘じゃない、ホントだから！

ちなみに、友人のお喋りの中では《自宅がドリンク・バー》みたいな話になっているけど、そっちは嘘。というか、あまりにテキトーすぎる説明だ。私の自宅はアルコール飲み放題サービスもやっている居酒屋。その名も『鰯の吾郎』という鰯料理の専門店だ。

だけど店を切り盛りする兄は、妹に対して飲み放題サービスを実施することは絶対ない。だから私だってハッピーアワーのお得感は充分に理解している。むしろ理解できないのは、大学でのサークル活動からの帰り道に突然、「そや、このへんに宮元梓ちゃんのアパートあるから、あの娘も誘って三人で飲みにいこーや！」と思いつきで暑気払いを即決し、メールも電話もしないまま、いきなり彼女の自宅アパートまで押しかけるという、千秋ちゃんの謎の行動力だ。――関西人って凄いね（それとも、これは諸星千秋って娘だけが持つ特殊なパーソナリティかしらん？）。

ちなみに、この日の彼女は黒のタンクトップに白のデニムパンツ。露出度高めのファッションだが、ベリーショートで男の子っぽい雰囲気の彼女が着ると、全然嫌らしさがない。あるいは色気がないともいえる。――可愛さでいうと仔猫の次ぐらい？

そんな彼女の背中を追いながら、私はいまさらながら微かな不安を口にした。

「ねえ、いきなり訪ねていって大丈夫かな？　だってほら、梓ちゃんって、なんかこう慎ましくて控えめで繊細でおとなしくって……」要するに、千秋ちゃんとは真逆のタイプじゃない？　いや、だからって千秋ちゃんのこと、図々しくて目立ちたがり屋でガサツでうるさいとか、私は全然思ってないんだけれど――いや、少しは思っているけど――つまり私がいいたいのは、「梓ちゃんに迷惑がられないかな？」

すると千秋ちゃんは私に向かって片手をヒラヒラと振りながら、

「んなこと心配ないない！　あの娘、ああ見えて、まあまあ図太いところあるんやから。それに私とも結構ウマが合うしね」

「そうなの？　へえ、意外だねー」

――でも、それって、千秋ちゃんが勝手に思っているだけなんじゃないの？

そんな疑念を払拭できないまま、やがて私は千秋ちゃんとともに目的地に到着した。

木造モルタルの二階建て低層アパート。古き良き昭和の香りを色濃く残す谷根千エリアにあっても、いまや絶滅危惧種と呼んでいい希少な建築物だ。

古びたアパートの門柱には、これまた古びた文字で書かれた『若葉荘』の看板が見える。築年数を考慮するならば、むしろ『落葉荘』の名前こそが相応しいとさえ思える、そんな老朽アパートだ。

建物の側面には外壁に沿うような形で、鉄製の外階段が延びている。

「梓ちゃんの部屋は、この二階な」

といって友人は目の前の階段を指差す。ウッカリ踏み外したなら、たちまちいちばん下の地面まで転がり落ちてしまいそうなほどの急階段だ。友人はスマートフォンを取り出すと時刻を確認しながら、「おっと、もう四時ちょうどやん。ハッピーアワー、もう始まってる時刻やん。こりゃ急がなアカンな……」

そういって軽快な足取りで階段を上っていく。私は悪い予感を覚えながら、

「ねえねえ、千秋ちゃん、気を付けてね。階段、踏み外さないでね。絶対、踏み外しちゃ駄目だからね。絶対、落っこちないでね。いい、絶対だからね。お願いだから絶対、落っこちないで……」

「待て待て！　つみれちゃん、『さっさと踏み外せ』って、そういいたいんか！」

「……ううん、なんで？」

全然そんなつもりはなかったのだが、彼女の耳にはそう聞こえたのだろうか。育った文化圏の異なる友人との付き合いは、愉快だけれど難しい。そんなことを思いつつ、私は彼女の背中を追うようにして、二階の外廊下にたどり着いた。

どうやら二階には四部屋あるらしい。外廊下に向かって、四つの玄関扉が等間隔に並んでいる。「梓ちゃんの部屋は、いっちゃん奥やでー」といって、友人は真っ直ぐ前を指差しながら外廊下を進む。そうして、たどり着いた二階のいちばん奥の部屋。《204号》と書かれた木製の扉の前で、私と千秋ちゃんは互いに目配せ。前に進み出た友人が扉の脇にある呼び鈴のボタンに指を伸ばす。

すると次の瞬間、思いがけず悲劇は起こった。

彼女の指先が呼び鈴のボタンに触れるより先に、目の前の扉が「バイ～ン！」とばかりに大きく開かれたのだ。それが、あまりに唐突すぎる「バイ～ン！」だったために、さすがの千秋ちゃんも咄嗟に対応することは不可能だったらしい。開いた扉に思いっきり鼻面をひっぱたかれた彼女は、「うをッ」と男子さながらの叫び声。そのまま数メートル後方に吹っ飛ばされると、外廊下の中ほどで尻モチをついて、さらに惰性で後方に一回転。結果、四つん這いになった彼女は「ア痛タタタ……」と苦悶の表情を浮かべながら右手で鼻を、左手で尻を押さえるに至った。

すべては一瞬の出来事だった。

一方、紙一重の差で難を逃れた私は、友人の百点満点のリアクションに『さっすが千秋ちゃん！』と内心で盛大な拍手を送りながら、たったいま開いた扉の中を覗き込む。やはりというべきか、そこに立つのは２０４号室の住人、宮元梓ちゃんだ。

これが彼女の部屋着なのだろうか、オレンジ色のポロシャツに朱色の短パンというラフなスタイル。性格と同様、控えめで派手さのない顔立ちの彼女だが、黒髪ロングのヘアスタイルは魅力的だし、意外にボリュームのある胸元は嫌でも男子どもの視線を惹きつける。

そんな彼女はサンダル履きで玄関から飛び出してくると、目の前の私に向かって、

「わッ、ゴメンね、つみれちゃん、痛かった⁉」

と両手を合わせて謝罪のポーズ。一方、外廊下に這いつくばった千秋ちゃんに対しては、「あれ、何やってるの、千秋ちゃん？　コンタクトでも落とした？」といって目をパチクリ。思わず私は苦笑いだ。

「違う違う……梓ちゃん、逆だからね、逆……」

するとと突然、梓ちゃんは慌てた表情になって「そ、そんなことより、大変よ、大変！」と普段は滅多に出さない大きな声。震える指先で自分の部屋を指差しながら、「どど、泥棒よッ！　わわわ、私の部屋に泥棒が出たのッ！」

まるで自宅のキッチンにゴキブリが出たみたいな言い方に思えるが、それを訴える彼女の顔は真剣そのものだ。「ええッ、嘘ッ、泥棒⁉」と私が叫ぶと、千秋ちゃんも慌てて立ち上がり、「ホンマかいな⁉」といって再び２０４号室に駆け寄ってくる。

すると次の瞬間、またしても目を覆うような悲劇が――

私たち三人の声に反応するかのように、お隣の２０３号室の扉が、これまた唐突に開かれたのだ。先ほどと同様、「バイ～ン！」と勢いよく開かれた扉は、ちょうどのタイミングで扉の前を通りかかった千秋ちゃんの身体を、やはり「バイ～ン！」と弾き飛ばす。予測不可能な展開に、無防備だった千秋ちゃんは再び「うをッ」と叫び声をあげると、あとはもう先ほどの再放送。だから詳細は省くけれど、とにかく彼女は再び外廊下で這いつくばりながら、またしても鼻と尻を同時に押さえるに至った。

「ア痛タタタタ……」

一方、彼女を弾き飛ばした張本人である２０３号室の住人は、歳のころなら二十代か。しかしながら大学生というよりは、むしろ社会人っぽい印象を醸し出した長身のイケメン男性だ。袖を捲った白シャツにグレーのルームパンツ。短く刈った髪の毛と凜々しい眉が真面目そうな印象を与える。そんな彼は端整な横顔に疑念の色を滲ませると、『あれ⁉　いま扉に野良猫か何か、ぶつかったかな……』というような表情。

だが、すぐさまお隣の２０４号室のほうを向くと、

「えッ、泥棒だって⁉　それ本当かい、宮元さん⁉」

どうやら２０４号室の玄関先で繰り広げられる私たちの騒々しい会話を耳にして、部屋から飛び出してきたらしい。梓ちゃんはイケメンの隣人に問われて、一瞬、戸惑いと気恥ずかしさが、ないまぜになったような表情。ポロシャツの裾の部分をギュッと握りながら、「え、ええ、本当なんです、松原さん……」

蚊の鳴くような声で梓ちゃんは答える。すると《松原さん》と呼ばれた彼は、自室の前を離れて彼女のもとへと駆け寄りながら、「そりゃ大変だ。それで大丈夫だったの、宮元さん？　怪我はなかった？」

だが、そんな彼の身体を無理やり脇に押しやるようにしながら、「ど、泥棒って、それ、いつごろ出たん？」そういって梓ちゃんの前に立ったのは、復活を果たした千秋ちゃんだ。「何分前？　いまかいな？　それとも――」

「えッ⁉　え、ええ、いまよ。そう、たったいま、窓から逃げていったの！」

「マジか！」

叫ぶや否や、千秋ちゃんは玄関に足を踏み入れると、「ちょっと失礼するで、梓ちゃん」といって乱暴に靴を脱ぐ。そして勢いよく室内へと飛び込んでいった。

私は頭を下げて玄関に入ると、丁寧に靴を脱ぎ、脱いだ靴を綺麗に揃えて、ついでに乱暴な友人の脱ぎ散らかした靴も揃えてあげてから、

「じゃあ、私もお邪魔しまーす」

「ぼ、僕も見せてもらっていいかい？」

戸惑いがちに松原青年が申し出ると、梓ちゃんは「ええ、どうぞ……」と伏目がちに頷き、青年を室内へと招き入れる。二人の間には、ある種の信頼関係があるらしい。隣人同士、互いの部屋を行き来する仲なのかもしれない。

そんなことを思いながら、私は短い廊下を進む。まずたどり着いたのは板張りのキッチン——というか、まさに《台所》という言葉がシックリくる三畳ほどの空間だ。そこからガラスの引き戸で仕切られた隣の部屋が、畳敷きの居室になっている。畳の上にはラグが敷かれて片隅にはベッドが置いてあるから、パッと見た印象は普通の1Kアパートの部屋と大差ない。ただ部屋の片側にある収納スペースが、お洒落なクローゼットなどではなく、ふすまで仕切られた押入れであるという点が、さすが昭和の物件だと思わせる。

その押入れのふすまは、なぜか不自然に半開きの状態になっている。そして部屋の

中はなんだか妙に薄暗い。２０４号室は角部屋なので居間には窓が二方向にある。ひとつは透明なガラスの嵌まった大きなサッシ窓。もうひとつは曇りガラスの腰高窓だ。だが、大きなサッシ窓は分厚いカーテンが三分の二ほど引かれていて、太陽の光を遮っている。部屋が薄暗いのは、そのせいだ。そして開いたカーテンの向こう側は、大きなサッシ窓が開きっぱなしだった。窓の外にベランダなどはなく、低い手すりがあるばかりだ。

ひと足先に室内に駆け込んだ千秋ちゃんは、その手すりから身を乗り出しながら、窓の向こう側を覗き込んでいる。そして窓の外と室内とを交互に見やりながら、

「その泥棒って、この窓から逃げていったん⁉ けど、ここって二階やん。その泥棒、ここから飛び降りたんかいな。え、え、それって、どんな状況⁉ 梓ちゃん、そいつの顔とか見たん⁉ 何か盗まれたものとかは⁉ 暴行されたりせんかったん……」

「ぼ、ぼ、暴行って！」――少しは言葉を選ぼうね、千秋ちゃん！

すると千秋ちゃんは顔の前で両手を振りながら、

「いやいや、べつに婦女暴行っていう意味じゃなくて、殴られたり突き飛ばされたりせんかったか――ていう意味よ、もちろん」

懸命に言い繕う友人に対して、梓ちゃんは首を左右に振って、

「ううん、暴力を振るわれるようなことはなかった。何か盗まれたかもしれないけど、

正直よく判らない……」

「そうなんだぁ」頷きながら、私もいちおう窓から外の様子を眺める。

そのサッシ窓は道路に面しているのではなかった。隣接するのは、住宅街でも最近よく見かけるコインパーキングだ。駐車場とアパートの間はブロック塀で仕切られている。おそらく飛び降りた男は、ブロック塀のこちら側に着地。アパートの敷地内を移動して道路に出たか、あるいは目の前の塀を乗り越えて、駐車場から道路へと逃げたか、そのどちらかだろう。ちなみに窓から地面までは、せいぜい三メートル程度の高さ。若い男性が勇気を奮えば、飛び降りるくらいは充分可能だろうと思われた。

すると同じ窓から外の様子を一瞥した松原青年が、被害に遭った隣人にあらためて向きなおる。そして真剣な表情で問い掛けた。「要するに、ここで何が起こったの？詳しく説明してもらえると有り難いんだけど……」

「あ、だけど、その前に！」私は青年の言葉を中途で遮ると、愛用のスマートフォンを取り出す。そして梓ちゃんに尋ねた。

「とりあえず警察に通報したほうがいいんじゃないかしら。たったいま逃げたのなら、その泥棒って、まだこの近所にいるはずだから」

私の当然過ぎる提案に、被害に遭った友人は長い髪を揺らしてコクンと頷いた。

2

それから時間は慌しく過ぎ去った。私が一一〇番通報すると、真っ先に『若葉荘』にすっ飛んできたのは、警察コントなどでお馴染みの白い自転車。サドルに跨って懸命にペダルを漕ぐのは、谷根千界隈にその人ありと謳われる若き公僕、斉藤巡査だ。

――この町には、この人以外の警察官はひとりもいないのかしら？

と思わず溜め息をつく私。一方、斉藤巡査は斉藤巡査で、私の姿を目にするなり、「あれ、またつみれちゃんか!?」といって呆れた表情。「最近、つみれちゃんとは事件のたびに顔を合わせているような気がするけど、いったいどういうこと？　なんでこう、君の周囲で事件がたびたび起こるんだい？」と不思議そうに首を傾げる。

まるで事件頻発の原因が、こちらにあるかのような言い草だ。思わずムッとなった私は、「知りませんよ、そんなこと。私だって好きで事件に関わっているんじゃありませんから。事件のほうが私に寄ってくるんですから……」と不満をブツブツ。

そんな私はもちろんのこと、諸星千秋ちゃんと宮元梓ちゃん、その隣人である松原智仁さん（それが彼のフルネームだということは、後で知ったことだが）、以上四名の関係者は現場保存を最重要課題とする斉藤巡査の手で、たちまち２０４号室から追い出された。

やがて所轄署の捜査員なども続々と現場に集結して、あたりは物々しい雰囲気。被害者である梓ちゃんが質問攻めに遭う一方で、私も私服刑事から事情聴取を受ける。

結果、私と千秋ちゃんが解放されたのは、燦々と輝いていた真夏の太陽もすっかり姿を隠した夜のこと。ハッピーアワーの時間帯はとっくに過ぎ去り、いまはもうどの店も通常営業の《アンハッピーアワー》だ。もちろん女子三人で暑気払いという計画もパア。行き場を失った私と千秋ちゃんが、嫌々ながら他にこれといった選択肢もないので仕方なくテキトーに選んだ店は、他でもない――『鰯の吾郎』だった。

こうして『吾郎』の縄暖簾をくぐった私たちは、ようやく念願かなって冷たいビールにありついた。カウンター席に陣取って、「プッハ〜ッ」「クゥ〜ッ」「このビールの最初のひと口が〜」「ホンマたまらんわぁ〜」とオッサンみたいな感想を漏らす女子大生二名。

だが、この店をチョイスした以上、陽気に楽しく飲んでばかりもいられない。

「おい、つみれ、噂は俺の耳にも届いているぞ。今度は窃盗事件だそうだな」

カウンター越しに身を乗り出しながら、興味津々の面持ちで尋ねてくるのは、包丁一本でこの店の厨房を守る孤高の料理人、岩篠なめ郎。この世でたったひとり、どこに出しても恥ずかしい私の兄だ。彼は私と友人の姿を交互に見やりながら、

「で、その泥棒ってのは捕まったのかい？」

「まだだよ、お兄ちゃん。そんなにアッサリ捕まるわけないじゃない」

「そうか。まあ、そうだよな」なめ郎兄さんは、自分と同じ名前の名物《鰯のなめろう》の小皿を私たちに差し出しながら、「で、要するに、どういう事件なんだ、つみれ？　この俺にも判るように、詳しく簡単に話せよ」

「……詳しく簡単に？」兄はときどき無茶(むちゃ)をいう。

ハァと溜め息を漏らした私は、「判った。じゃあ簡単に話すね。被害に遭った梓ちゃんがいうには……」といってジョッキのビールをグビリとひと口。そして友人から聞いた話を忠実に再現して語った。「梓はね、夏休み期間中はカキ氷屋さんでバイトしてるの。今日は午後三時までのシフトだったの。それでね、バイトを終えた梓は、午後三時半ぐらいにアパートに帰り着いたんだけどぉ……」

「おいおい、どうしたどうした、つみれ⁉」

「梓ちゃんの声真似とか、必要ないやろ！」

「え、そう……？」

ひょっとして伝わりづらかったかもしれないけれど、私は宮元梓ちゃんの言葉を完璧な声帯模写とともにお届けしようとしていたのだ。「駄目？　似てない？」

「似てへん！　そもそも彼女は自分のことを、『梓はね』とか絶対いわん娘や」

「それも、そっか」納得した私は声帯模写を断念すると、私自身の通常の発声でもって、友人の発言内容を忠実に伝えた。「要するに梓ちゃんは午後三時半ごろには『若葉荘』の204号室に戻ったの。そのとき部屋の鍵はもちろん掛かっていた。梓ちゃんは持っている鍵で扉を開けて室内に入った。そのときも特に異状らしい異状は感じなかったんだって」

「うむ、それで？」

「梓ちゃんは畳の間でベッドにもたれながらスマホを弄ったりしていた。そうするうちに三十分ぐらい時間が経って、ついに迎えた運命の午後四時ちょうど……」

「つまり私らが、梓ちゃんの部屋を訪ねた時刻やね」と隣で千秋ちゃんが補足説明。

「ふんふん」と頷いた兄は私のほうを向いて、「その時刻に何が起きたんだ？」

「それがさ、もうほとんどホラーなんだけどね」

と前置きして、私は衝撃の事実を告げた。「まったりとくつろぐ彼女の目の前で突然、押入れのふすまが開いたんだって！」

「ふすまが開いた⁉　え、押入れの中に誰かいたってことか」

「そういうこと」私は小皿に盛られた鰯のなめろうを箸で摘んで口に運ぶ。そして、またビールをひと口飲んでから続けた。「つまり、梓ちゃんが帰宅した午後三時半の時点で、そいつはすでに合鍵か何か使って204号室に侵入を果たしていたんだね。

ところが、そこに梓ちゃんが戻ってきたものだから、犯人は大慌て。咄嗟の判断で押入れに身を隠した。——とまあ、そういうことだったんじゃないかって、あの斉藤さんがいってた」

「斉藤!? アイツのいってることじゃあ、イマイチ信用できねえなあ」と、なめ郎兄さんは辛辣な物言いだ。「まあいいや。で、押入れから逃げてった泥棒って、どんな奴だったんだ?」

「男だったことは間違いない。一瞬見ただけだから、よく判らないけれど、体形は特に太っているわけでもなく、痩せているわけでもない。白いTシャツに黒いズボンを穿いていたんだって。年齢的にはたぶん若い人だろうって、梓ちゃんはいってた」

「顔は? その娘、男の顔は見なかったのかよ?」

「うん、見てないって。というより、見られなかったんだよ。その男、マフラーを顔に巻いて素顔を隠していたんだって。マフラーは押入れの中に仕舞ってあったものを、犯人が拝借して顔を隠すのに利用したんだろうって……」

「それも斉藤巡査がいってたのか。だったら信用できないな」

「ううん、違うよ、お兄ちゃん。これは梓ちゃんが自分でいってたこと。押入れはクローゼットの役目も果たしていたから、中には冬物のマフラーが仕舞ってあったんだって」

「そうか。じゃあ、間違いないな」と今度は素直に頷く兄。

「なんでなん？　あのお巡りさん、なんでそんなに評価低いん？」千秋ちゃんは不思議そうに私と兄を交互に眺めながら、「あのお巡りさん、この店で食い逃げでもしたんかいな？」

いや、千秋ちゃん、そういうわけじゃないから——私は苦笑いしつつ、逸れかけた話題を元に戻した。「要するに、その泥棒はマフラーで顔を隠しながら、捨て身の逃走を図ったってこと。だって、いつまでも押入れの中に潜んでいられないもんねえ」

私の言葉に、隣の友人が「ホンマ、ホンマ」と繰り返し頷く。「むしろ、その状況でよう三十分ほども我慢しておられたわ。よっぽど我慢強いか、あるいはよっぽどの変態やな、その男。きっと、ふすまの僅かな隙間から梓ちゃんの様子を盗み見て、逃げ出すタイミングをいまかいまかと計りつつ、その一方で女子大生の油断した生態を眺めながら、密かにニヤニヤしとったんやで。——ホンマ最悪。マジで変態や！」

「うん。まあ、そういうことだろうね」

と私もアッサリ頷いて、無事に犯人は《最悪の変態》として認定された。

なめ郎兄さんは同じ男性として、なんだか居心地の悪そうな顔をしながら、

「で、押入れから飛び出した男は、それからどうしたんだ？」

「男は脇目もふらずサッシ窓へ向かい、自らの手で窓を開けた。そこで顔を覆ったマ

フラーを放り捨てると、次の瞬間、手すりをヒラリと飛び越えて……」

「ほう、飛び越えて……？」

「で、それっきり」私はまたビールをひと口。そして低い声でいった。「そのまま、どこかへ消えちゃった。『下人の行方は、誰も知らない』……ってわけ」

「まさに、太宰やなぁ」といって、千秋ちゃんは自分のビールをゴクリ。

この愉快な友人が、わざとボケているのか本気で間違えているのか、サッパリ判断がつかない私は、悩んだ末に結局この発言をスルー。『吾郎』の店内に微妙な空気が流れた後、なめ郎兄さんが、あらためて私に尋ねた。

「で、梓ちゃんって娘は、どうしたんだ？」

「小さな悲鳴はあげたみたいよ。だけど大声で『ドロボー』って叫ぶような真似はしなかった。まあ、驚きと恐怖のあまり、声もあげられなかったってところだろうね。それで彼女は慌てて玄関から外に飛び出した。そしたら偶然そこに私と千秋ちゃんがいて、開いた玄関扉が千秋ちゃんの鼻面にバイ～ンって……確か、そんな流れだったよね、千秋ちゃん？」

「あ、ん、まあ、そうやったな……」隣の友人は当時の痛みがぶり返したように、指先で鼻の頭を掻く。実際には、いまいった出来事の直後にもう一度、彼女の鼻は同様の災難に遭遇しているのだが、そこまで兄に話してあげる必要はないだろう。

こうして私はひと通り、事件について語り終えた。

カウンター越しに話を聞き終えたなめ郎兄さんは、「なるほどな」と頷いて再び身を乗り出す。「てことは結構、微妙なタイミングだったわけだな。つみれと千秋ちゃんが、ちょうどその２０４号室を訪れようとしていた、まさにそのとき、その部屋の押入れから泥棒が姿を現して、窓から飛び降りていった。いわば、その泥棒とつみれたちとは、入れ違いになったってわけだ」

「うーん、《入れ違い》って表現が的確かどうか、よく判らないけれど……でもまあ、実際そんな感じだったのかもね、千秋ちゃん？」

「そやな。私らが外階段を上りながらワイワイいっとったころ、２０４号室では梓ちゃんと泥棒とが運命のご対面をしとった。おそらく、そんなところやろ」

確かに兄がいったとおり、それは実に微妙なタイミングに違いない。私たちの到着が、もう少し遅かったなら、私たちは窓から飛び降りた直後の犯人とバッタリ路上で遭遇していたかもしれない。逆に、もう少し到着が早かったなら、私たちと梓ちゃんが玄関で会話を交わす隙に、犯人は悠々と押入れを出て窓から逃げることができただろう。その場合、梓ちゃんは泥棒に入られたこと自体に気付かず、事件そのものが闇に葬られていた可能性すらある。なぜなら、梓ちゃんが確認したところによると、彼女の部屋から盗まれたものはゼロ。具体的な窃盗被害は、いっさい何もなかったのだ。

その事実を兄に告げると、彼は眉間に皺を寄せながら、

「それじゃあ、何か⁉　結局そいつは何も盗らずに逃げちまったのかよ」

「そういうことみたい。実際、梓ちゃんが一瞬見た犯人は手ぶらだったんだって。だから厳密にいうと、これは窃盗事件ではなくて、窃盗未遂事件と呼ぶべきだろうね」

「そうか。しかし未遂だろうが何だろうが、窃盗犯は窃盗犯、コソ泥はコソ泥だ。そんな奴が、この町をほっつき歩いているとなると、やはり心配だな」なめ郎兄さんは表情を険しくしながら、また別の質問。「その犯人、どっち方面に逃げたのか、判らないのかよ？」

「さあ、それが全然……」

「うん、サッパリや……」

私と千秋ちゃんは揃って首を左右に振る。

と、そのとき突然――「ちょいと待ちなぁ！」

背後から響く男の声。私と友人は首を捻るようにして、声のした方向をチラリと一瞥。一瞬の間があってから再びカウンターに向きなおると、

「犯人、どこに逃げてったんだろうね……」

「もう、近所にはおらへんのかもなあ……」

何事もなかったかのようにジョッキを傾けながら、私たちは事件の話題に戻る。

すると、余計な気を回したなめ郎兄さんが声を潜めて、「おい、あのお客さん、つみれたちのこと呼んでるみたいだぞ。おまえらの知り合いじゃないのかよ？」

「そんなわけないじゃない。全然知らない男よ！」

「私も知らん。お兄さんの馴染みの客と違うん？」

「俺も知らない。あんな《ギターを持った渡り鳥》みたいなことという客は初めてだ」

「おいおいこらこら、誰が《ギターを持った小林旭》だって!?」

再び男の声が背後から響く。振り向くと男はテーブル席から立ちあがり、自分の胸に手を当てながら、「これでも耳はいいほうなんだ。あんたらの会話、俺の耳には、ちゃんと聞こえてるんだぜ！」

——本当にちゃんと聞こえてる？　誰ひとり《小林旭》とはいってないんだけどさ。

内心で首を傾げながら、私はあらためて男の姿をマジマジと観察する。

悪趣味としかいいようのないドクロ柄の黒いTシャツに、あちこち破れまくったダメージジーンズ。本物の爬虫類が腰に巻きついているのでは、と錯覚しそうなヘビ革のベルト。そこから銀色のチェーンがジャラジャラとぶら下がっている。ひとつひとつのアイテムに恨みはないが、全体的に見ると正直ダサい。

——きっと、私たちと同じ大学に通う男子に違いない！

根拠のない直感で、私はそう確信する。そんな彼のテーブル席には黒いギターケースが立てかけてある。それを指差しながら、千秋ちゃんが彼に尋ねた。

「あんた何者なん？　プロのミュージシャンか何か？」

「いや、違う。俺はD大学に通う普通の学生だぜ」

残念ながら、私の直感はズバリ的中だった。実際、うちの大学はファッションセンスに欠ける男子が多すぎる。実に悲しむべきことだ。が、それはそれとして――

「あなた、千秋ちゃんに何か用でも？」

「あんた、つみれちゃんに何ぞ用かいな？」

私たちは、ここぞとばかり譲り合いの精神を発揮。互いの顔を指差しながら男に問い掛ける。するとドクロTシャツの男は、「おまえら二人に用があるんだよ」と最悪のひと言。私と千秋ちゃんは横目でアイ・コンタクトしながら揃って溜め息だ。

それをよそに、なめ郎兄さんは、『俺は厄介な客の相手は御免だぜ……』とばかりに、ひとり厨房の奥へと姿を消す。

一方、厄介な男はハイボールのグラスを手にしながら、私たちの陣取るカウンター席に歩み寄る。そして唐突に口を開いた。

「さっきのあんたらの会話、聞かせてもらったぜ」

「勝手に聞くなーや」

「盗み聞きサイテー」

「自然と耳に入ったんだよ！　盗み聞きじゃねーぜ。いいから俺の話を聞け！」

男は立ったまま、手にしたグラスからハイボールをグビリとひと口。そして意味深な口調でいった。「実はよ、俺、心当たりがあるんだ」

「え、心当たりって⁉」悔しいけれど彼の言葉に興味を惹かれた私は、ホントに悔しいけれど彼に問い返した。「何の心当たりなの？」

「その泥棒だよ。あんたらの友達の部屋から逃げてった奴。白いＴシャツに黒いズボンを穿いた若い男だ。時刻は午後四時ちょうど。確か、そんな話だったよな？」

「うん、そのとおりだけど……え、まさか……？」

私と千秋ちゃんは半信半疑の面持ちで互いに顔を見合わせる。

するとと男は私たちの目の前で、再びハイボールをひと口飲むと、

「ああ、知ってるぜ。俺は見たんだ。逃げていく怪しい男の姿を、この目でバッチリとな。――ああ、あれは確かに午後四時ごろのことだった。だから間違いないぜ。この話、詳しく聴きたいか？」

悠然と胸を張りながら、男が問い掛ける。その顔はもちろんのこと、彼のＴシャツに描かれた悪趣味なドクロまでもが、何だか得意げな表情をしているように、私には思えた。

3

ドクロTシャツの男は、諸星千秋ちゃんの隣に腰を下ろす。そしてTシャツの胸を親指で示しながら、「板山純二ってんだ」と勝手に名乗りを上げた。『板山』というのはドクロの名前？　それともこの男の名前かしらん？　まあ、おそらくは後者なのだろうと推定して、私たちは彼の話を聞くことにする。

遠くの景色でも見るような目をしながら、男は口を開いた。

「そう、あれは忘れもしない、今日の夕刻のことだったぜ……」

「そら、忘れへんやろ。つい数時間前のことなんやから」

いきなり千秋ちゃん得意のツッコミが炸裂する。

話の腰をヘシ折られて、男はムッとした表情。「いいから黙って聞け！」とカウンターを拳で叩いて強引に話を続けた。「D大学の部室で午後を過ごした俺は、ギターを背負って大学を出ると、ひとり谷中の町をブラついた。夕刻とはいえ、まだまだ夏の陽射しは厳しくて鬼のように暑い時間帯だ。やがて狭い路地の角に暇そうな三毛猫を見つけた俺は、そこにしゃがみ込んだ。ちょうど日陰になっていてな、涼しい風が吹いていた。俺はスマホで三毛猫の写真を撮りつつ、タピオカミルクティーなど飲みながらボンヤリとそこで涼んでいたわけだ。――写真見るか？」

　こっちは『見たい』とも『見せて』ともいっていないのだが、彼はいそいそと自分のスマートフォンを取り出し、嬉々として画面に指を滑らせる。やがて「ああ、これだ、これ」といって示された画面上には、確かに彼の言葉どおり、茶色いタピオカドリンク越しに写る三毛猫の姿。それを見るなり千秋ちゃんは、

「あんた、見た目はロッカーやのに、やってることはインスタ映えを気にするギャルみたいやなー」

「んなことねーだろ！　そもそも俺、インスタとかやってねーし」

「そうなんだ……」だったら、この写真はナニスタ映えを狙ったやつなの？　私は首を傾げながら画面を見詰める。背後に写り込んだ景色などから、撮影場所の見当はおおよそ付いた。「ここの角って、宮元梓ちゃんのアパートから歩いて百メートルくらいのところだね」

「そやな。だいたい歩いて百メートル。まあ、走っても百メートルやけど」

「そだね」と苦笑いして頭を掻く私。いずれにしても『若葉荘』から、そう遠くない場所であることは間違いない。「で、あなた、この場所で怪しい男を見たっていうわけ？」

「そういうことだぜ」と板山は頷いた。「見たなんてもんじゃない。そいつは角の向

こう側から走ってきて、偶然そこにいた俺のことを、危うく蹴(け)っ飛ばしそうになったんだ。そう、道端にしゃがみ込んで三毛猫にスマホを向けている、この俺をだ。咄嗟に声をあげた俺は、すっ転びながら思わずシャッターを切った。そのとき撮れた写真が、これだ」

　彼はスマホ画面に別の写真を表示して、私たちに差し向ける。そこには逃走する男性の後ろ姿がタピオカドリンク越しにバッチリと写っている。

　私は思わず感嘆の声をあげた。「凄ぉーい。まさに映えだね、映え！　タピオカと逃走犯の綺麗なツーショット写真！」

「けど、あんた、この状況でもタピオカドリンクは、しっかり死守するんやなー」

「そりゃそうさ。これ買うのに、どんだけ並んだと思ってんだ」

　そういって彼は得意げに胸を張る。私は千秋ちゃんと顔を寄せ合いながら、

「ねえ、わざわざ行列に並んで買ったみたいだよ、あの人」

「ホンマ痛い奴やなー。もはや『痛山』やなー。『痛山純二』やなー」

「ん、なに密談してんだ、おまえら？」痛山、じゃない板山は怪訝(けげん)そうに首を傾げながら、「タピオカは偶然、写り込んでいるだけだから関係ない。それより、この男の恰好(かっこう)を見ろよ。白いTシャツに黒いズボンを穿いてるだろ。おまえらの話に出てきたコソ泥と同じ服装だ」

「ホントだ」と呟きながら、私はあらためて画面の中の男性を見詰める。まるで白いTシャツの背中に《逃走中》と書かれた文字が見えるようだ。「う〜ん、怪しいこと、この上ないね」

「そやな」と頷いた千秋ちゃんは、しれっとした顔で彼に尋ねた。「ところで『痛山』クン、この男って、この後どっち方面に逃げてったんやろ？」

「そりゃ谷中銀座方面だぜ」彼は自分がニックネームで呼ばれているとは気付きもせずに、真顔で答えた。「きっと人ごみに紛れようという魂胆だ。コソ泥の考えそうなことさ」

確かに夏休み真っ只中のこの時期、谷中銀座商店街は熱中症覚悟で決死の散策を試みる勇者たちで溢れ返っている。犯罪者が身を隠すには、うってつけの環境かもしれない。もっとも、人ごみに紛れる前に、こんな写真を撮られてしまったことは、当人にとって大きな計算違いだったろうけれど――「ところで、この写真って何時に撮ったものか、判る？」

「撮影時間なら、ここに出てるだろ。――ほら、午後四時だ。正確には四時一分」

そういって彼は画面上に示された撮影時刻を指差す。確かに、そこには《16：01》の表示がある。板山純二が逃走中の男性と遭遇したのは、午後四時を一分だけ過ぎたタイミング。そのことに間違いはないようだ。私は隣の友人に確認した。

「私たちが梓ちゃんの部屋を訪れたのは、ちょうど四時だったよね、千秋ちゃん?」

「そやな。アパートの階段を上るときにスマホの時計を見たから間違いない」

「じゃあ時間的にもピッタリってことだね」

私たちが梓ちゃんの部屋を訪れる直前に、コソ泥は彼女の部屋の窓から地上へと飛び降りている。そこから路上に出た犯人は、谷中銀座方面を目指して逃走。約一分後には現場から百メートルほど離れた路地の角で板山純二とバッタリ遭遇し、そこで写真を撮られた。それが午後四時一分というわけだ。充分あり得る話に思える。それより何より男の着ていた服が、梓ちゃんの見たコソ泥と一致しているのだ。確かに板山が遭遇した怪しい男は、逃走中のコソ泥だったに違いない。

そう確信した私は、いまさらながら彼に聞いた。

「ねえ、この話って、まだ警察には話していないはずだよね?」

「はあ、警察になんて話すわけないだろ。そんな窃盗未遂事件が起こってるなんてこと、俺はおまえらの話を聞いて、初めて知ったんだからよ」

「うん、当然そうだよね。だったら、いまから警察にいって、その話、お巡りさんの前でしてあげたほうがいいんじゃないかな。――ねえ千秋ちゃん?」

「そやな。重要な目撃証言かもしれん。それに写真もあるし」

「え!? け、け、警察って……」板山はたちまち怖気づいたように首を左右に振りながら、「い、いや、俺は、ほら、警察とか嫌いだから……」

「まあ、そやろな。好きそうなタイプには見えへん」

「うん、警察だって、きっとこのタイプは嫌いだよ」

「畜生、余計なお世話だぜ！」

　板山はムッとした顔をアサッテの方角に向けながら、「とにかく俺は警察なんて絶対いかないからな。べつにコソ泥ひとり、捕まろうが逃げおおせようが、俺には関係ねえしよ」と、哀しいくらいに雑魚キャラっぽい台詞を口にする。

　私はふいに店の入口へと視線を送りながら、「そう、じゃあ、べつにいいよ、警察なんていかなくても……」といって席を立つ。次の瞬間、引き戸を開けて店内に姿を現したのは、白い開襟シャツ姿の見慣れた常連客だ。私は大きな声で彼を歓迎した。

「ああ、なんだ斉藤さん！　近所の交番に勤務する斉藤巡査じゃないですか。ちょうど良かった。まあ、聞いてくださいよ。実は私がつい最近、知り合いになったギター好きの大学生のことなんですけど……」

「え、巡査？　てことは警官！」と、そのとき突然、バシンとカウンターを叩く音。直後にすっくと立ち上がったドクロTシャツの男は、自ら斉藤巡査のもとに歩み寄る。そして何を思ったのか、ピンと真っ直ぐ親指を立てながら、「ちょっと、お耳に入れておきたい耳より情報があるんですけど、よろしいですか。いや、ここでお会いできて良かった。僕としても、わざわざ交番にいく手間が省けましたよ」

「え、なに、どーいうこと!? ちょっと、つみれちゃん……こいつ、誰!?」

斉藤巡査は間近に迫ってくるドクロTシャツを指差しながらキョトンだ。

私は『痛山』クンの変わり身の早さに、唖然とするばかり。

隣で千秋ちゃんはボソリとひと言。「親指立てる意味が判らんわ……」

4

「――とまあ、そういうわけなんです」

といって私はグッと親指を立てる仕草。諸星千秋ちゃんがこの場にいたなら、やはりボソリとひと言、『意味が判らん……』と呟いたかもしれない。私はその手をちゃぶ台に伸ばし、ガラスのコップを手に取る。茶色い液体をひと口啜ると、それは生ぬるい麦茶だ。話が長すぎるあまり飲み頃を逃した、というわけではない。私の前に差し出されたとき、すでにそれは日向に放置された牛乳のごとく生ぬるい飲み物だったのだ。私はゴクリと喉を鳴らしてから、いままでの話を締めくくった。

「こうして『痛山純二』クンは、自らの強い意志でもって斉藤巡査の前に名乗り出ると、自分の言葉で重要な目撃談を語ったのでした」

「ふぅん、《自らの強い意志》ねえ」呟くようにいって、丸い眼鏡を掛けた作務衣姿の三十男が苦笑いを浮かべる。ちゃぶ台を挟んで対角線上に座る彼――もっとも、円形のちゃぶ台に対角線なんてないのだけれど――とにかく私の真正面であぐらを掻いている彼は、自分のコップに手を伸ばしながら、「どうも、つみれちゃんの話を聞く限りでは、その板山君とやら、自分の意志で名乗り出た雰囲気ではないね。無理やり仕向けられた匂いがプンプンするけど」

「そんなことありません。彼は社会正義のために進んで斉藤巡査に協力を申し出たのですから。やっぱり彼のような人間にもあるんですね、悪を憎む正義の心が」

「そうか。じゃあまあ、そういうことにしておこうか」曖昧に頷いた彼は、手にしたコップを傾けて茶色い麦茶をズズッと啜った。「――ん、随分とぬるいな、この麦茶!?」

「竹田津さんが自分で淹れたんですよ」思わず私は呆れた声を発した。

場所は谷中の某所。細い路地と路地とがぶつかり合った挙句に、複雑骨折したかのごとくに入り組んだ一角。揺らめく陽炎の中、幻のように建つ一軒の古い木造二階建てがある。

その一階にて、ひっそり営業中の開運グッズ専門店。看板に書かれた店名は『開運堂』――ではなくて『怪運堂』。その店内は魔除けの札やお守りや、水晶玉に龍の置物、果ては不気味さしか感じない巨大招き猫に至るまで、様々なアイテムを取り揃えた、まさに開運グッズの玉手箱状態だ。

それなのに、どうしてこの店内では、こうも閑古鳥ばかりが鳴いているのか。私はグッズの開運効果に疑問を抱かざるを得ない。

そんな店舗のいちばん奥。畳敷きの小上がりに置かれたちゃぶ台を挟んで、私が向き合う相手こそは『怪運堂』店主、竹田津優介さんだ。手にした団扇(うちわ)をパタパタやりながら、丸いレンズ越しの視線をこちらへと向けている。そして話の続きを催促するように、彼は口を開いた。

「で、斉藤巡査はどうしたんだい？ 板山君の目撃談を聞いて、その謎の男を捜したんだろ。それで、どうなったのかな。男は見つかったのかい？」

「ええ、見つかったそうです。斉藤さんが見つけました。そのように斉藤さんが自分でいっていましたから、間違いはありません」

「そうか。じゃあ他の警官が見つけたのかもしれないな」といって『怪運堂』の店主はニヤリと意味深な笑み。「まあ、誰が見つけたって、べつに構わない話だがね」

――だったら、斉藤さんが見つけたって話にしておいてあげたら良いのでは？

そう思ったけれど、とにかく私の周囲の大人たちの間で、斉藤巡査の評価はそれほど高くはないというか何というか、ハッキリいって相当低い。竹田津さんは質問を続けた。

「で、僕に相談したいことって何だい？　つみれちゃんのことだ、わざわざこの店を訪ねてくるからには、疑問というか腑に落ちないというか、とにかく何か納得いかない部分を感じているんだろ。それで僕の知恵を借りにきたってわけだ。違うかい？」

「いえ、違いません。さすが竹田津さん、よく判りましたね」

「そりゃ判るとも。なにしろ、君が単なる客として、この店に開運グッズを買いにきた例など、過去に一度としてないんだからね」

「あれ、そうでしたっけ⁉　なんか意外……」記憶が曖昧なフリをする私はアサッテの方角に視線を向けつつ、内心では『シマッタ、バレたか』と舌を出す。そして再び彼へと視線を戻すと、何食わぬ顔で事件の話を続けた。「実はですね、その怪しい男は見つかったことは見つかったんですが、どうやら逮捕には至らなかったらしいんですよ」

「ん、『逮捕には至らなかった』ってことが、つみれちゃんになぜ判るんだい？」

丸い眼鏡の向こう側から涼しげな眸が問い掛ける。私は単純極まる答えを口にした。

「だってその男、昨日うちにきましたから。ひとりで『鰯の吾郎』に。しかも、わざわざ白いTシャツに黒いズボンを穿いた恰好で。いったい何しにきたと思います、その男？」

「飲み食いしにきたわけではないんだね。——ははん、だったら判った。《自分のことを容疑者として警察に垂れ込んだ憎きドクロTシャツの男》を捜しにきたんだな。きっと誰かがその男に耳打ちしたんだろう、『ドクロTシャツの男なら〈吾郎〉って居酒屋に出入りするのを見かけたよ』とか何とか」

「ピンポ～ン！　正解です」

やはり『怪運堂』店主は話が早い。「その男、警察に見つけられて容疑者扱いを受ける中で、なんとなく気付いたんですね。『ははん、自分が疑われているのは、あのとき路地で蹴っ飛ばしそうになったアイツのせいだな』って具合に。それで、ひと言文句をいってやろうと思ってドクロTシャツの男を捜し回り、やがて『吾郎』にたどり着いたというわけです。もちろん私は『さあ、あの青年、どこの誰だったかしら』って全力でトボけましたけど」

実際には《D大軽音楽部所属の板山純二》という程度の情報は持っている。だが、それを無闇に教えてしまっては変なトラブルに巻き込まれかねない。だから私はトボけたのだ。

「そしたら、その男、こんなものをくれました」財布を取り出した私は、中から一枚の名刺を摘み上げながら、「その男、『もしも、ドクロTシャツの男が再び店にきたなら、ここに連絡をくれ』と一方的に言い残して店を出ていったんです」

そう説明しながら、私は貰った名刺を竹田津さんに手渡した。

「ふうん、『フリーライター豊岡武志』か。これが容疑者の名前ってわけだ」

竹田津さんは白い名刺を手の中で弄ぶように眺める。私は溜め息まじりに答えた。

「さあ、その人を容疑者扱いしていいのか否か、いまとなってはよく判りません。宮元梓ちゃんの事件とは、まったく無関係な人物という可能性も大いにありますから」

「うむ、少なくとも警察は、そう判断したんだろうね。だからこそ逮捕には至らなかった」

「ええ、そもそも、この豊岡という男が板山君に対して不満を抱くということ自体、彼の無実を示している。そんな気もするんですよね。おそらく本人には強い思いがあるんでしょう、『俺は何もやってない』という思いが。だから豊岡は板山君に腹を立てている――」

「――みたいなフリを豊岡は演じているだけ。実際は彼こそが正真正銘、梓ちゃんの部屋から逃げ出したコソ泥だった。そういう可能性もあるかもだ。板山君のことを懸命に捜しているのは、目撃者である彼の口を密かに封じるためとか――はははッ」

「あはははッ、意外とそうなのかも！」

「ははは、はは、はッ……」満面の笑みは徐々に不安な表情へと変化。やがて竹田津さんはブルッと身体を震わせると、「うむ、冗談いってる場合じゃないかもな」

そういって、また麦茶をひと口。カタンと音を立ててガラスのコップをちゃぶ台に置くと、身軽な動作ですっくと立ち上がる。そして彼は不思議そうな顔の私に、こう提案した。

「つみれちゃん、もうちょっと冷えた麦茶を飲みにいかないか。ここの麦茶は不味いだろ」

「はあ、確かに……」でも、それはあなたが自分で淹れた麦茶ですよね⁉

私は思わず眉根を寄せる。それをよそに作務衣姿の店主は、また新たな《散歩》へと出掛けるべく、いそいそと外出の準備を始めるのだった。

5

夏物らしい七分袖の作務衣を纏い、足許は涼しげな草履。ジャパニーズ・トラディショナルな恰好の竹田津優介さんが古びた趣の谷中の町を歩くと、西洋から訪れた観光客たちは誰もが大喜びだ。どうやら彼の姿がニンジャかサムライ、もしくはカラテ家か何かに見えるらしい。竹田津さんのことを遠巻きに眺めたり、指を差したり写真を撮ったり――

そんな様子を見るにつけ、『あなたがいま撮影した、あの被写体は単なる開運グッズ専門店のマスターですよ。カンフーマスターとかじゃありませんからね』と真実を教えてあげたい気持ちになるが、《開運グッズ専門店》を英訳できない私は、何もいえないまま尻込みするしかない。

――実際、何ていうんだろ。《ラッキーグッズショップ》かしらん？

一方、竹田津さんは、いったいどこで習ったのか――おそらく、どこでも習っていないのだろうけど――得意げにカラテのポーズなどを披露しては海外勢との友好を深め、彼らの勘違いをより強固なものにすることに余念がない。

私はうっかり同じ写真に写り込むことのないようにと思い、少し離れたところを歩きながら彼の《散歩》に付き合った。

最初に向かった先は谷中の中心街からは少し外れた住宅地。鉄筋三階建ての小洒落たアパートだ。『カーサ谷中』という名に見覚えがある。名刺に書かれていたアパート名だ。

「まずは豊岡武志に会おうってわけですね」私は共同玄関をくぐりながら、「でも豊岡、いますかね。いや、仮にいたとしても、私たちに会ってくれますかね？」

「なーに、大丈夫さ。こっちは豊岡が飛びつくエサを持っているんだから」

そういって竹田津さんは階段を上がって、三階の一室の前に立つ。そこが名刺に書かれた豊岡の部屋だ。呼び鈴を鳴らすと、やや間があってから玄関扉が開かれた。

顔を覗かせたのは歳のころなら三十代か。下はカーキ色のハーフパンツ、上は白のランニングシャツ——けっしてタンクトップなどというお洒落な衣服ではない。正真正銘、オッサンが愛用する下着であるところのアレ——を、だらしなく着た中肉中背の男性だ。ボサボサの長い髪の毛と腫れたような目許、疲れた感じの顔色に特徴がある。昨日、『吾郎』にやってきた彼、豊岡武志に間違いなかった。

豊岡は玄関先に現れた作務衣姿の男を見て、「はぁ!?」と怪訝そうな表情。しかし隣に立つ可憐な美少女の姿を目に留めると、「ああ、昨日の居酒屋の娘さんだね」と半分だけ腑に落ちた様子で頷いた。「どうしたんだい？ この僕に何か用でも？」

「ええ、実はお耳に入れたいことがありましてね」と答えたのは可憐な美少女ではなくて、丸い眼鏡の彼だ。「確か、あなた、ドクロTシャツを着てギターを抱えた、若いラッケンローラーをお捜しのはずですよね？」

「あ、ああ、そうだ。ラッケンローラーかロックンローラーかは知らないけれど、確かに捜してるよ、そういう男を。——ところで君は何者だ？ この娘のお兄さんかい？」

「んな馬鹿な。冗談じゃない！」竹田津さんは突如として声を荒らげた。「なんで僕がなめ郎の奴と間違われなくちゃならないんです！ そりゃ酷い。あんまりだ。そんなことというなら僕はあなたに何も教えず、このまま帰りますよッ。それでもいいんですかッ」

妙に強気に出る竹田津さん。それをフリーライターの男が慌ててなだめた。

「ま、まあまあ、落ち着けよ、君。なんかよく判らんが面白そうだ。とりあえず話を聞こうじゃないか。――あ、ちょっとだけ待っててくれよ」

いうが早いか、豊岡は部屋の奥に身を隠す。そのまま待っていると、やがて彼はすっかり着替えて戻ってきた。上は迷彩柄のTシャツ、下は例によって黒いズボン。正確にいうなら、すっかり穿き古して、あちこち擦り切れたブラックジーンズだ。

「近くに行きつけの店があるんだ。そこで話を聞かせてもらおうか」


こうして『カーサ谷中』を出た私たち三人は、そこから数分歩いたところにある一軒の喫茶店に入った。『サントス』という名の古びた純喫茶だ。カウベルの鳴る扉を押し開けて店内に足を踏み入れる。フロアに満ちるのは、芳醇（ほうじゅん）な珈琲（コーヒー）の香り。窓際のボックス席に収まると、エプロン姿の女性店員が水とおしぼりを持ってきてくれた。

さっそく竹田津さんはメニューに書かれた品々に目を通す。そして不満そうに口を開いた。

「ああ、店員さん、この店のメニューに冷えた麦茶はないのかい？　え、ない？　そうか、ないのか。じゃあ仕方がないね。――それじゃあ僕はホット珈琲を！」

——冷えた紅茶では駄目なんですか、竹田津さん？　アイスのウーロン茶もありますけど？

視線でそう訴えながら、とりあえず私はアイス珈琲を注文。豊岡も同じものを頼んで、待つこと数分。注文の品が届くのを待って、豊岡は竹田津さんに顔を向けた。

「君は、あのドクロTシャツの男を知ってるんだな。だったら教えてくれ」

「いいですけど、それを知って、どうするんですか。口封じでもする気ですか？」

「口封じ⁉　はは、そんな物騒な真似はしないさ。僕にやましいところなんて、ひとつもないからね。——そうだな、もし奴の居場所が判ったなら、とりあえず直接会って猛烈抗議してやりたいな。あの男が余計なことを警察に吹き込んだお陰で、危うく僕は《女子大生の部屋に忍び込んで下着をあさる変態のコソ泥》ってことに、されかかったんだから」

「ほう、下着をあさったのですか。それは男らしい……」

男らしさって何だろ？　首を傾げる私の前で、豊岡は慌てて首を左右に振った。

「あさってねーよ！　そもそも忍び込んでもいない。すべて濡れ衣なんだよ。事実、警察だって最終的には、僕の無実を認めてくれたわけだからな」

「そう、そこがよく判らないんですよねぇ」私は素朴な疑問を口にした。「豊岡さんは、どうやって自分の無実を警察に認めさせたのですか。パッと見た感じ、怪しい人なのに……」

「うむ、僕もまったく同じことを思っていたよ、つみれちゃん」

「そんなに怪しいか、僕は!?」

豊岡はムッとした顔で、Tシャツの胸に右手を当てた。「正確なところは判らないが、たぶん僕にはアリバイが成立したんだろうな。だから警察はそれ以上、僕を疑うことはできなかった。そういうことだと思うぞ」

「ふぅん、だったらお聞きしますけど」私は豊岡に尋ねた。「宮元梓ちゃんの部屋にコソ泥が入った日の午後四時ごろ、豊岡さんはどこで何をしていたんですか」

午後四時一分なら、現場から百メートルほど離れた路地で板山純二と遭遇していたことが、ハッキリ判っている。知りたいのは、それ以前の行動だ。実は午後四時ちょうどの時刻、豊岡は『若葉荘』にいたのではないか。そんな興味を抱きながら答えを待つ私の前で、フリーライターの男は堂々と胸を張った。

「あの日の午後は、ひとりで自分の部屋にいた。纏めなきゃいけない芸能記事があったんでね。ふと気付くと時刻は午後四時に近づいていた。あの日は夕方から新宿に出て映画を一本観る予定でね。上映開始時刻から逆算すると、午後四時になる前に部屋を出なきゃ間に合わない。そこで僕は仕事を切り上げると、慌てて部屋を飛び出して駅へと急いだ。ああ、そうだよ、あのドクロTシャツのロックンローラーと衝突しそうになったのは、僕が駅へと走る、その途中で起きたアクシデントだ。あの時点で四時を少しばかり過ぎていたからな。僕もかなり焦っていたんだよ」

「そうですか。でも、それって何のアリバイにもなっていないような……？」

「確かにな。これだけなら、僕が適当な話をでっち上げていると思われても仕方ないだろう。ところがだ、実をいうと僕はあのドクロTシャツのロックンローラ……」

「板山君です！」痺れを切らした私は、知っている情報の一端を開示した。「もう面倒くさいから、『板山』って名前で呼んであげてください」

「そうか、判った。その板山って奴だ。そいつに出くわす直前に、僕は別の人物と偶然路上で出会ったんだよ。その人は僕の知り合いの女性なんだが、彼女と遭遇したのが、ちょうど午後四時だったってわけさ。ああ、そりゃあ間違いない。その人が、『どうしました、そんなに慌てて？』って聞いてくるから、僕は足踏みしながら『四時過ぎの電車に遅れそうなんだ』っていって時計を見た。そのときが、まさに午後四時ってわけだ」

「それ、証拠になりますか？　だって時計を見たのは、豊岡さんだけですよね」

「いや、僕だけじゃないぞ。彼女も時計を見た。むしろ彼女のほうから僕に教えてくれたんだ、『もう四時ですよ』ってね」

「その女性って、どちらの方なんですか」

私が尋ねると、意外なことに豊岡は「ほら、そこにいるじゃないか」といって店の一角にあるカウンターを指で示す。そこに佇むのは、先ほど注文を取りにきてくれたエプロン姿の女性だ。「サントスの店長さんだよ。芹沢涼子さんっていうんだ」

いきなり名前を呼ばれて、女性店長はビックリした様子。カウンターを出ると、

「わたくしに何か……？」と不安そうな顔で、こちらのテーブルへと歩み寄ってくる。

そんな芹沢涼子に豊岡が尋ねた。

「ねえ、涼子さん、この前、警察に聞かれて答えたことを、もう一度この人たちの前で話してほしいんだ。ほら、『若葉荘』で事件が起こった夕刻の一件さ。あのとき僕と涼子さんは、この店の前で偶然に出くわしたよね？」

「ええ、そうでしたね」芹沢涼子は人の好さそうな笑みを私たちへと向けながら答えた。「私がお店の前で打ち水をしていると、そこへ豊岡さんがいらっしゃったんです。随分慌てているようで、ほとんど小走りといった感じでした。擦れ違いざま私が『どうなさったんですか、そんなに慌てて？』と尋ねると、振り向いた豊岡さんは『四時過ぎの電車に乗り遅れそうなんだ』みたいなことをおっしゃいます。それで私は店内の時計を指差して教えてあげたんです。『四時って、いまがちょうどその時刻ですよ』と。それを聞いた豊岡さんは泡を食った様子で片手を挙げると、『それじゃ、また』とひと言いって、そのまま走り去っていかれました。ええ、間違いありません。店内

の時計というのは、あれのことです」

そういって芹沢涼子は柱に掛かるアンティーク時計を指で示した。

「見てのとおり年代物の柱時計ですけど、毎日、きちんと時刻を合わせていますから正確ですよ」

さっそく竹田津さんは作務衣の懐から自分の時計——見るからに古ぼけた外見の懐中時計なのだが——それと店の時計とを見比べながら頷いた。

「ふむ、なるほど正確だ」

「ふぅん、そうですかー」と素直に頷いた私は、その直後——いや、待て待て。決めつけるのはまだ早い！　そう思って慎重になった。そもそも、この店のアンティーク時計が正確かどうかを、下手すりゃもっとアンティークかもしれない竹田津さんの懐中時計で確かめるというのは、いくら何でも信憑性に欠けるやり方ではないか。そこで私は、念のため自分のスマートフォンを取り出す。そしてデジタルの時刻表示と柱時計の文字盤とを何度も見比べ、結局は彼と同じ結論に至った。「うーん、確かに正確なようですねー」

「ん、つみれちゃん、いま君、何を疑ったの？　ひょっとして僕の懐中時計を馬鹿にしてる？」

「いえいえ、そんなつもり全然、ぜーんぜん！」と私は片手を振って全力の作り笑顔。

そんな私たちを見やりながら、豊岡は勝ち誇るように胸を張った。

「ほらね、君がいうようにコソ泥が現場の窓から逃走したのが午後四時ならば、それは僕じゃない。僕はその時刻に、この店の前を通りかかっていた。そして、いうまでもないことだが、ひとりの人間が同じ時刻に二つの場所に姿を見せることは、絶対に不可能だ。これで判っただろ、すべて濡れ衣だってことが。——さあ、それじゃあ、今度はこっちの番だな。例のドクロTシャツの男について教えてもらおうか」

豊岡はテーブルの向こうで身を乗り出す。私と竹田津さんは互いに目配せ。そして彼のほうが渋々ながら口を開いた。

「ええ、教えます。教えますとも。ただし厳重抗議ぐらいにしてあげてくださいね。駄目ですよ、口封じとか、野蛮なことを考えちゃ——」

竹田津さんの言葉に、豊岡はムッとした顔で答えた。

「口封じなんかしないさ。だって僕は犯人じゃないんだから！」

6

豊岡武志には喫茶『サントス』を出たところで別れを告げた。その後、私と竹田津さんの足は、自然と事件現場である『若葉荘』へと向けられた。『サントス』から

『若葉荘』までは実際に歩いてみると、案外近い。

「ゆっくり歩いて三分といったところですね」

「うむ、走れば一分ぐらいでいける距離だね」

ちなみに板山純二が豊岡と遭遇した角から『若葉荘』までは、やはり走って一分も掛からない程度の距離だ。要するに三つの地点は、お互いそれほど離れてはいない。ただし三つの地点は直線上に一列になって並んでいるわけではなく、谷中の町中に大きな三角形を描く位置関係にある。

竹田津さんは目の前に建つ二階建てアパートを見上げながらいった。

「仮にコソ泥の正体が豊岡だとした場合、午後四時にここから逃走した彼は、同じ時刻に『サントス』の店先で女性店長と言葉を交わし、なおかつ四時一分に路地の角で板山君と遭遇したことになる。それではあまりに忙しすぎるだろう。時間的に見てあり得ない」

「だから警察は豊岡を無実と認めたわけですね」

「まあ、いままでの話を総合すると、そういうことになるね。――ところで宮元梓ちゃんの部屋というのは、どの部屋なのかな？」

こっちです、といって私は彼を案内した。外階段を上がり、廊下を奥に向かって進むと、その突き当たりが梓ちゃんの部屋だ。窓から飛び降りた男の目撃情報がないのは、この死角になりやすい現場の状況にも原因があるのだろうが――「ちょ、ちょっと、ちょっと、竹田津さん、何してんですか！」

階段をゆっくり上がっていく作務衣の背中を、私は大慌てで呼び止めた。階段の途中で立ち止まった彼は、むしろ不思議そうな表情で私を見下ろすと、「ん⁉　何って、ちょっと現場を見せてもらおうかと思って……」

「だ、駄目ですよ、相手はピチピチの女子大生なんですから！」

「はあ⁉　そういう君だって女子大生だろ。ピチピチかどうかは知らないけれど」

失礼な！　私はもちろんピチピチだ。そりゃもう特に肌なんかピッチピチである。だが問題はそこではない。「梓ちゃんに会うつもりですか？　竹田津さんが直接？　で、私はいったい何て説明すればいいんですか、竹田津さんのこと？」

「ただの知り合いでいいのでは？　あるいは開運グッズの店をやってる男とか……」

「不自然ですよ。きっと奇妙な関係だと疑われますって！」

「なーに、大丈夫。梓ちゃんは、そんな娘じゃないよ」

「会ったことないでしょ、梓ちゃんに！」

「やあ、そういえばそうだっけ」竹田津さんはノホホンとした笑みを浮かべながら、長い髪の毛を指で掻き上げた。「でもまあ、仕方ないじゃないか。実際、僕とつみれちゃんは奇妙な関係に違いないさ。だって奇妙な事件が起きたときだけ、君は僕のところにやってくるだろ。なにしろ、君が単なる客として、僕の店に開運グッズを買いにきた例など、過去に一度としてないんだから――って、あれ!? この話、さっきもしなかったっけ!?」

「はい、再放送……」

聞きたくない、とばかりに両耳を掌で押さえてパフパフさせる私。そんな私の耳に背後から突然飛び込んできたのは、可愛らしい女性の声だ。

「あれッ、つみれちゃん?」

えッ――と思って振り返ると、目の前に立つのはコンビニのレジ袋を提げた宮元梓ちゃんだ。涼しげな空色のブラウスにモスグリーンのロングスカート。驚いた表情を浮かべる彼女は、私と竹田津さんの姿を交互に見やりながら、やはり不思議そうに聞いてきた。「ええと、こちらの方は、どなた……あ、ひょっとして何度か噂で耳にしたお兄さん……?」

「いえ、違います。なめ郎の奴とは一緒にしないで――」

その点だけは譲れない、とばかりに竹田津さんは首を真横に振った。

そんなわけで、私と竹田津さんは宮元梓ちゃんの部屋、204号室にお邪魔することとなった。私は友人として、竹田津さんは《私の兄の知り合い》という微妙な存在としてだ。

部屋に入るなり、竹田津さんは興味深げにサッシの窓やカーテンや押入れの位置などを確認。

一方の梓ちゃんは突然現れた三十男に関心があるらしく、小声で私に聞いてくる。

「ねえ、あの人、何者？　ひょっとしてつみれちゃん、あの人とお付き合いし……」

「してないから！　付き合ってないから！」

やはり奇妙な関係だと映ったらしい。友人の疑念を私は完全否定したが、それでも梓ちゃんは、「うん、判った。他人の好みは、それぞれだもんね。それに、よく見れば恰好いいと思うよ、彼……」と無理やり余計な褒め言葉を付け加えたりするので、私はやっぱり何か勘違いされている気がする。

そんな中、噂の渦中にある竹田津さんは、私たちのガールズトークに頓着（とんちゃく）する様子もなく、サッシの窓枠に手を掛ける。そしてガラッと音を立てて、窓をいっぱいに開け放った。

「何してるんですか、竹田津さん、エアコンの冷気が逃げちゃいますよ」

私は咄嗟に声をあげる。それでなくとも、電気代節約のためか、それともエコロジーの実践か、梓ちゃんの部屋の設定温度は若干高めである。窓を開け放てば、たちまち窓辺の空気は《常温》になってしまう。

そう思った私が彼へと歩み寄ろうとする寸前——

何を思ったのか竹田津さんは窓の外の低い手すりを跨ぐ恰好。その姿は、会社の資金繰りに行き詰まった挙句、いっそこの世にサヨナラを告げようとする零細企業経営者そのものだ。悪い予感を覚えて、私は慌てて叫ぶ。

「わッ、早まっちゃ駄目ッ！」

だが結局、彼は《早まった》。私の叫び声より一瞬早く、手すりの向こう側に身を投げたのだ。

「きゃあああぁぁぁ——ッ」思わず悲鳴をあげる私。

その隣で梓ちゃんは、まあまあ冷静な調子で「わぁ、飛び降りたぁ」と呆れた声。すぐさま窓辺に駆け寄ると、「大丈夫ですかぁー」と手すりから身を乗り出し、地上に向かって呼び掛ける。その声に緊迫感はまるでない。それはそうだ。なぜなら、ここは二階建ての低層アパート。『怪運堂』店主がどんな覚悟で飛び降りようが、よっぽど下手な落ち方をしない限り、死ぬことはない。

まあ、死なないきゃいいってものでもないのだけれど——と心の中で呟きながら、私も遅ればせながら窓辺へ。そして、こわごわと真下を覗き込む。

案の定というべきか、身を投げた店主は無傷のまま地上に佇んでいた。

平気へーき——というように呑気に片手を振って無事をアピールしている。私はホッと胸を撫で下ろしてから、思わず大きな声をあげた。「もう何やってんですか。駄目ですよ、他人の家の窓から飛び降りちゃ！」

「自分の家の窓からでも駄目だと思うよ、飛び降りって……」

と梓ちゃん。その発言はまったく正しい。そのとき真下から質問の声が届く。

「ふと思ったんだが、犯人の奴、靴はどうしたんだろう？　靴を履いたまま部屋に忍び込み、靴を履いたまま窓から飛び降りたんだろうか」

そういう彼の足許は白い足袋を履いているだけの恰好だ。私は窓辺で首を傾げた。

「確かに裸足だと窓から飛び降りることはできても、逃げることは難しいかもね。道を歩けば、きっと変な目立ち方をするはず。――そのへん警察は何かいってなかった、梓ちゃん？」

「靴を履いたまま犯人は部屋に侵入したんだろうって」

「でも、それだと部屋中に犯人の靴跡が残ってなくちゃ、おかしくないかしら？」

「うん、だから犯人は靴跡を残さないように、侵入する際に靴底を丁寧に拭くか、もしくはビニール袋などで靴をすっぽり覆った状態で侵入したんだろうって」

「そっか。確かに玄関で靴を脱ぐ泥棒ってのも変だしね」大いに納得した私はあらためて窓から顔を突き出すと、下向きに声を発した。「聞こえましたかー？　そういうことらしいですよー」

地上に立つ竹田津さんは指でOKサインだ。「判ったよ。まあ、だいたいそんなところだろうと、僕も思う。——ところで、つみれちゃん」といって彼は自分の足許を指差しながら、「悪いけど、僕の草履を持ってきてくれないか……いや、まあ足袋でも歩けないわけじゃないけどね……ああ、うん、判った、やっぱり、このまま歩いて戻るよ……」

「なに勝手に諦めてるんですか！　持っていってあげないなんて、私、ひと言もいってないですよね。いいから、そこにいてください！」

念を押した私は、ひとり窓辺を離れると、彼の草履を手にして204号室を出た。外廊下を進み、階段を駆け降りる。そのとき建物に面した道路をアタフタと駆けてくる、ひとりの男性の姿があった。立ち止まって目を凝らすと、七十代ぐらいの老人だ。こちらの注意を引こうとして、大きく片手を振っている。何らかの緊急事態を訴えようとしているらしい。一方では竹田津さんが草履の届けられる瞬間を待っているわけだが——しかしまあ、優先順位でいうなら、当然お年寄りのほうだろう。

私は竹田津さんについて放置プレイを決め込むと、自ら老人に駆け寄った。

「どうしました、おじいちゃん⁉　何かあったんですか」

「ああ、何かあったなんてもんじゃない。大変だよ。まただ。また二階の窓から男が飛び降りたんだ。今回はハッキリ見た。忍者みたいな怪しい恰好をした男だ！」

「忍者みたいな……怪しい男⁉」それって、たぶん……いや、間違いなく……

「それ、僕のことですよ」

と私の背後から、唐突に響く男性の声。振り向くと、なかなか草履が届かないことに痺れを切らしたのだろう、竹田津さんは足袋を履いただけの足で、私のすぐ後ろに立っていた。作務衣を着た彼のことを指差しながら、老人は両目をパチクリ。そして大きな声をあげた。

「おお、そうじゃ、あんたじゃ！　なんだ、じゃあ今回は事件ではないんだな。前回、わしが見た怪しい男はコソ泥だったそうだが……」

「ん、前回って……⁉」

「え、見たって……⁉」

老人の意外な言葉に、私と竹田津さんは思わず顔を見合わせた。

7

「なるほどー。確かに、このベランダからだと、梓ちゃんの部屋の窓が綺麗に見えますねー」

額に手をかざしながら、私は数軒先に建つ『若葉荘』を見やった。

「本当だね。双眼鏡か何かあれば、部屋の中までバッチリ覗けるかもだ」

「そんなこと、わしはせんよ」竹田津さんの言葉に、永山真一氏は不愉快そうな顔。自分の目を指差しながら、「肉眼だ。すべてこの目で見たんだよ」

ここは先ほど遭遇したばかりの七十代男性、永山氏がひとり暮らしを営む自宅の二階。そのベランダに立ちながら、私たちは梓ちゃんの部屋を眺めているのだった。

永山氏の話によると、いまからちょっと前、彼はこのベランダに出て煙草を一服していたらしい。その際、偶然にも『若葉荘』の二階から飛び降りる、忍者風の男の姿を目撃。驚いた永山氏は慌てて自宅を飛び出すと、老骨に鞭打って――と私がいっては失礼なのだが――懸命に足を動かしてアパートへと駆けつけた。そこでバッタリ出会ったのが、私こと岩篠つみれ、そして忍者風の男こと竹田津優介さん、ということらしい。

だが問題なのは今回の件ではない。どうやら永山氏が『若葉荘』の二階から飛び降りる怪しい男の姿を目撃したのは、これで二度目らしい。そこで竹田津さんが「ぜひ詳しい話を伺いたい」と申し出ると、永山氏は快くそれを了承。私たちは宮元梓ちゃんに別れを告げると、永山氏に案内されながら彼の自宅へ。そしてそのまま二階のベランダへと通された、というわけである。

永山氏は記憶を手繰るようにして話しはじめた。

「例のコソ泥事件が起きたとき、わしはこのベランダで鉢植えに水をやっておった。それが一段落ついたころだ。手すりにもたれて一服しようとしたわしの視界に突然、奇妙な光景が飛び込んできた。前方に建つ二階建てのアパート、その端っこの部屋の窓が開いて、中から男が飛び出してきた。いや、飛び降りたというべきかな。とにかくアッという間の出来事だった」

「その光景を見て、どう思われました？　すぐに『あれは泥棒だ』って思われたんですか」

竹田津さんの質問に、永山氏は腕組みしながら答えた。

「うーむ、ひと目で泥棒だと思ったわけではないな。二階に住む男性が何か理由があって――たとえば部屋の中が火事だとか、そんな緊急の理由で――慌てて窓から飛び降りた。そんなふうにも見えたからな。その男が実は逃亡しようとするコソ泥で、アパートに住む若い女性が被害に遭った――そんな情報を耳にしたのは、随分と後になってからだよ」

「そうですか。では飛び降りた後、その男はどうしました？　どっち方向に逃げたのか、それが判ると助かるんですが」

「ああ、その点は残念だ。君も見て判ると思うが、このベランダからだと問題のアパートの二階はよく見えるが、一階の様子はまったく見えない。手前に建つ家が邪魔になるからな。だから男が飛び降りる姿は見えたが、その男がどっち方向に逃げたのかは、わしにも判らなかった」

「確かに、ここから見えるのはアパートの二階部分だけですね」竹田津さんは残念そうに肩を落とすと、「ちなみに何か他のものをご覧になったりは？　何か印象に残ったことは？」

「いや、特にないな。わしが見たのは、それだけだよ」

「そうですか。ちなみにあなたは、いまの話を警察の前でもされたのですか」

するとたちまち永山氏の顔に気まずそうな表情が浮かんだ。

「いや、実は、その……わしは警察というやつが、どうも苦手でな……」

「判ります。僕も苦手ですよ。彼らはすぐに職務質問してきますからね」

――いやいや、それは竹田津さんの特殊な雰囲気のせいでしょ！　おじいちゃんは職務質問のことなんて、ひと言もいってませんからね！

横目で睨む私をよそに、竹田津さんは涼しい顔。私は思わずハァと溜め息だ。

いずれにせよ永山氏は怪しい男の姿を目撃したものの、その情報を警察に伝えることは怠ったらしい。

もっとも彼の語った目撃情報に、それほど目新しい部分はない。永山氏の沈黙が、警察の捜査に多大な悪影響を与えたということは、おそらくないだろう。

　そんなことを思う私の隣で、竹田津さんは唐突に口を開く。彼が言い出したのは、実に意外なことだった。

「いずれにしても永山さん、あなたのお話はとても参考になりましたよ。どうやら、これで僕も事件の謎が解けそうな気がします――」

8

「どういうことですか、竹田津さん、事件の謎が解けそうって？」永山邸を辞去した直後、私は前を歩く彼の背中に問い掛けた。「私にも判るように説明してください」

「ああ、いいとも。それじゃあ、どこか内緒の話ができる静かな場所に……」

「あッ、だったら、ハイッ、ハイ！」私は教室で悪目立ちしたがる児童のように右手を突き上げながら、「それなら、いい店を知ってます。客なんか全然いない超静かな名店を！」

「ほう⁉」と丸い眼鏡の奥で竹田津さんの眸が訝しげな色を放つ。その背中をグイグイ押すようにして、さっそく私は『怪運堂』店主をご案内。向かった先は、もちろん『鰯の吾郎』だ。まだまだ明るい中途半端な時間帯、『吾郎』は常に空席祭り開催中の隠れた穴場なのだ。

「お兄ちゃん、ただいまー」

入口の引き戸を元気良く開け放った私は、竹田津さんの腕を引きながら、「ねえねえ、お兄ちゃん、ほらほら、今日は面白い人を連れてきたよー」

すると食材の仕込み中らしいなめ郎兄さんは「んー、誰だよ、面白い人って？　またギターを抱えた妙な大学生かー？」といってカウンターの向こう側から私のことをチラ見する。そして再び包丁を持つ手許に視線を戻すと、「なんでえ、今度のは作務衣を着た眼鏡男かよ」

つまらなそうに呟く兄。だが、その直後――

何を思ったのか兄は、手にした出刃包丁を逆手に持ち替えると、まな板に横たわる鰯のドテっ腹に――ズドン！　その刃先を思いっきり突き刺す。とっくに死んでいるはずの鰯クンが、ビックリしたように一瞬ピクンと飛び跳ねる（？）。次の瞬間、狭い店内に響き渡ったのは、なめ郎兄さんの歓喜の声だ。「――たたた、竹ちゃんじゃねーか！　ききき、きてくれたのかい！」

瞬間、『竹ちゃん』と呼ばれた竹田津さんの横顔に浮かんだのは、引き攣ったような表情だ。

「や、やっぱり別の店にしようか……」

といって慌てて踵を返す竹田津さん。そんな彼の肩をカウンターから飛び出してきた兄の右手がグイッと摑む。兄は嫌がる彼を強引に店内へと引っ張り込むと、カウンターのド真ん中の席に無理やりご案内。竹田津さんは強制着席させられて渋い顔だ。

「竹ちゃ〜〜ん！　やっときてくれたんだな〜〜、俺、嬉しいよ〜〜」

「そ、そう？　僕は、べつに」嬉しくないけど——と声にならない声をあげながら竹田津さんは困惑の様子。丸い眼鏡を指先で押し上げ、何かを諦めたような顔つきだ。

——やっぱり別の店にしたほうが良かったかしら？　この店、案外うるさそう。

私は内心で自分の選択ミスを後悔しながら、竹田津さんの隣の席へ。一方、なめ郎兄さんは再びカウンターの向こう側に戻ると、可哀想な鰯クンのドテッ腹から、ようやく出刃包丁を引き抜く。そして何が楽しいのやら、それをブンブン振り回しながら、

「なあ、竹ちゃん、食いたいものがあったら何でもいってくれよ。——ほら、何がいい？　鮪か、鰤か？　ホタテやアワビ？　黒豚でも黒毛和牛でも何だっていいぜ！」

「ちょっと、お兄ちゃん、うちは鰯料理専門店でしょ！」

「ばっきゃろーッ、つみれッ！　せっかく俺の大事な旧友が、わざわざ遊びにきてくれたんだぞ。安っぽい鰯料理なんぞ出せると思ってんのかあーッ」

と、すっかり興奮状態の兄の口からは、とうとう鰯をディスった発言まで飛び出す始末。竹田津さんに対する兄の異常な愛情は、鰯へのそれを遥かに凌ぐものらしい。

妹の私から見ても兄のテンションの高さは、軽く引いてしまうほどである。

そのとき沈黙していた竹田津さんが、ようやく口を開いた。「おい、なめ郎、勘違いするな。僕が今日ここにきたのは、食事するためじゃないんだよ」

「判ったぜ、竹ちゃん、じゃあ飲み――」

「飲みにきたわけでもない！」

兄の言葉に被(かぶ)せるようにいって、竹田津さんは続けた。「事件に関する内密の話があって、ここにきたんだ。でも、なめ郎がこの調子じゃあ、どうも無理っぽいな。ここで内密の話なんて到底不可能――」

「そそそ、そんなことないぜ、竹ちゃん！　俺、こう見えても口は堅いほうだぜ。俺の口はカタクチイワシより堅い口って評判なんだからよ。――なあ、つみれ！」

「いや、私、初耳……」ていうか、カタクチイワシより堅い口って、どんなやつ？　その口、秘密は守れるの？　思わず肩をすくめる私は、隣の竹田津さんを見やる。

すると彼は、「やれやれ」と首を左右に振ってから、「まあ、いいだろう。カタクチイワシの口の堅さを信じるとするか。――おい、なめ郎、これから話すことは、絶対誰にも喋るんじゃないぞ。いいな？」

「あったりめーじゃん！　俺、竹ちゃんとの約束を破ったことなんて、いっぺんもねーぜッ」

やはり兄のテンションの高さは異常である。対照的に、竹田津さんは低いテンションで溜め息をついた。

「判ったよ。それじゃあ、この店ご自慢の鰯料理を摘みながら話そうか。それとビール……いや……」といって彼は、あらためて今回の《散歩》の趣旨を思い出したらしい。なめ郎兄さんに、例の飲み物を注文した。「ビールじゃなくて麦茶だ。冷たい麦茶をもらおうか」

やがてカウンターには二尾の鰯がサックサクの衣を纏った揚げ物となって登場。内の一尾はドテッ腹に大きな穴が開いている。——これはたぶん私が食べなきゃいけないやつだ。

一方、竹田津さんは念願だった冷たい麦茶のグラスを手にして、満足そうな表情。琥珀(こはく)色の液体で喉を潤しながら事件の話を始めた。

「要は簡単なことなんだよ。さっき僕らが会った老人、永山真一氏は事件のあった日、『若葉荘』の二階の窓から怪しい男が飛び降りる場面を、自宅のベランダで目撃した。でも、どうやら彼はそれしか見ていないらしい。これって変だと思わないか、つみれちゃん？」

「どこが変なんだい、竹ちゃん！　俺にゃ何の話かサッパリ見えねーぜッ」

「もうッ、なんでお兄ちゃんが答えるのよ!?」そもそも兄は永山氏の目撃証言を間近で聞いていない。サッパリ理解できなくて当然なのだ。私は竹田津さんに向きなおりながら、「何が変なんですか。永山氏は梓ちゃんの部屋から逃走するコソ泥の姿を、自宅のベランダから目撃したんですよね。べつにおかしくないと思いますけど」

「そうかな?」竹田津さんは麦茶のグラスを傾けながらニヤリ。「じゃあ、さっき僕が梓ちゃんの部屋の窓から飛び降りたときのことを思い出してごらんよ」

「な、なんだって、竹ちゃんが窓から飛び降りた⁉ どーいう状況だよ、それ⁉」

「あーもう、ゴチャゴチャうるさいッ。いいから、お兄ちゃんは黙ってて!」

私はピシャリといって、あらためて当時の状況を脳裏に思い浮かべる。

「竹田津さんが飛び降りたとき……私と梓ちゃんは驚いて……それから窓の下を覗き込んで……ああ、そうか」

「気が付いたかい? そうだ、二階の窓から誰かが飛び降りたら、部屋にいる人物は普通、窓から顔を出して下を覗くだろう。飛び降りた人間がどうなったのか――綺麗に着地したのか、足などを怪我したのか、それとも頭から落ちて瀕死の重傷を負ったのか――当然気になるだろうからね。ところが永山氏は飛び降りた男の姿は見ているのに、窓から下を覗く女子大生の姿は見ていないらしい」

「そういえば、永山氏の話の中に梓ちゃんのことは、いっさい出てこなかった……」

「そうだ。実際、彼は見てないいんだよ。もし梓ちゃんの姿を見ているなら、永山氏はその場面について『部屋の中が火事なのかも……』などと勘違いすることもなかったはずだろ」

「確かに。でもそれって、どういうことなんでしょうか。梓ちゃんはコソ泥が窓から飛び降りる姿を見ていたはず。にもかかわらず氷山氏は彼女の姿を見ていない。ということは――？」

「要するに、梓ちゃんは窓から顔を出さなかったんだよ。顔を出すだけの行動が、そのときの彼女にはできなかったんだな」

「はあ、それは、なぜ？　反撃されるとでも思ったのでしょうか。あるいは恐怖のあまり、窓から離れた場所でブルブル震えていたとか」

「地上に飛び降りた男が、二階の窓辺にいる女性に攻撃を仕掛けてくるケースは滅多にないだろう。さほど身の危険を感じる場面とは思えない。むしろ男がどっちの方角に逃げていくか、それを目で追おうとするはずだ。だが彼女はそうしなかった。おそらく梓ちゃんは、そのとき――」

「そのとき梓ちゃんは――？」

ゴクリと喉を鳴らす私に、竹田津さんは予想外の真相を告げた。

「梓ちゃんはそのとき、大慌てで服を着ていたんだと思うよ」

「はッ、服を……!?」

「そう、服を着ていた。逆にいうと、彼女はコソ泥と遭遇したときには――」

「は、裸だったってのかい、竹ちゃん⁉」いままで話に加わりたくてウズウズしていたのだろう。突然カウンターの向こう側から兄が首を突き出してきた。「その娘は部屋の中でスッポンポンだった⁉　え、じゃあ、その梓ちゃんって、いわゆる《裸族》――んごッ」

顎（あご）のあたりに強めの一撃を喰（く）らって、兄のお喋りは強制終了。私はジンジンと痛む右の拳に息を吹きかけながら、「お兄ちゃんは黙って鰯でも捌（さば）いてりゃいいの！」

「つ、つみへッ、おまへ、乱暴らなッ」兄は涙目で顎をさすりながら、「あと、『鰯でも』って言い方はよせよな。鰯を馬鹿にしたら、お兄ちゃん許さないぞ」

「まったく、どの口がいってんのよッ」呆れ果てる私は、あらためて竹田津さんに向きなおって尋ねた。「で、本当なんですか。梓ちゃんは本当に《裸族》なんですか。信じられません」

「いや、僕はひと言も《裸族》だなんていってないんだけど……」

困惑気味の竹田津さんは、鰯の揚げ物に頭からかぶりついて続けた。

「《裸族》と呼ぶほど日常的かどうかは知らないよ。けれど、おそらく梓ちゃんはこの季節、部屋の中では超薄着で過ごしていたんじゃないだろうか。それこそ窓から姿を見せられないほどにね」

「あッ、そうか。だから事件のあった日、彼女の部屋は昼間でも分厚いカーテンが引かれていたんですね。超薄着の自分を誰かに見られたりしないようにと思って」

「そうだろうね。たぶん梓ちゃんは電気代を節約せざるを得ない経済状況なんだろう。あるいは根っからの倹約家なのかもしれない。だから今日もエアコンの設定温度は若干高めだっただろ。事件の日はもっと設定温度を高くして、その分、薄着で過ごしていた——」

「もしくは裸だった。——むふッ」

これはなめ郎兄さんの鼻息ではなくて、私のやつ。あの慎ましくて繊細でおとなしい美少女が、自分の部屋の中ではあられもない姿で奔放に過ごしていた。その光景を妄想するにつけ、私の鼻息はついつい熱を帯びるのだ。——むふッ！

「どうしたんだい、つみれちゃん？　君が興奮する話じゃないと思うけど」

竹田津さんは不思議そうに首を傾げながら続けた。「まあ、自分の部屋なんだから、梓ちゃんがどんな恰好でくつろいだって問題はないさ。この季節、部屋の中で裸同然の恰好をして過ごす人間は、意外と多いはず。べつに恥ずかしがることでもない。本当に部屋に誰もいなければね」

「でも、あの日は……」

「そう、あの日はそうじゃなかった。彼女が部屋に戻ったとき、部屋にはすでにコソ泥が侵入していた。そいつは梓ちゃんが急に帰宅したため、慌てて押入れの中に隠れてジッと息を殺していた。何も知らない梓ちゃんは、窓にカーテンを引き、着ている服を脱いだ――」

「その様子をコソ泥は密かに覗いていたんですね。押入れのふすまを薄く開けるなどして」

「たぶん、そうだ。コソ泥としては脱出のタイミングを計る必要があるからね。まあ、犯人は男だし、途中から覗く目的が変わっていた可能性は大いにあるだろうけど」

「確かに！」コソ泥だった男は途中から変態の覗き魔になっていた可能性が高い。

「だけど、そうそう覗いてばかりいても仕方がない。意を決した犯人はマフラーで顔を隠し、いきなりふすまを開けて押入れから飛び出した。梓ちゃんは驚きと恐怖のあまり小さな悲鳴をあげただけ。犯人はカーテンを撥ね除けてサッシの窓を開け放つと、マフラーを捨てて地上へと飛び降りた。梓ちゃんとしては、犯人の行方を自分の目で追いたかったところだろう。だが、服を着ていない、あるいは超薄着の彼女にはそれができなかった――というわけだ」

「そして梓ちゃんは慌てて服を着た。――あれ!?」

私は腑に落ちないものを感じて、首を傾げた。「私と千秋ちゃんが彼女の部屋を訪ねたとき、梓ちゃんは普通に服を着た姿で登場しました。ということは、彼女が犯人の男と遭遇したのは、その直前のことではないってことですか。梓ちゃんは押入れの中から現れた犯人に驚き、それから慌ててポロシャツやら短パンやらを探して、それを着終わったころに、私たちが部屋の呼び鈴を鳴らした——」

「そういう流れになるね。だが梓ちゃんとしては、本当のことが大変いいづらい。それに、少しくらい誤魔化したって問題ないと思ったんだろう。そう、要するに彼女はつみれちゃんたちに嘘をついたんだよ。《犯人がたったいま窓から逃げていった》っていう嘘をね。実際は《犯人が窓から逃げる》と《梓ちゃんが玄関から姿を現す》の間に、《服を着る》という動作がひとつ入るんだ。だが彼女は羞恥心のあまり、その事実を敢えて省いたんだな」

なるほど。それは小さな嘘だが、結果的に重大な意味を持つ嘘だ。

「じゃあ、実際に犯人が現場から逃走した時刻は、午後四時ちょうどではないってことですね」

「ああ、違う。本当の時刻は午後三時五十八分とか、そのへんだったはずだよ」

「午後三時五十八分……ってことは！」私は思わずカウンターを両手でバシンと叩いて、腰を浮かせた。「てことは、豊岡の主張するアリバイは崩れますね。午後三時五十八分に『若葉荘』から逃げ出した豊岡は、走れば余裕で午後四時に喫茶『サントス』の店先に現れて、芹沢涼子と会話することができる。そして午後四時一分には板山純二と路地の角で遭遇して写真を撮られた。時間的には何の矛盾もありません」

「ふむ、そうだね。逃走経路が一直線じゃなくて大きく遠回りしているのが、不自然といえば不自然な気もするけれど」

「そんなことありませんよ。豊岡は本当ならば真っ直ぐ自宅に駆け戻りたかったはず。だけど、その途中で馴染みの喫茶店の前を通りかかって、芹沢涼子と出会ってしまった。そこで彼は咄嗟に『これから新宿に映画を観にいく』とか何とか適当な話をでっち上げた。そう考えれば辻褄(つじつま)は合います。間違いありません。犯人はやはり豊岡武志だったんですよ」

「ふむ、そうかもしれないな」

呟くようにいった竹田津さんは、また麦茶をひと口。それから音を立ててグラスを置くと、端整な横顔を僅かに歪(ゆが)めた。「あ、シマッタ！ もし君のいうとおりだとするなら、僕らは真犯人に板山君の情報を伝えたことになるな」

「………」大変だ！ あの青年はいまごろ、豊岡武志の手で口を封じられているのかもしれない――

9

「うーむ、こうなったら仕方がない。まさかとは思うけれど、いちおう念のためだ。これから僕はひとっ走り交番までいって、いまの推理を斉藤巡査の耳に入れるとしよう。そうすれば、後のことは斉藤巡査が、いい感じで上手くやってくれるはずだ」

と『怪運堂』店主の口から飛び出したのは、まさかの《斉藤巡査に丸投げ宣言》だ。

さっそく腰を浮かせようとする彼を、私は慌てて押し留めた。

「ちょっと待ってください、竹田津さん。——え、いまの推理を？　斉藤さんに話すんですか？　包み隠さず全部？」

「そうだよ」当然じゃないか、とばかりに頷く竹田津さん。

スーッと長く息を吸い込んだ私は、吐く息と同時に叫んだ。

「やめてあげてぇ——ッ」

かつてない絶叫が狭い店内にこだまする。

竹田津さんの手にしたコップから麦茶がこぼれ、カウンターの中のなめ郎兄さんは両手で耳を押さえる。私はなおも捲し立てた。

「そんなの駄目にきまってるじゃないですか。『宮元梓ちゃんは〈裸族〉である』なんていう推理を、よりにもよって斉藤さんに話すだなんて！　町中に悪い噂を撒き散らすようなものです。そんなことされたら梓ちゃん、きっとお嫁にいけなくなっちゃいますよ」

「そ、そこまでお喋りじゃないと思うよ、斉藤巡査も……それとあと、さっきから《裸族》っていう単語を使っているのは、君たち兄妹のような気がするけど……」

「そうかもしれませんが、とにかく駄目です。さっきの推理を公にするのは断固反対です」

「それだと梓ちゃんのついた小さな嘘は、ずっと修正されないままってことになるけど……」

「そ、それは……私が修正します。ええ、私に任せてください！」

根拠のない自信を胸に、私はすっくと席を立つ。そして右手の拳を握り締め、宣言するようにいった。「私、これから梓ちゃんのところにいってくる。そして竹田津さんの推理が正しいかどうか、確かめてくる。大丈夫、竹田津さんの名前は出さない。《裸族》って単語も使わない。それで、もし梓ちゃんが実際に嘘の証言をしているって判ったなら、そのときは彼女が自分で警察に出向いて、自分の言葉で本当のことを語るべきだと思う。——そうでしょ？」

「ああ、おめーのいうとおりだぜ、つみ……」

「お兄ちゃんに聞いてるんじゃないのッ」私は兄の発言を中途で遮って、再び『怪運堂』の店主に問い掛けた。「ねえ、そうでしょ、竹田津さん？」

「ああ、そうだね。確かに、これは僕がでしゃばるべき案件じゃなさそうだ」

丸い眼鏡の奥で、彼の目が糸のように細くなる。その笑顔に励まされるようにして、私は『吾郎』の店先から、ひとり飛び出していった。

それからしばらくの後。夏の陽射しもようやく和らいで、谷中の町は夕暮れ時だ。『若葉荘』は、昼間に訪れたときと変わらぬ佇まいを見せている。階段で二階に上がった私は２０４号室の扉の前へ。外廊下に面した窓に明かりが見える。電話でアポも取らず、勢いに任せて駆けつけたけれど、幸いにして梓ちゃんは在宅らしい。呼び鈴に右手を伸ばす私は、しかし次の瞬間、ピタリと指を止めて躊躇した。

いったい梓ちゃんに対して何をどういえばいいのだろうか。真実を暴くことで、彼女の繊細な心を傷つけてしまわないだろうか。私たちの友情にヒビが入らないだろうか。あるいは竹田津さんの推理がまったく見当違いで、変な空気になる危険性もないとはいえない。

私はいまになって自分の軽率さを呪った。ああ、なんでこんな難しい役回りを私は引き受けてしまったのか。でも、お兄ちゃんや竹田津さんの前で大見得を切った以上、もう後には引けないし――と、そんなふうに思い悩む私の耳に、そのとき突然！

「きゃああぁぁッ」

扉越しに聞こえてきたのは、若い女性の悲鳴だ。一瞬ビクリと身体を硬直させた直後、私はドアノブへと真っ直ぐ右手を伸ばした。「――あ、梓ちゃん！」

叫びながらドアノブを引くと、幸運にも玄関は施錠されていない。扉は難なく開いた。私は先日の千秋ちゃん並みの乱暴さで靴を脱ぎ散らかすと、『お邪魔します』ともいわず室内へと足を踏み入れる。台所を横切って引き戸を開け放つと、そこは今日の午後にも訪れた畳敷きの部屋だ。

押入れがあってベッドがある。いままで散々話題にしてきたサッシ窓は目の前だ。それをバックにして、宮元梓ちゃんと黒ずくめの怪しい男がいた。前方に真っ直ぐ伸ばされた男の両手が、梓ちゃんの細い首根っこをガッチリと摑んでいる。梓ちゃんの横顔は苦痛に歪んで見える。

瞬時に状況を把握した私は、いっさい迷わなかった。

「おのれッ、豊岡ぁ――ッ」

勇ましく雄たけびをあげながら、私は脇目も振らず男に向かって一直線。咄嗟に男は彼女の首から両手を離して、応戦する構えを見せるが、もう遅い。一個の弾丸と化した私の肉体は勢いを緩めることなく、目の前の男の身体を――ドン！　無慈悲かつ無遠慮に突き飛ばす。

渾身(こんしん)の体当たりは確かな衝撃を相手に与えたらしい。男の身体は案外軽々と弾き飛ばされて、サッシ窓に背中から激突。すると驚くべきことに、次の瞬間、窓ガラスが盛大な不協和音を奏でながら粉々に砕け散る。アッと声をあげる暇もない。男の身体はガラスを突き破るようにして窓の外へ。そこにある低い手すりも乗り越えて、その向こう側に広がる何もない空間へと不自然な体勢で落下していく。すべては一瞬の出来事だった。

「あ、あれえ!?」

私は何だか気まずい気分で、ポリポリと頭を掻きながら、「は、はは……こ、この窓ガラス、最初からヒビとか入ってなかった？　ねえ、梓ちゃん……？」

友人はショックのせいか呆然とした表情。力なく畳の上にへたりこんでいる。だがフラフラと立ち上がった彼女は、いきなり私の身体に抱きつくと、「わぁ〜ん、ありがとう、つみれちゃ〜ん！」と大声で叫び、歓喜と感謝の思いを爆発させた。

「うんうん、もう大丈夫だからね。良かった良かった……」私は梓ちゃんの頭をなでなでしながら、「でもホント、危なかったたね。危うく豊岡の奴に口封じされるところだったね」

「え、豊岡って!?」瞬間、梓ちゃんは私の目を見詰めてキョトン。

「え!?」私は穴の開いたガラス窓を指差しながら、「豊岡武志でしょ……いま落ちてった男……？」

私が『違うの？』と目で問い掛けると、友人は『全然違う』というように首を左右に振った。

え⁉　えぇーッ――私は訳が判らないまま窓を開けて、手すりの外へと顔を突き出す。真下の地面を覗き込むと、先ほどの男性はそこに倒れたまま呻き声をあげている。足の骨でも折ったのだろうか、どうやら一歩も動けないらしい。夕暮れ時の僅かな明るさの中、目を凝らして見ると、なるほど確かに男は豊岡武志ではない。それより遥かに若い男性。しかもイケメンだ。なぜか、その顔に見覚えがある。私は思わず指を差しながら叫んだ。

「あ、あの男って……確か、この前の……⁉」

「そう」と背後で梓ちゃんが答えた。「お隣さんよ。松原智仁っていう人」

――ああ、そうそう、確かそんな名前だったよね！

私は遠い記憶を呼び覚まされる思いで、大きく頷いた。

10

「――というわけなんですよ、竹田津さん」

といって私は湯飲みのお茶をひと口飲む。今日のは生ぬるい麦茶ではなく、かといってキンキンに冷えた麦茶でもない。熱々のほうじ茶だ。ちゃぶ台の向こう側では、いつものごとく作務衣を着た『怪運堂』店主が、私の話に相槌を打っている。

「なるほど、なるほど。――で、その松原智仁という男は、自分の罪を認めているのかい？」

「さあ、詳しくは知りません。けれど、もう認めたも同然じゃないですか。あの男は私の見ている前で、宮元梓ちゃんのことを、絞め殺そうとしていたんですから」

　喧騒と混乱の出来事から一夜が明けた翌日のこと。場所は再び『怪運堂』の奥の小上がりだ。私は昨日の夕暮れ時に体験した事実について、竹田津さんに話して聞かせたところである。

「そうかい。だが、まさかコソ泥の正体が、被害者の隣に住む男性だったとはね」

「ええ、私もまったく想像していませんでした。むしろ《彼こそは絶対に犯人ではあり得ない存在》――そんなふうに思い込んでいましたからね」

　だが、それも無理のないことだ。事件のあった日、私と千秋ちゃんが『若葉荘』の204号室を訪れたのは、ちょうど午後四時のこと。それと同じタイミングで梓ちゃんが部屋から飛び出してきて、『たったいま泥棒が逃げていった』という趣旨のことを告げた。その騒ぎの最中に、松原はすぐ隣の203号室の扉を開けて姿を現した。しかも白いTシャツと黒いズボンではない、まるで異なる恰好でだ。

　もしコソ泥の正体が松原だとするならば、午後四時に梓ちゃんの部屋の窓から飛び降りた彼は、その直後、階段か外廊下あたりで私たちのことを《追い越して》自室に戻り、瞬時に服を着替えて、再び何食わぬ顔で廊下に姿を見せた——と、そのように考えるしかない。もちろん、そんな芸当は誰にも不可能だろう。だから私も千秋ちゃんも松原については、容疑者ではなくて《隣に住むイケメン》としか考えてこなかったのだ。

「でも、あらためて考えてみると、松原のアリバイは豊岡のそれと似たようなものなんですよね。犯人が現場から逃走した午後四時に、豊岡は喫茶『サントス』の店先にいた。松原は２０３号室にいた。だから一見すると、二人とも犯人ではあり得ないように見える」

「でも実際は違ったわけだね」

「ええ、竹田津さんの推理によれば、梓ちゃんは小さな嘘をついている。実際にコソ泥が窓から飛び降りたのは、午後三時五十八分とか、そんな時刻だったはず。だとするなら豊岡と同様、松原の犯行だって充分可能になる。窓から飛び降りた彼は、私たちが梓ちゃんの部屋を訪れるより、ほんの少しだけ早く自分の部屋に舞い戻ることができた。急いで服を着替えることだって可能だったはずです」

「そして彼は頃合を見て、平然と廊下に姿を現したってわけだ。なるほど——」

と頷いた竹田津さんは、別の角度から質問を投げた。「ところで、その松原という男は何の目的で梓ちゃんの部屋に忍び込んだのかな？　何かお目当ての品物でもあったんだろうか」

「きっと下着泥棒ですよ」とりあえず私は、松原智仁のことを《変態クソ野郎》であると仮定して話を続けた。「あるいは梓ちゃんの親から届くなけなしの仕送り。もしくは彼女が稼いだバイト代。そういったものも物色したかもしれませんね、下着と一緒に」

「ふぅん、文字どおりのコソ泥ってわけだね」

「そういうことです。梓ちゃんの話によると、松原とは隣人同士、結構親しい付き合いだったのだとか。だったら松原は彼女の隙を見て、合鍵を手に入れることも可能だったはず。それを用いて松原は彼女の部屋に忍び込んだ。そしてお目当ての下着を物色した――」

「どうしても彼のことを下着泥棒にしたいらしいね、君」

「そんなつもりはありませんが……」頭を掻きながら私は話を続けた。「とにかく、彼が室内を物色する最中に梓ちゃんが帰宅。松原は慌てて押入れに隠れ、その後、痺れを切らして窓から逃亡――という流れですね。いずれにせよ、梓ちゃんはお隣さんがコソ泥の正体であるという事実に、まったく気付かなかった。よって二人の親しげな付き合いは、事件の後も継続中だったわけです。ええ、昨日の夕方までは――」

「ふむ、昨日の夕方、二人の間に何が起こったんだい？」

「梓ちゃんは事件について松原と会話を交わすうちに、実は彼こそが真犯人であるということに気付いたんですね。竹田津さんが推理したとおり、梓ちゃんは午後三時五十八分ごろの出来事について、午後四時の出来事であるかのように、小さな嘘を交えて話す。その一方で、松原もまたそれを午後四時の出来事として話す。二人の会話はピタリと一致している。そのことに梓ちゃんは、ふと違和感を覚えたんだそうです」

「なるほど。隣人である松原には、２０４号室での不自然な物音や窓を開ける音、梓ちゃんが発した小さな悲鳴、そういったものが壁越しに伝わっていたはず。だったら松原だけは、彼女のついた嘘に気付いていい。むしろ気付くはずだ。気付かなきゃおかしい。にもかかわらず、彼は嘘に気付くどころか、わざと話を合わせている。彼女はそこに違和感を覚えたわけだ」

「ええ、その違和感を口にした途端、それまで優しかった松原が豹変したそうです」

「松原は梓ちゃんの首に手を掛けた。そこにタイミング良く現れたのが《名探偵岩篠つみれちゃん》その人だったというわけだね」

「変なこと、いわないでください。名探偵じゃないですよ、私」

「いやいや、謙遜することはないさ。今回の事件については正真正銘、つみれちゃんが自分で解決した事件だからね。――おや、知らないのかい、君？　このところ谷根千界隈では、天才女子大生探偵の活躍が、まるで都市伝説か何かのように語られているって話だよ。まあ、たぶん情報発信源は斉藤巡査あたりだと思うんだが、しかしまあ、噂になるのも無理はない。なにしろここ最近、谷根千エリアで起こったいくつかの奇妙な犯罪に関しては、事件解決の背後には必ずといっていいほど、その女子大生の存在があるのだからねえ」

「えぇーッ⁉」私は自分の顔を指差しながら目を丸くした。「それ、私のこと⁉」

私って、そんなふうに見られているの？　もし、そうだとすれば、とんだ買いかぶりである。実際には、その女子大生の活躍の背後には、怪しい開運グッズの店を営む《散歩》好きの彼の存在が常にあるのだから。

「でも、町の人が私の噂をしているっていうのは、いい気分かも。うふふッ、美人女子大生探偵かぁ！」

「いや、《美人》っていう噂は立っていないんだけどね……」

竹田津さんは苦そうな笑みを浮かべると、静かに湯飲みのほうじ茶を啜るのだった。

解説

若林踏（書評家）

ミステリ小説の入門書としてお勧め出来て、かつ年季の入ったミステリファンも唸らせる作品は無いか。そんな贅沢な悩みに応えてくれるのが、東川篤哉の小説だ。強烈な個性を持った登場人物達と、彼らが放つギャグに彩られた作風は笑いを誘い、多くの読者に親しみを感じさせるものだろう。それでいて芯には謎解き小説における確かな技巧が備わっていて、推理の醍醐味をたっぷりと堪能させてくれる。それも「ああ、あの趣向をこういう風に発展させるのか」と、すれっからしのミステリ読者を感心させるような技巧を披露して楽しませるのだ。本書『谷根千ミステリ散歩　中途半端な逆さま問題』もまた然り。

〈谷根千ミステリ散歩〉シリーズは『小説 野性時代』二〇一八年一二月号から二〇二〇年五月号にかけて断続的に掲載された作品で、二〇二〇年一〇月に単行本化された。本書はその文庫版である。谷根千とは文京区から台東区一帯の谷中・根津・千駄木の周辺を表す言葉だ。いわゆる下町風情を残す地区であると同時に、かつて夏目漱石が住居を構えるなど文芸にも縁が深い土地が、この作品の舞台である。語り手の岩篠つみれは、谷中の町外れにある鰯料理専門の居酒屋「鰯の吾郎」の元店主の娘で、近所の大学に通う学生だ。亡くなった店主の代わりに店を継いだのが、つみれの兄、なめ郎である。鰯への愛に溢れる父親が子供に付けた名前が、なめ郎につみれ。キャラクターのネーミングからして、こてこてのギャグで笑わせてくれる。

つみれはある出来事がきっかけで、谷根千で開運グッズを売る「怪運堂」の店主・竹田津優介と知り合う。作務衣姿に大昔の喜劇俳優を思わせる眼鏡を掛けた竹田津は、ちょっと変わり者の雰囲気を漂わせる人物で、とぼけた発言を繰り返しながら谷根千エリアをぶらぶらと散策するのが癖である。だが、マイペースな振舞いのなかで時おり切れ味鋭い推理力を発揮して、つみれの身辺で生じた不可解な謎を解いてみせることがあるのだ。

可笑しなコンビが楽しい掛け合いを見せながら下町を巡るユーモアミステリ連作集、という風に捉えることが出来るだろうか。ただし先述の通り、東川篤哉の小説には古今東西のミステリで培われた趣向や技法を発展させて作られた、強固な謎解きの骨組みがある。その一つ一つを味わうことで、謎解きミステリの豊饒さを知ることが出来るはずだ。ここではネタばらしに注意を払いつつ、謎解きの部分に焦点を当てて各編を紹介しよう。

第一話の「足を踏まれた男」（初出：『小説 野性時代』二〇一八年一二月号～二〇一九年一月号）は、先輩からの頼まれ事をきっかけに竹田津と出会ったつみれが、石材店から何も盗まずに逃げた泥棒の謎に挑む、という話だ。竹田津はつみれを連れて、谷根千のなかをぶらぶらと歩き回る。最初は竹田津の行動の意図が摑めないのだが、やがて物語がある地点に到達すると、すべての事象が繋がりを持ち思いもよらぬ構図が浮かびあがるのだ。探偵役の不可解な行動を辿り「一体何が起こっていたのか」を解明していくタイプの謎解きは、かつてギルバート・キース・チェスタトンが〈ブラウン神父〉シリーズの短編で編み出した形式で、日本では泡坂妻夫の〈亜愛一郎〉シリーズなどにも大きな影響を与えている。「足を踏まれた男」もチェスタトン風の謎解きを踏まえつつ、全く関連の無さそうな事がドミノ倒しのように繋がっていく様が見事に描かれている。

古典作品との関連でいえば、第二話の「中途半端な逆さま問題」（初出：『小説 野性時代』二〇一九年七月号～八月号）が有名作のオマージュという点で読み逃せない。つみれの友人の祖母が旅行から帰宅すると、家中の家具やインテリアが何故か逆さまの状態になっていた。明らかに誰かが侵入して行ったものだが、何かを盗まれたり、壊されたりしたわけでもない。では一体、誰が何のために逆さまの状態を作ったのか。謎解き小説のファンならば、ある有名古典のタイトルを即座に思い出すだろう。ここでは敢えて伏せておくが、実際に作中でもその作品への言及があり（ただしネタばらしはしていないのでご安心を）、明らかに先行作に対するオマージュとして「中途半端な逆さま問題」は書かれたことが分かる。もちろん単に模倣するだけではなく、某作の「逆さまの謎」に新たな捻りが加えられている所が良い。過去に使われた趣向でも、カードの捌き方次第で創意に溢れるアイディアを生み出すことが出来ることを、東川は本作で証明してみせた。

収録作中の白眉は第三話「風呂場で死んだ男」（初出：『小説 野性時代』二〇一九年九月号～一一月号）だろう。「鰯の吾郎」に忘れ物をした客の家をつみれが訪ねると、そこには浴槽に上半身を突っ込んで二本の脚を立たせた男の死体があった。日本一有名な死体といっても過言ではない、横溝正史『犬神家の一族』に出てくる死体のパロディであることは、ミステリファンならずとも一目瞭然だろう。笑えるだけではなく、収録作の中で手がかりの埋め込み方に関する技法が最も輝いている作品であることを強調しておきたい。手がかりはそれ自体がずばり真相を指し示すわけではない。他の手がかりと組み合わせたり、或いはそこからロジックを積み重ねることによって読者が真相を導き出せるように仕込むことが、謎解きミステリ作家にとって腕の見せどころなのだ。その意味で「風呂場で死んだ男」における無駄のない構成には、本当に惚れ惚れするものがある。

手がかりの提示では、第四話「夏のコソ泥にご用心」（初出：『小説 野性時代』二〇二〇年四月号〜五月号）も素晴らしい。つみれの友人宅に入った泥棒を見つけ出すフーダニットの趣向が盛り込まれた作品だが、ここでは些細な手がかりから連鎖的に推理が導かれ、犯人特定へと至る過程が見事だ。決め手となる手がかりがシンプルであればあるほど、その後に展開する論理のアクロバットが華麗に映える。東川篤哉はそのことを熟知しているのだ。

東川篤哉のデビュー作は二〇〇二年に刊行された『密室の鍵貸します』（光文社文庫）だが、それ以前から鮎川哲也が編集するアンソロジー『本格推理』に東篤哉名義で寄稿していた（このアンソロジーに収められた四編は、光文社文庫から刊行された『中途半端な密室』という短編集に纏められている）。『密室の鍵貸します』は光文社の新人発掘企画「KAPPA-ONE 登龍門」の第一期作品として刊行されたもので、この時の「KAPPA-ONE」は『本格推理』の掲載作家の中から有望な新人を選出する形を取った。その中で東川は有栖川有栖の推薦を受けてデビューしたのである。

『密室の鍵貸します』に始まる〈烏賊川市〉シリーズなど、笑いの中に謎解きの手がかりを巧妙に隠す技巧が東川の特徴の一つだ。ユーモアを単に小説の味付けとして描くのではなく、謎解きを構成するための部品として笑いを活かしている点が魅力なのである。東川がミステリファン以外からの認知を急速に広めるきっかけになったのは、

〈謎解きはディナーのあとで〉シリーズ（小学館）の大ヒットである。大財閥の令嬢にも拘わらず刑事として働く宝生麗子と、毒舌を連発する執事の影山のコンビが活躍する同作は二〇一一年の第八回本屋大賞を受賞し、櫻井翔主演でドラマ化・映画化もされた。キャラクターの魅力をフックにした作品で精緻な謎解きを読む面白さを人口に膾炙させたという点で、〈謎解きはディナーのあとで〉シリーズのヒットは国内ミステリ史に残る出来事であると言えるだろう。

ユーモア以外の特徴としてもう一つ、実在の小都市を舞台にした作品が多い事も挙げられる。本作もそうだが、〈かがやき荘西荻探偵局〉シリーズや『伊勢佐木町探偵ブルース』（祥伝社文庫）など地名を題名に冠した作品も目立つ。どこか浮世離れした登場人物たちが現実にある身近な土地で暴れ回るというギャップもまた、読者が作品に対する親近感を抱く理由になっていることは着目しておくべきだろう。

有栖川有栖は『密室の鍵貸します』の文庫解説において「氏の作風は『軽み』を持ち味としているが、それは力を抜いた作品を意味しない。」と評している。東川篤哉という作家の本質をこれほど的確に捉えた言葉はないだろう。笑いとキャラクターの個性で魅せつつ、どの東川作品にも余詰めを排し、堅牢な推理を描いて読者を感心させようとする姿勢が貫かれている。さらには先行作に限りない敬意を払いつつ、謎解きの技法や趣向に新味をもたらす貪欲さも感じられるのだ。柔らかなイメージに惹かれて東川作品を手に取った読者が、その先に広がる謎解きミステリという名の大海へと飛び込んでいくことを切に願う。

本書は、二〇二〇年十月に小社より刊行された
単行本を文庫化したものです。

谷根千ミステリ散歩
中途半端な逆さま問題

東川篤哉

令和5年 6月25日 初版発行
令和6年 5月15日 3版発行

発行者●山下直久

発行●株式会社KADOKAWA
〒102-8177 東京都千代田区富士見2-13-3
電話 0570-002-301(ナビダイヤル)

角川文庫 23698

印刷所●株式会社KADOKAWA
製本所●株式会社KADOKAWA

表紙画●和田三造

●お問い合わせ
https://www.kadokawa.co.jp/(「お問い合わせ」へお進みください)
※内容によっては、お答えできない場合があります。
※サポートは日本国内のみとさせていただきます。
※Japanese text only

ISBN 978-4-04-113804-5 C0193

◆◇◇

角川文庫発刊に際して

角川源義

第二次世界大戦の敗北は、軍事力の敗北であった以上に、私たちの若い文化力の敗退であった。私たちの文化が戦争に対して如何に無力であり、単なるあだ花に過ぎなかったかを、私たちは身を以て体験し痛感した。西洋近代文化の摂取にとって、明治以後八十年の歳月は決して短かすぎたとは言えない。にもかかわらず、近代文化の伝統を確立し、自由な批判と柔軟な良識に富む文化層として自らを形成することに私たちは失敗して来た。そしてこれは、各層への文化の普及滲透を任務とする出版人の責任でもあった。

一九四五年以来、私たちは再び振出しに戻り、第一歩から踏み出すことを余儀なくされた。これは大きな不幸ではあるが、反面、これまでの混沌・未熟・歪曲の中にあった我が国の文化に秩序と確たる基礎を齎らすためには絶好の機会でもある。角川書店は、このような祖国の文化的危機にあたり、微力をも顧みず再建の礎石たるべき抱負と決意とをもって出発したが、ここに創立以来の念願を果すべく角川文庫を発刊する。これまで刊行されたあらゆる全集叢書文庫類の長所と短所とを検討し、古今東西の不朽の典籍を、良心的編集のもとに、廉価に、そして書架にふさわしい美本として、多くのひとびとに提供しようとする。しかし私たちは徒らに百科全書的な知識のジレッタントを作ることを目的とせず、あくまで祖国の文化に秩序と再建への道を示し、この文庫を角川書店の栄ある事業として、今後永久に継続発展せしめ、学芸と教養との殿堂として大成せんことを期したい。多くの読書子の愛情ある忠言と支持とによって、この希望と抱負とを完遂せしめられんことを願う。

一九四九年五月三日